하늘은 나를 향해 열려 있어

공군사관학교 4년의 기록, 그리고 그 후

하늘은 나를 향해 열려 있어

공군사관학교
4년의 기록,
그리고 그 후

김범수 지음

북스토리

추천사 I

언젠가 책을 한 권 쓰고 싶다는 말을 했던 것 같다. 한 학기 동안 문학개론 강의를 들었던 한 생도가 반짝이는 눈으로 원대한 포부를 밝혔을 터인데, 실제로 따끈따끈한 원고를 받아들 줄은 생각도 못 했다. 두 해가 지나 『공사신문』에 싣는 생도 기자들의 글을 봐주던 시절, 선배 생도들에게 뒤로 물러나 있지 말고 솔선해서 기사를 쓰고 후배 생도들과 함께 글도 다듬어가라는 말을 자주 했다. 잔소리를 하러 한 번씩 공사신문사에 들를 때면 자리를 지키고 있다가 웃는 얼굴로 맞아주던 그 생도를 보며 뿌듯했던 기억이 난다.

서로가 쓴 글을 앞에 놓고 함께 읽으며 고쳐갔던 누군가가 정성과 시간을 들여 빚어낸 옥고(玉稿)를 세상에 내놓는다는 것. 이것만으로도 축하하고 감사해야 할 일이다. 더구나 학교를 졸업하고 초급 장교로 임관한 지 채 1년밖에 되지 않은 지금, 낯선 임지에 적응해야 할 뿐 아니라 쉽지 않은 비행훈련을 헤쳐가고 있는 과정 속에서도 글을 쓰겠다는 자신의 말을 행동으로 옮길 수 있다는 것은 예삿일이 아니다. 그 의지와 노력의 결과로 책을 써낸 값진 경험은 본인에게도 큰 자양분이 될뿐더러 공군사관학교에 관심이 있는 독자들에게도 귀감이 될 터이다.

이 책은 부제가 말해주듯 4년 동안 공군사관학교에서 생도로서 생활했던 한 사람의 기록이다. 솔직하고 경쾌한 문장으로 자신의 기억과 경험을 담담히 서술하고 있다. 공군사관학교를 진로로 고민하고 있는 누군가에게는 솔깃한 정보로 가득한 참고서 중 하나가 될 수도 있겠다. 또한 같은 과거를 공유하고 있는 이들에게는 마음 한 켠에 잠들어 있던 추억을 되살리는 수필로 읽힐지도 모르겠다. 염두에 둘 것은, 자신만의 가치관과 삶에 대한 태도를 바탕으로 특정한 시간과 공간을 통과해온 한 사람의 기록이라는 사실이다. 그렇기 때문에 같은 경험에 대해서 다르게 기억하고 있는 사람 역시 존재할 수밖에 없으며, 사람에 따라서는 선뜻 동의하지 못하는 부분도 눈에 띌 것이다. 표준화된 교과서를 받아든 것이 아니기 때문에 이는 당연하고 자연스러운 일이다.

그럼에도 불구하고 이 책이 갖는 미덕은 충분하다. 바로 자신이 지나온 길에 대한 무한한 애정이 그것이다. 4년 동안 이어지는 고된 훈련과 공부, 그리고 다양한 영역에서 이뤄지는 심신의 단련. 장밋빛으로 기술하는 것이 차라리 거짓에 가깝다고 할 시간임에 틀림없다. 그 시간을 겪으며 마주해야 했던 고뇌와 방황, 기쁨과 보람 등이 오롯이 녹아들어 있어야 한다. 그 긴 터널을 견디며 건너온 끝에 고백하는 애정이기 때문에 그 진정성을 의심할 수 없다.

여러모로 평범하다고만은 할 수 없었던 사관학교 생활을 따스한 시선으로 돌아볼 수 있는 사람이라면, 다가올 자신의 미래는 물론 타인의 삶에 대해서도 넓은 마음을 가질 수 있을 것이다. 부디 독자들이 이 책 안에서 그 애정 어린 시선을 느끼기를 바란다.

소령 임혁(공군사관학교 어문학과 교수)

추천사 II

"배우고 익혀서, 몸과 마음을 조국과 하늘에 바친다."

위 교훈처럼 공군사관학교 생도들은 지금도 조국과 하늘을 위해 그들의 역량을 갈고닦고 있다. 공군사관학교는 결코 쉬운 길이 아니다. 입학부터 졸업까지 매우 험난한 여정이 기다리고 있다. 허나 생도들은 어떤 순간에도 절대 포기하지 않는다. 그리고 그러한 과정을 밟고 일어서면서 더욱 단단해져 빛나는 다이아몬드로 성장한다. 또한, 생도들은 그 길을 두려워하지 않는다. 공군사관학교를 졸업한 장교들은 특출난 사람이 아니라, 자신과 마찬가지로 학생에서 생도가 된 평범한 사람이기 때문이다. 다른 점이 있다면, 단지 아직 임관을 하지 않은 생도라는 점일 것이다.

본인이 공군사관학교 생도전대 5중대장으로 재임할 당시, 저자를 포함한 생도들에게 한 이야기가 있다.

'졸업한 지 10여 년이 지난 나에게 생도 생활은 찰나의 순간으로 기억되고 있다. 내 앞에 있는 당신들도 시간이 지나고 나면 생도 생활이 필름처럼 순간순간으로 기억될 것이다. 그러므로 그 순간들이 조금 더 의미 있는 장면이 되도록 생도 생활을 했으면 좋겠다.'

그래서 나는 생도들과 면담을 할 때면 많은 것들을 도전해보라고 권하곤 한다. 공군사관학교는 생도들에게 많은 것을 베풀어주므로, 열정과 의지가 충만하다면 단지 추억으로 남는 것 그 이상의 것을 배워갈 수 있을 것이다.

생도 중대장으로서 생도들과 같이 생활하다 보면 생도 때의 추억들이 종종 떠오르곤 한다. 행복했던 그 시절의 생각으로 웃음꽃이 피다가도, 그 추억이 구체적이지 않고 순간으로만 떠오르는 것에 아쉬움을 감출 수 없을 때가 더 많았다. 그런데 예전의 기억을 세밀하게 떠오르게 하는 저자의 글은 이런 내 아쉬움을 달래주었다.

이 책은 공군사관학교 생도 생활을 구체적으로 그려볼 수 있는 훌륭한 안내서이다. 그러므로 공군사관학교 입학을 희망하는 미래의 공군 주역들부터 생도 시절의 추억을 회상하고 싶은 선배 졸업생에게도 모두 추천하고 싶은 책이다.

끝으로 저자의 공군사관학교 선배이자, 저자와 함께 동고동락한 훈육요원으로서 저자의 건승과 빛나는 미래를 기원한다.

소령 장관(저자 생도 4학년 때 중대장)

개정판 서문

생도 시절에 썼던 수양록과 기타 기록들이 한 권의 책이 되어 세상에 나온 지도 어느덧 3년을 향해간다. 출간 이후, 이 책 덕분에 많은 사람들에게 과분한 관심을 받았다. 공군사관학교를 꿈꾸는 많은 예비생도 수험생분들에게 동기부여가 되었다는 연락을 받았고, 월간 『공군』 23년 12월호에 조직에 기여한 인물로 소개하며 나에 대한 인터뷰가 실리기도 했다. 또한 참석은 못 했지만, 공사 총동창회에서 주관한 동문 저자 행사에 초청받았으며 '공군사관학교 학부모 모임'에서 강연을 부탁받기도 했다. 출간을 꿈꾸는 현역 · 예비역 공군인분들에게도 출간 방법을 묻는 적지 않은 전화를 받았다.

그런 많은 관심이, 당시에 저자가 임관한 지 1년밖에 안 된 한낱 학생 조종사 중위여서 그런 건지, 혹은 '공군사관학교 생활'만을 소재로 하는 책이 출판 시장에 처음 나와서인지는 모르겠다. 하지만 평범한 생도였던 내가, 단지 '작가'라는 이유만으로 누렸던 그런 관심은 꽤 참신했다. 물론, 생도 생활을 어두운 그늘까지 적나라하게 소개한 바람에 성무대로 향하던 발걸음을 뒤로 돌린 수험생이 생겼다는 등의 이유로 작은 비판을 받기도 했지만 말이다.

근무가 없는 날에 서점을 종종 들른다. 'Best Seller' 코너와 여러 분야의 평대를 둘러보다가 마음에 드는 책을 한 권 골라 계산대에 가져간다. 그러면서 사람들이 들고 있는 책을 구경한다. 나의 책도 이 서점에 존재하지만, 책등에 누런 먼지가 쌓여 있는 것을 보면 독자들은 나의 책에 큰 관심이 없는 듯하다. 내가 생각하기에도 나와 그들이 사기 위해 고른 책보다 나의 책이 더 매력적이진 않은 것 같다.

'과연 어떤 독자들이 나의 책을 구입하는 것일까.'

책을 고르는 기준은 크게 두 가지라고 생각한다. 영감이나 지혜를 줄 수 있는 뛰어난 글이거나, 아니면 유명한 작가의 저서이거나. 하지만 이 책의 독자들은 이런 두 가지 이유에서 나의 책을 구매한 건 아닌 듯했다. 이 책에 열매가 많은 것도, 내가 유명한 작가인 것도 아니기 때문이다. 그렇기에 나는 독자들이 '공군사관학교'를 사랑하는 애교(愛校)의 마음, 공군을 사랑하는 마음, 더 크게는 애국(愛國)의 마음으로 구매한 것이라고 확신한다. 아무리 내가 쓴 글이라고 한들, 그런 독자들의 고결한 마음이 담긴 인세를 온전히 사적으로 쓴다면 공군인으로서 부끄럽지 않을 수 없었다. 그래서 인세를 의미 있는 곳에 쓰고자 순직 공군 조종사 유가족 후원 재단인 '하늘사랑 장학재단'에 기부했다.

개정판은 공군사관학교 졸업한 뒤 이어졌던 조종사의 상징인 '빨간 마후라'를 수여받으며 공군 조종사로 거듭나기까지 2년간의 여정을 에피소드 형식으로 기존의 내용에 더했다. 아쉽게도 후배 학생 조종사분들이 가장 관심 있을 만한, 어떻게 하면 비행을 잘해서 비행교육과정을 수료할 수 있는지를 담지는 않았다. 그런 비행 노하우는 개인의 의지와 노력으로만 터득할 수 있기에 내가 글로써 조언할 수 있는 것이 없다. 대신, 후배 분들이 비행훈련을 받으며 봉착할 수 있는 난관을 어떻게 극복해야 하는지에 대한 단서는 찾을 수 있으리라 기대하며 9장을 썼다.

한편, 나는 비행훈련 성적 그래프에서 저공비행하며 가까스로 교육과정을 수료했는데, 이런 나를 보며 비행훈련에 대한 막연한 두려움을 갖지 않을까 걱정스럽기도 하다. 하지만 절대 그럴 필요 없다. 저자를 타산지석 삼으면 당신이 염려하고 걱정하는 일들이 대부분 발생하지 않을 것이라고 자신할 수 있다.

개정판 원고를 쓰기까지 고민을 많이 했다. 책 한 권을 출판하는 데 작가와 출판사의 노고가 제일 크겠지만, 군인이라는 신분의 특성상 출판 과정에서 선배님들의 도움도 많이 필요하기 때문이다. 그럼에도 원고를 또 쓴다 했을 때, 아무런 내색도 하지 않고 응원하고 지지해준 제296비행대대 가족분들 덕분에 원고를 쓸 수 있었다. 그렇기에 국가 방위를 위해 불철주야 고생하는 우리 대대원분들께 가장 큰 감사의 인사를 드리고 싶다. 또한 표지 그림을 부탁했을 때, 흔쾌히 승낙해주신 '스튜디오 도아' 님께도 정말 감사드린다.

2025년 3월 김범수

시작하며

나는 경찰 공무원인 아버지와 주부인 어머니 슬하의 평범한 가정에서 태어나, 초·중·고 학창 시절 역시 평범하게 보냈다. 이후에는 대학교와 군대를 갔다가 평범한 기업에 취업하고, 인생의 동반자와 가정을 꾸리며 평범한 삶을 사는 것이 꿈이었다.

대학 입시를 준비하면서 공군사관학교 역시 여느 대학교처럼 낭만적인 캠퍼스 생활을 누릴 수 있는 평범한 대학교인 줄 알았다. 그렇기에 공군사관학교에 합격한 뒤에 큰 고민 없이 입학을 결정할 수 있었다. 한편으로 공군사관학교에 입학하면 대한민국 남자가 수행해야 하는 2년여간의 의무복무를 걱정하지 않아도 된다는 생각에, 일반 대학보다 이점이 더 많다는 생각도 있었다.

그런데 입학하고 얼마 지나지 않아 내 생각이 완전히 틀렸다는 것을 금방 깨달을 수 있었다. 친구들이 고등학교 졸업식에서 꽃다발을 받을 때 나는 혹독한 기초군사훈련을 받고 있었고, 일반 대학에 입학한 친구들이 학교 선배에게 밥을 얻어먹을 때 나는 중대 선배에게 얼차려를 받아야 했다. 생각지도 못한 생도 생활의 어려움과 고난을 맞닥뜨린 나는 자연스럽게 생도 생활에 회의감이 들기 시작했다. 무언가에 적응하는가 싶으면 새로운 어려움이 나타나 다시 나의 정신과 마음을 송두리째 흔들어놓았다. 이러한 상황을 견디지 못한 많은 동기생들은 공군사관학교를 떠나는 선택을 하기도 했다. 그러나 나는 그 어려운 시간을 이겨내며 어느덧 '공군사관생도'로서의 자부심을 갖고 후배를 교육하는 선배 생도로 성장했고, 이제 졸업과 동시에 대한민국 영공을 책임지는 공군 장교로 임관했다.

내가 4년간의 생도 생활을 책으로 써야겠다고 결심한 이유는 간단하다. 공군사관학교 입학을 준비하는 학생들에게 내가 가졌던 생각과 경험을 전하고 싶었다. 생도 생활 중에는 솔직하게 전하지 못했던 생각들을 글의 힘에 기대 가감 없이 전해보려 한다.

한편으로 나는 학교를 다니면서 생도 생활에 대해 부모님에게 구체적으로 이야기한 적이 거의 없었는데, 이 책은 나같이 말 없는 생도 자녀를 둔 학부모에게는 궁금했던 자녀의 생도 생활을 이해하는 데 도움이 되어줄 것이라 생각한다.

무엇보다 이 책이 생도 생활에 어려움을 겪고 있는 후배들에게 도움이 되기를 바란다. 지금 당신이 하고 있는 생각과 고민을 나 역시 거쳐왔다. 혹여나 힘든 생도 생활로 인해 어려운 시기를 보내고 있거나 퇴교를 고민하고 있다면, 이 책을 읽고 조금이나마 용기와 위로를 얻었으면 좋겠다. 당신이 생도 생활에 잘 적응하지 못하여 지금 힘든 것이 아니라 누구나 겪는 자연스러운 일임을 알게 될 것이다. 당신은 생도 생활 중 빈번히 찾아오는 어려움을 견뎌낼 충분한 능력이 있으며, 이제 당신 앞에는 행복한 추억으로 남을 일들만 기다리고 있음을 같은 길을 밟아온 사람으로서 확신한다.

책을 어떻게 구성할 것인지에 대한 고민이 많았다. 가장 쉬운 방법은 학년 순서대로 있었던 일을 서술하는 방식이었다. 하지만 단순한 시간순 서술로는 이 책이 생도 생활을 처음부터 끝까지 설명해주는 단순 설명서에 지나지 않을 것이라 생각했다. 앞에서 말했다시피 전반적인 생활 외에도 내가 경험했던 에피소드나 공군사관생도로서 지녔던 생각을 공유하고 싶었다. 또한 생도 생활의 모든 것을 말해버린다면 그것은 후배의 '모를 권리'를 어느 정도 침해하는 일이라고도 생각했다. 그렇기에 목차를 단순히 학년순으로 구성하지는 않았다.

1장에서는 평범한 삶을 추구했던 19살의 내가 공군사관학교에 입학하게 되는 과정을, 2장에서는 그런 내가 군인으로 탈바꿈하는 과정을 보여준다. 3장에서부터 6장까지는 전반적인 생도 생활 및 문화를 소개한다. 7장에서는 일반 대학교의 학생회와 비슷한 자치근무를 역임하면서 겪었던 일들을 에피소드 형식으로 엮었다. 마지막 8장에서는 생도 생활을 하면서 갖게 된 생각이나 개인적인 에피소드를 담았다.

이제 당신을 공군사관학교 ○○○ 생도로 초대한다.

2022년 5월 김범수

C O N T E N T S

5장
훈련
Extremes

6장
미(味)와 美
Moments of Pleasure

7장
자치근무 활동
Private Work

8장
하고 싶은 말
Add Words

9장
조종사가 되기까지
Becoming a Pilot

1장

공군사관학교 입학 과정

Prepare

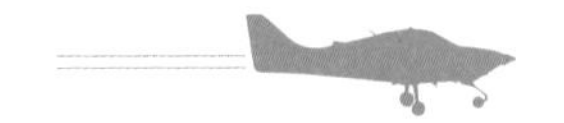

어쩌다 공군사관학교 지원, 그리고 시험과 면접

공군사관학교 동기들과 중고등학생 때 품었던 장래희망에 대해서 이야기를 나누다 보면, 의외로 처음부터 조종사나 군인이 꿈이 아니었는데 사관학교에 입학한 동기들이 적지 않다. 물론 대부분은 어렸을 적부터 전투기 조종사나 군인을 꿈꿔오며 오랜 준비를 한 끝에 공군사관학교에 지원했다. 하지만 부모님의 권유나 경제적 부담 때문에 공군사관학교에 온 경우도 있고, 대학 입시에서 공군사관학교만 붙어서 어쩔 수 없이 입학한 경우도 있다. 공군사관학교가 힘든 곳인 것을 알면서도 수험생 생활을 다시 시작하는 것보다는 낫다고 생각해 입학했다는 것이다. 물론 이런 동기생들도 생도 생활을 하면서 자연스럽게 군인과 조종사에 대한 사명감을 갖게 되었다.

나의 장래희망 역시 군인이나 조종사가 아니었다. 나는 공군사관학교에 합격하는 순간까지도 군인이라는 진로에 대해서 진지하게 생각해본 적이 없었다. 나는 어릴 때부터 '컴퓨터 전문가'가 되고 싶었다. 고등학생 때 학교생활기록부에도 소프트웨어 개발자, 정보보안 전문가처럼 컴퓨터와 관련된 직종이 적혀 있다.

경찰대학교와 사관학교는 대학에 지원할 수 있는 횟수가 정해진 수시와 정시 전형에 영향을 미치지 않아 누구나 부담 없이 지원할 수 있다. 두 학교는 불합격하더라도 나중에 일반 대학에 지원하는 데 아무런 불이익이 없고, 합격한다면 수시와 정시 입시에 실패했을 때도 진학할 수 있는 '보험' 학교가 된다. 이 학교의 입시 시험은 수능 전 실전과 비슷한 고사장의 느낌을 경험할 수 있는 기회이기도 했다. 내가 그러했듯 여러 친구들 또한 이러한 이유로 경찰대학교와 사관학교 시험에 응시했다. 내가 사관학교에 지원한 해에는 군인의 삶을 다룬 드라마 〈태양의 후예〉가 방영되어 인기를 끌면서 평소보다 더 많은 사람들이 사관학교에 지원하기도 했다.

여러 사관학교 가운데 공군사관학교를 선택한 이유는 특별하지 않다. 육·해·공군사관학교의 1차 필기시험이 동시에 치러지기 때문에 이 중 하나를 선택해야 했는데, 진해에 있는 해군사관학교는 집에서 오가기에 너무 멀었고, 주로 강원도 최전방에서 근무해야 하는 육군은 추위를 견디지 못하는 나는 적응할 수 없을 것 같았다. 그에 반해 공군사관학교는 학교 위치나 훗날 근무하는 지역을 고려해봤을 때 나에게 가장 적합했다. 또 드라마를 통해 짧게라도 접했던 모습이 인상적으로 남아 있었기에 공군사관학교에 지원했다.

공군사관학교 선발 과정은 2차에 걸쳐 진행되었다. 1차 시험은 필기시험이고, 2차 시험은 신체검사, 체력검정, 역사·안보 논술 및 면접으로 이루어졌다. 1차 필기시험은 과학탐구, 사회탐구 과목 없이 국어, 수학, 영어 세 과목만 실시했다. 사관학교 1차 시험을 열심히 준비하느라 수능 공부를 소홀히 한다면, 그것은 소탐대실하는 것이다. 그러기에 나는 최근 3개년 정도의 기출문제만 직접 출력해 풀어보았다. 사관학교 필기시험은 어려운 사설 모의고사와 난이도가 비슷했으며, 수능과 나름의 연계성도 있었다. 1차 필기시험이 끝나고 일주일 뒤에 결과가 발표되었는데, 가채점 점수가 예상 커트라인 점수보다 꽤 높았기에 당연히 처음부터 합격이라고 생각했고, 현실도 그러했다.

같이 1차 시험을 본 고등학교 친구들 중 수능을 위해 시험장의 분위기만 미리 경험하고자 했던 친구들은 1차 시험에 합격해도 2차 시험에 응시하지 않았는데, 나는 끝까지 마무리 지으며 합격증이라도 받아보고 싶어 2차 시험에 응시했다.

공군사관학교는 공중근무자를 뽑기 때문에 신체검사의 안과 통과 기준이 까다롭고, 실제로 절반 가까이 신체검사에서 탈락한다고 알고 있었다. 대부분 선천적으로 결정되는 신체에 내가 할 수 있는 것은 거의 없었고, 신체검사 결과를 뒤바꾸기 위해 무언가 노력할 것도 없었기에 그저 잘되기를 기도하는 수밖에 없었다.

2차 시험은 공군사관학교에서 1박 2일 동안 진행되기 때문에 간단한 세면도구와 옷을 챙겨가야만 했다. 도착하자마자 신체검사부터 진행되었는데, 이전까지는 높은 수준의 신체검사를 해본 적이 없기에 상당히 체계적이고 다양한 공군사관학교의 신체검사 과정이 신기하기만 했다. 나는 한 번도 안경을 낀 적이 없기에 시력에서는 큰 문제가 없을 줄 알았는데, 안과 검사에서 시력이 전부는 아니라는 것을 느꼈다. 그림에서 입체적으로 보이는 방향을 맞추는 입체시(示) 검사를 했는데, 내가 정답을 제대로 찾지 못하고 있음을 느꼈다. 담당자에게 정답지를 제출한 뒤 신체검사에서 불합격하는구나 하고 걱정했는데, 다행히도 불합격은 아니지만 입체시 검사를 다시 해야 한다고 했다. 첫 검사는 전자식 그림으로 했다면 재검사는 종이책으로 된 그림으로 진행했고, 전자식 그림과 달리 잘 보여 통과할 수 있었다. 정말 절반에 가까운 인원이 신체검사에서 탈락하며 가져온 짐을 풀어보지도 못한 채 다시 돌아가야 했다.

체력검정은 팔굽혀펴기, 윗몸일으키기, 제자리멀리뛰기, 1,500m 달리기의 4가지 종목으로 진행됐다. 평소 학교에서 축구 등 유산소운동을 자주 했기에 달리기 연습을 따로 하지 않았고, 팔굽혀펴기와 윗몸일으키기만 준비했다. 제자리멀리뛰기는 몇 번 뛰어보다가 실력의 발전이 없음을 느끼고 시험 당일의 운에 맡기기로 했다. 1,500m 달리기만 불합격 기준이 있고, 나머지 종목은 불합격은 없었기 때문에 한 종목 정도는 포기하는 것이 가능한 일이었다. 실제로 우리 조의 한 명은 달리기에서 떨어졌다. 그렇게 1등급에서 15등급까지 중 팔굽혀펴기와 윗몸일으키기는 1등급, 1,500m 달리기는 4등급, 제자리멀리뛰기는 14등급을 받으며 제자리멀리뛰기를 제외하고는 괜찮은 점수를 받았다.

역사·안보 논술은 군인으로서의 기본적인 지식과 함께 마땅한 역사관과 국가관을 지니고 있는지 평가하는 관문이었다. 고등학교 내신 시험처럼 역사를 달달 외워서 써야 하는 논술시험이었다면 백지에 가까운 답안지를 내야 할 수도 있었겠지만, 다행히 그런 부류의 문제가 아니었다. 답안지에 나의 지식과 생각을 편하게 써내려갈 수 있었다.

2차 시험 중에서 가장 중요한 것은 면접이었다. 2차 시험 총점 120점 중 80점이 면접에서 결정됐다. 그래서 면접만큼은 공들여서 준비했다. 내가 썼던 자기소개서를 완벽하게 숙지하는 것은 물론이고, 공군사관학교 홈페이지에 들어가 교훈과 생활강령인 공사십훈(空士十訓)까지 정확한 의미도 모른 채 외웠다. 공군사관학교에 관심이 있다는 것을 보여주는 최소한의 예의였다. 그리고 육군사관학교 면접을 준비하는 친구의 예상 질문 리스트를 빌려 나 자신을 면접해보기도 했다. 면접 때는 보통 교복을 많이 입는다고 하지만, 내가 다닌 고등학교는 교복이 없었다. 그래서 단정한 검은색 바지, 누가 봐도 새것 같은 흰 셔츠와 넥타이, 유행하던 컨버스 신발을 챙겨갔다.

처음 면접장에 들어설 때부터 나는 함박웃음을 지으며 인사를 했다. 그래서인지 면접은 생각보다 밝은 분위기 속에서 진행되었지만 긴장이 되는 건 어쩔 수 없었다.

"혹시 저기 뒤에 있는 전투기 모형이 어떤 전투기인지 아나요?"

나는 전투기는 상상만 해봤지 실제 사진이나 모형은 제대로 본 적조차 없었다. 잠시 고민하다가 전투기는 'F-15K'만 알면 된다는 친구의 말이 생각났다. 모르겠다고 대답하는 것보다는 아무 말이라도 하는 것이 좋을 것 같아 일단 내뱉었다.

"F-15K입니다!"

나는 틀리더라도 그 질문의 정답이 궁금했다. 하지만 심사위원은 나의 답변이 정답인지 아닌지는 따로 말해주지 않았다. 그렇기에 지금까지도 그때 내가 맞았는지 틀렸는지 모른다. 이 질문 외에는 대부분 내가 연습했던 질문에서 나와 준비했던 내용을 바탕으로 어렵지 않게 대답할 수 있었다. 자신이 없는 정치나 역사에 대한 질문만 나오지 않기를 바랐는데, 다행히 이것도 피해갈 수 있었다.

면접을 마지막으로 2차 시험이 모두 끝이 났으며, 합격 결과만 기다리고 있었다. 사관학교 입시와 관련된 정보를 공유하는 온라인 커뮤니티에 가면 사관학교 입학에만 올인하여 2차 시험이 끝난 순간부터 수능 공부에 손 떼는 사람들이 있었는데, 일반 대학교도 준비했던 나는 그럴 수 없었다.

공군사관학교로의 입학 결심

나는 선발 점수에 반영되는 학교생활기록부의 내신 성적도 좋지 않았고, 가산점이 부여되는 한국사능력검정시험에서도 고득점을 얻지 못하였기에 최초 합격은 힘들 수도 있다고 생각했다. 1차 시험에서 고득점으로 가산점을 받기는 했지만, 부족한 점수를 충당하기에는 어려워 보였다. 그래도 내심 기대를 하며 학교 컴퓨터실에서 합격 결과를 조회했다.

"축하합니다. 귀하는 제69기 공군사관학교 선발시험에 최종 합격하였습니다."

내가 꿈꿔오며 목표로 했던 학교는 아니었지만, 수험생으로서 처음으로 누린 대학 합격의 기쁨은 말로 할 수 없었다. 수능 이전에 합격 발표를 하는 학교는 사관학교밖에 없었기에 고등학교 친구들 중에서 내가 제일 먼저 합격자가 될 수 있었다.

그럼에도 공군사관학교는 나에게 그저 '보험'이었다. 다른 대학에 붙으면 사관학교 입학을 포기할 생각이었기에 수능 공부에서 완전히 손을 뗄 수는 없었다. 하지만 '합격'이라는 두 글자는 나를 나태하게 했다. 적어도 재수를 안 해도 된다는 상황이 나에게 안도감을 줄 것이라고 생각했지만, 그 안도감은 목표한 대학에 대한 간절함마저 없앴고, 이는 자연스럽게 나태함으로 이어졌다. 공군사관학교에 합격하자마자 최신형 스마트폰을 샀고, 수능을 며칠 남기지 않은 주말에는 기숙사에서 나와 볼링도 치고 PC방도 가며 조금의 여유를 즐기기도 했다.

내가 공군사관학교에 진학하기로 결심한 것은 수능을 치르고 정시 전형에 지원하기 전이었다. 내가 수능에서 좋은 성적을 거두지 못해서 어쩔 수 없이 유일하게 합격한 공군사관학교에 갈 수밖에 없는 상황에 몰리자 마치 선택해서 간 것처럼 스스로를 합리화한 것은 아니었다.

막상 합격하고 나니 공군사관학교에 조금씩 관심이 생기기 시작했는데, 처음에는 '과연 이 학교는 어떤 곳인가' 궁금해하는 천진난만한 호기심이었다는 것이 솔직한 표현일 것 같다. 수능이 끝난 뒤 공군사관학교에 대해서 조금씩 조사하기 시작했고, 의외로 공군사관학교가 내 꿈을 실현하는 데 많은 이점을 줄 수 있을 것 같다고 느꼈다.

남자의 경우 대학교를 졸업하고 군대까지 다녀오면 아무리 빨리 취업

해도 26세이고, 이마저도 매우 잘 풀려야 가능한 일이다. 또한 나의 장래희망인 컴퓨터 전문가가 되기 위해서는 학사학위로는 부족하다는 생각이 들었다. 그렇다면 석사학위까지는 공부해야 하는데, 공군사관학교를 졸업하면 훗날 국비로 석·박사 위탁교육을 받을 수 있다는 것을 알게 됐고, 더군다나 학부에 컴퓨터학과와 비슷한 '전산정보과학과'도 있다니 두 마리 토끼를 잡기에 공군사관학교가 나에게 제격일 수 있다는 생각이 들었다. 그렇게 나는 기존에 계획한 진로에서 공군사관학교라는 길로 방향을 돌리기로 결정을 내렸다.

앞으로의 인생을 좌지우지하는 선택에 채 한 달이 안 되는 시간이 걸

학교로 복귀하는 날, 동네에서

린 것에 누군가는 너무 충동적인 선택을 한 것이 아니냐는 걱정을 할 수 도 있지만, 나는 지금껏 이 선택에 대해서 후회한 적이 없다.

나의 고등학교 성적은 하위권으로 내신이 5점대였기 때문에, 내신 성적이 큰 비중을 차지하는 수시 전형에서 합격할 가능성이 거의 없었다. 어쩌면 수시 전형에 지원하지 않아 응시료를 아끼는 것이 더 현명해 보이기도 했다. 하지만 비록 수능에서는 응시하지 않지만 학교에서 열심히 공부한 과목과 성실히 참여한 창의적 체험활동 및 동아리활동이 그저 추억으로만 남는 것이 아쉬웠다. 그래서 수능 공부를 하다가 집중이 안 될 때 자기소개서를 써가며 수시 전형을 준비했고, 여러 학교에 지원했다.

수능이 끝난 뒤 기숙사에서 퇴사하고 집에서 쉬고 있을 때였다. 수시 전형으로 지원한 대학교에서 합격 결과를 확인하라는 문자가 왔다.

"○○○대학교 최종합격을 축하드립니다."

공군사관학교에 가겠다고 마음을 굳힌 뒤였으니 다른 학교에 갈 수 있다는 기쁨보다는, 적어도 내가 열심히 공부한 고등학교 3년이 헛되지는 않았다는 보람이 더 컸다. 그리고 나처럼 낮은 내신 성적을 받은 사람도 수시 전형으로 상위권 대학에 합격하는 일은 이례적이었기에 더 기분이 좋았다.

며칠 뒤 그 학교에서 전화가 왔다.

"○○○대학교입니다. 혹시 입학 등록하실 건가요?"

"아니오, 다른 학교 가려고 합니다."

"어느 학교 가시는지 여쭤봐도 될까요?"

"공군사관학교입니다!"

그렇게 나는 다시는 돌이킬 수 없는 강을 건넜다. 수시 전형으로 합격하면 정시 전형으로는 지원할 수 없기 때문에 공군사관학교에 가지 않겠다고 다시 마음이 바뀐다면 나는 재수를 해야 했다. 이제 나의 길은 오직 공군사관학교뿐이다.

2장

민간인에서 군인으로

Change

등록일 행사와 생활 적응 기간

공군사관학교 입교 전날은 마치 아메리카노를 몇 잔 마신 것처럼 심장이 벌렁벌렁 뛰었다. 잠도 오지 않았다. 거울을 보면 밤톨 같은 머리카락의 낯선 내가 있었다. 경험해보지 못한 세계로 들어간다는 두려움과 걱정을 받아들이기에 스무 살은 너무 어렸다.

기초군사훈련에 입교하는 예비생도들의 환영식인 등록일 행사에 늦지 않기 위해 이른 시각에 집에서 출발했다. 사실 늦지 않기 위해 일찍 서둘렀다기보다는, 빨리 집에서 떠나는 것이 마음이 더 편했기 때문이다. 집에 있는 것은 입교까지는 아직 시간이 많이 남았다며 스스로를 희망고문하는 것과 같았기 때문이다.

학교에 일찍 도착해 등록일 행사가 시작하기 전, 재학생으로 있는 아는 형을 만났다. 고등학교 선배이자 친형의 친구였다. 학교에 대해 궁금했던 점과 훈련에 대해서 질문했다. 그때가 그 선배를 '형'이라고 부를 수 있는 마지막 순간이었다. 기초군사훈련을 시작하자 하늘처럼 높고 무서운 '선배'가 되어버렸기 때문이다.

등록일 행사는 입교자 명단에서 내 이름을 확인하는 것부터 시작했다. 이후 입교생, 부모님 대표의 편지 낭독, 교관 및 중대장 소개 등이 진행됐다. 그 순간에도 나는 큰 감흥은 없었다. 그래서 친구들에게 편지를 써달라고 메시지를 보내며 휴대전화만 만지작거렸다.

이후 부모님에게 큰절하는 행사가 있어 내 차례에 맞춰 무대 위로 올라갔다. 그것이 그날 부모님 곁에 있었던 마지막 시간이었다. 큰절을 한 뒤 바로 안내에 따라 건물 밖으로 이동했고, 중대별로 정렬했다. 뒤에 계신 부모님과 손으로만 마지막 인사를 나눌 수 있었는데, 부모님의 눈가가 달아올라 있는 것이 보였다. 의도치 않게 내가 형보다 입대를 빨리 하는 바람에 부모님 역시 입대하는 자식을 떠나보내는 슬픔을 처음 겪고 있는 것이다.

멋진 예복을 입은 중대장 생도의 인솔에 따라 웅장한 군악대 소리와 함께 그 장소를 빠져나갔다. 다른 선배들은 길가에 서서 행진하는 우리들에게 박수를 보내며 여러 말을 건넸다.

"이제 시작이다."

생애 첫 전투복을 입고서

"조금 이따가 보자!"

"웃을 수 있을 때 웃어둬."

이때는 그 말의 속뜻도 모른 채, 웃으라길래 정말 열심히 함박웃음을 지으며 소강당으로 이동했다. 그러고는 입학 후 입을 정복, 예복 등을 위해 온몸의 치수를 재고, 예방접종을 받았다. 이후 주어진 전투복으로 갈아입고, 입고 있던 사복과 휴대전화를 반납했다. 그렇게 29일 동안의 기초 군사훈련 중 첫째 날이 시작됐다.

등록일 행사 당일을 포함해 나흘간은 '생활 적응 기간'이 운영되었다. 이 기간은 실질적인 전투 훈련보다는 예비생도로서의 생활 방식과 생활 패턴에 적응하는 것을 목표로 한다. 또한 부대 견학, 자기소개 등의 오리엔테이션도 진행된다. 군기, 단체행동 등은 그렇다 치고, 예비생도의 생활에서 내가 충격을 받았던 것은 바로 식사와 목욕이었다. 식사는 숟가락과 젓가락이 아닌 포카락(포크+숟가락)을 사용해야 했다. 엄청나게 불편한 것은 아니었지만 어린아이가 된 기분이었다.

무엇보다 큰 충격은 목욕이었다. 씻을 때 샤워뿐 아니라 짧은 시간이라도 목욕을 강제로 해야 했는데, 직사각형의 목욕탕 안에 50명 정도 되는 중대원이 다 들어가야 했다. 사람 수에 비해 목욕탕 크기가 매우 작아서 4열로 빼곡하게 앉아도 모두가 앉기에 공간이 부족했다. 내 허벅지가 앞사람의 엉덩이에 닿을 정도로 붙어서 앉아야 했다. 그렇게 바짝 붙어 앉아서 앞사람의 어깨를 주무르고, 다시 뒤로 돌아서는 뒷사람의 어깨를 주무르고는 했다. 알몸인 예비생도들과 달리 지도생도는 옷을 입고 있었는데, 우리를 쳐다볼 때 약간 수치스럽기도 했다. 이런 목욕은 입학식까지 매일 계속되었다.

기초군사훈련의 가족

예비생도들은 재학생이 생활하는 '정예관' 뒤편에 있는 별관에서 생활한다. 4명이 룸메이트가 되어 방 하나를 같이 사용하는데, 이 룸메이트를 '브라더(brother)'라고 한다. 또 이 방의 예비생도들을 담당하는 지도생도가 있는데, 그를 이들의 '애비'라고 한다. 애비는 담당하는 방의 예비생도들을 '자식'이라고 부르고, 예비생도들은 자신을 담당하는 지도생도를 '애비님'이라고 부른다. 이러한 방식으로 유기적인 관계를 형성하여 기초군사훈련 기간에 브라더끼리는 서로 의지하고, 애비에게는 격려와 도움을 받을 수 있도록 한다.

기초군사훈련 중 내가 말할 수 있는 상대는 브라더와 애비님밖에 없었다. 일과 중에는 말을 할 수 있는 기회가 거의 없을뿐더러, 괜히 말했다가 지도생도가 듣기라도 하면 누가 떠드냐며 혼나는 수가 있어 그냥 아무 말도 안 하고 가만히 있는 것이 상책이었다. 하지만 유일하게 마음 편히 떠들 수 있는 시간이 있었는데, 바로 '애비와의 시간'이었다. 이 시간은 저녁점호 이후 22시부터 22시 30분까지로, 30분간 생활실에서 브라더 및 애비님과 이야기를 나눌 수 있었다. 이때 우리는 시시한 우스갯소리부터 진지한 고민거리까지 많은 이야기를 나누었다.

브라더들과는 애비와의 시간이 끝난 이후에도 불을 끄고 몰래 조용히 이야기를 나눌 수 있기 때문에, 애비와의 시간에는 주로 애비님과 이야기를 했다. 브라더들도 같은 마음이었기에 거의 1대 4로 이야기하는 구도가 형성되기도 했다. 애비와의 시간이 끝나면 무언가 궁금해도 더 이상 물어볼 수 없기에 이 시간에 애비님으로부터 많은 정보를 얻는 것이 중요했다.

애비님과의 시간에는 바깥세상의 일들에 대해서도 듣곤 했다. 예를 들면, 축구 경기가 몇 대 몇으로 끝났는지, 게임 대회에서 누가 우승했는지 등의 일이었다. 당시 드라마 〈도깨비〉가 인기가 높았는데, 마지막 방송을 못 보고 온 예비생도들은 결말에 대해서 물어보기도 했다.

하지만 애비님이 말해주는 내용이 사실인지 거짓인지 판별할 수 있는 방법이 없었다. 다음 날 비가 온다고 하면 진짜 비가 온다고 믿을 수밖에 없었고, 입학식이 일주일 연기됐다고 하면 진짜 연기된 줄 알고 절망하기도 했다. 지도생도들도 이러한 상황을 잘 알기에 일부러 거짓 내용을 퍼뜨리며 장난을 치기도 했다.

그래서 애비님이 말하는 내용을 너무 믿어서는 안 되었고, 애비님 자체를 전적으로 신뢰해서도 안 되었다. 내가 애비님에게 어떤 지도생도에게 찍혀서 그가 계속 나를 혼내서 싫다고 말하면, 우연인 건지 다음 날 그 지도생도가 더 자주 찾아와 혼이 났고, 어떤 지도생도는 좋은 것 같다고 말하면 그가 산타처럼 찾아와 나에게 더 잘해주었다. 나중에 알고보니 우리가 한 이야기를 지도생도끼리 공유하고 있었던 것이다. 따라서 너무 깊은 속사정까지 이야기하면 안 좋은 결과를 초래할 수도 있으므로 조심해야 한다.

어느 날은 밤에 처음 보는 지도생도가 갑자기 들어와 다 엎드리라고 했다. 우리는 영문도 모른 채 일단 엎드렸다.

"너희 내가 누군지 알아?"

"모릅니다!!"

"내가 누구인지 아느냐고!"

"잘 모르겠습니다!!"

"너희들의 삼촌이다! ㅎㅎ"

순간 무슨 소리인가 하고 멍했다. 다시 생각해보니 본인이 애비님의 브라더라는 뜻이었다. 그렇게 우리들은 숨겨진(?) 삼촌을 만났다. 이후 애비님과의 시간에 삼촌네 자식들의 생활실에 가서 처음 만나는 사촌들

기초군사훈련 브라더(사진 제공_공군사관학교)

과 인사를 나누기도 했다.

기초군사훈련 기간의 가족은 그 시간을 버티는 데 정말 큰 힘이 되어 주었다. 기초군사훈련이 끝나면 함께했던 시간만큼 깊은 관계가 지속적으로 유지되기는 힘들지만, 그래도 '브라더', '애비-자식'의 관계는 그 무엇보다 끈끈해서 꾸준히 연락하며 지내기는 한다. 기초군사훈련이 끝나고 몇 년이 지나도 애비님에게는 '애비님'이라고 부른다.

기다려지는 인터넷 편지

긴장된 기초군사훈련 기간 속에서도 브라더, 애비님과 같이 서로의 고민을 나눌 수 있었기에 '애비와의 시간'이 기다려졌지만, 애비님이 가족이나 친구에게서 온 인터넷 편지를 가져다주었기에 이 시간이 더더욱 기다려지기도 했다. 사실은 애비님보다 응원이 되는 인터넷 편지를 더 기다렸는지도 모르겠다. 부모님과 친구들의 격려 편지는 한두 줄밖에 되지 않더라도 보면서 미소가 절로 지어질 정도로 큰 힘이 되었다.

그래서 하루에 적어도 한 개 이상의 편지가 오지 않을까 내심 기대했지만, 나한테 온 편지가 아무것도 없을 때는 아쉬움을 감추지 못하기도 했다. 그런 날에는 브라더들이 편지를 읽으며 눈시울이 붉어질 동안, 나는 멀뚱히 앉아 있거나 애비님과 단둘이 이야기를 해야 했다.

예비생도들은 인터넷은 일체 사용할 수 없었으므로 인터넷 편지에 대한 답신은 손편지를 써서 우편으로 보내주는 것뿐이었다. 하루 정도면 받을 수 있는 인터넷 편지와 달리 손편지는 수신자가 받기까지 일주일 이상 걸려 사실상 편지를 통한 양방향 소통은 거의 불가능했다. 또, 편지를 쓸 수 있는 날은 주말뿐이고, 이때의 시간조차 그렇게 길지 않아서 여러 사람에게 편지를 쓰는 것도 힘들었다. 오직 한 사람에게 보낼 편지지를 글자를 또박또박 쓰며 채우기에도 시간이 부족했다. 게다가 인터넷 편지에 본인의 주소를 남기지 않고 보내는 친구들도 있었는데, 주소를 남겨달라고 말할 방법도 없었기에 훈련이 끝날 때까지 답장을 보내지 못하기도 했다.

입소 전에는 그렇게 날씨가 포근하더니, 입소를 하자마자 올 겨울 들어 제일 추운 날씨가 찾아오는구나. 그래서 혹여나 훈련을 받기 힘들지 않을까 걱정이 되는구나. 오늘부터 본격적인 훈련이 시작될 테니 말이다. 그렇지만 네가 혹한에 훈련을 잘 받으면 강한 공군인(人)이 되어, 장차 다가올 어떤 시련도 충분히 이겨낼 수 있으리라 생각한다. 사람은 평소에 부드럽다가도 시련이 있으면 혹독하리만큼 모질어야 한다. 겪어야 할 것이라면 기쁜 마음으로, 긍정적으로, 적극적으로 훈련에 임하여 용맹스런 군인 정신을 함양하고 대한민국의 으뜸

사나이로 거듭나길 바란다. 아빠를 비롯한 가족 모두가 적극 응원하고 있으니 힘들더라도 지금까지 쌓아온 노력이 헛되지 않도록 불굴의 정신으로 이겨내 주었으면 한다. 사랑한다 아들아. 다음에 또 소식 전하마. 파이팅!

2017. 1. 23. 아빠가

아들, 엄마야! 오늘도 엄청 고생 많았지? 추운데 눈 치우고 그랬니? 날씨가 갑자기 추워서 네 손이랑 발이 얼까 봐 걱정이다. 형은 토요일에 자취방 이사했어. 이사 간 곳 좋더라. 나중에 너도 가서 형이랑 재밌게 놀면 좋을 것 같아. 밥은 잘 먹고 있지? 아프지는 않고? 이번 설에는 형이랑 엄마만 가야 할 것 같아. 아빠가 그날 저녁 근무라서……. 네 빈자리가 크게 느껴질 것 같아. 아들, 힘내고! 잘 먹고 따뜻하게 이불 꼬옥 덮고 자~.

2017. 1. 23. 엄마가

빔수, 뱀수, 범수야 잘 지내니? 형이다. 너를 떠나보내는 그날 미리 편지라도 써둘걸 하는 생각이 들더라. 예전에 내가 고등학교 기숙사에 들어갈 때 너는 손편지를 써줬었는데, 나는 네가 군대를 갈 때도 편지 한 장 써주지 않을 정도로 무심하구나. 생각지도 못하게 네가 나보다 먼저 군대를 가게 되었네. 동생을 먼저 군대에 보내는 마음은 착잡하기도 하면서, 그래도 의젓하게 행진하는 네 모습이 멋있어 보이기도 하더라. 평소에도 한두 달씩 얼굴 못 본 적도 많았는데, 막상 한 달을 강제로 못 만난다고 생각하니, 또 그 한 달간 네가 온갖 고생을 할 것을 생각하니 마음이 많이 아프더라. 물론 네가 기초군사훈련을 잘 버텨내리라 믿는다. 조금만 더 고생하고, 입학식 또는 면회 가능한 대로 다시 얼굴 보자!

2017. 1. 21. 형

잘 지내고 있냐? 힘들겠지? 많이 힘들지만 견디면 분명 더 밝은 미래가 있을 거야. 솔직히 처음에는 네가 공군사관학교에 가는 게 그렇게 실감나지 않았어. 공군사관학교도 그냥 대학의 하나라고 생각했고, 주변에 사관학교 준비하는 애들도 많았으니까. 그런데 막상 친한 친구인 네가 간다니 느낌이 다르네. 내가 대학 가고, 취업 준비를 할 때 넌 군인일 거고, 내가 군대 갔을 때도 넌 군인일 거고, 내가 어른이 돼서 세상에 대해 좀 알게 되었을 때도 넌 여전히 군인일 테지. 나는 한 달 앞의 인생도 알 수 없고, 또 정하지 못하는데, 너는 앞으로 최소 20년간의 인생을 정해놓았다는 생각에 때론 대단하다 싶다. 물론 네가 훈련을 받으면서 군기도 잡히고, 힘든 일도 있겠지만, 그럼에도 난 네가 지금처럼 잘 해낼 거라 생각한다. 네 긍정적인 생각과 밝은 인성만큼은 절대로 잃지 마라. 항상 응원한다. 평생 친하게 지내자!

2017. 1. 22. 친구 정승환

생애
첫 군사훈련

‘총기는 제2의 생명이다’라는 주입교육을 받은 뒤에 개별적으로 총기를 부여받았다. 게임에서만 총기를 보다가 실제로 만져보니 신기했다. 하지만 게임처럼 들고 뛸 만큼 가볍지 않았다.

‘내가 진짜 총을 쏘다니.’

여러 번의 사격 절차 교육을 받은 뒤에 실제 기록 사격을 할 수 있었다. ‘사선으로 가’ 자세를 취하고 총기 개머리판에 뺨을 밀착시키니 가늠자 사이로 표적지가 보였다. 반동을 조금이라도 줄이기 위해 숨을 깊게 들이켰다. 검지로 방아쇠를 당기니 반동과 함께 총알이 날아갔다. 물론 총알은 눈에 보이지 않았다. 반동은 생각보다 강했지만 어깨가 아플 정도는 아니었다. 중간에 호흡을 가다듬기도 했다. 내가 쏜 총알이 표적지의 어디에 맞았는지 눈으로 확인할 수는 없었다. 한 발, 한 발 신중히 쐈다. 그렇게 열 발을 쏘고 기록용 사격지를 확인했다. 열 발 중 두 발 명중. 나중에 친구들이 총 쏴봤냐고 물어보면 아직 안 쏴봤다고 거짓말하는 것이 내 이미지에 더 좋겠다는 생각을 했다.

군사훈련 중 육체적으로 가장 힘들었던 것은 각개전투였다. 지도생도가 '엎드려 쏴' 자세를 취하라고 했다. 눈이 녹아 질퍽거리는 바닥을 보며 순간 나는 엎드려야 하나 망설였다. 엎드리면 속옷까지 젖을 것 같았다. 하지만 이내 나는 진흙 바닥에 엎드려야 했다. 그리고 팔을 폈다 접었다, 다리를 폈다 접었다 반복하여 한 변이 100m 정도 되는 연병장을 가로지르며 포복을 했다. 모래와 흙이 바지와 허리 사이를 비집고 몸 안으로 들어왔고, 옷은 거의 다 젖어갔다. 포복을 하다가 중간에 엎드린 채로 쉬고 있으면 지도생도에게 열외를 당해 처음부터 다시 연병장을 기어야 했기에 쉬지 않고 숨 가쁘게 바닥을 기어야 했다. 게다가 선착순 안에 들지 못하면 다시 처음부터 연병장을 포복으로 기어가야 했다. 포복 숙달이 끝난 뒤에는 돌격 동작인 '약진'과 '굴진'이 기다리고 있었다. 돌격 동작에 맞게 상대방에게 위협이 가도록 소리를 지르며 총을 들고 연병장을 여러 번 가로지르며 뛰기를 반복했다.

군사훈련 중 친구들이 사격 훈련만큼 궁금해하는 것이 있다. 바로 화생방 가스 훈련이다. 가스 체험을 실시하기 전에는 방독면 착용법에 대한 훈련을 충분히 진행한다. 가스 체험을 한 날은 스스로 팔 벌려 뛰기나 버피 테스트를 할 정도로 쌀쌀했던 기억이 난다. 내 순서를 기다리는 동안 가스 체험실에 빨리 들어가고 싶다는 생각을 할 정도로 추웠다. 순서가 되어 방독면을 쓰지 않은 채 앞 사람의 어깨에 손을 얹고 줄줄이 가스 체험실로 들어갔다. 들어가는 순간 추위 좀 참지 못하고 가스실에 빨리 들어가고 싶어 한 생각이 경솔했다는 것을 바로 깨달았다. 숨을 한 번 쉬니 목이 턱 하고 막히면서 숨이 제대로 쉬어지지 않았다. 눈도 떠지지 않고, 콧물도 주르륵 흘렀다. 체조하고 군가를 부른 뒤에야 방독면 주머니에서 방독면을 꺼내 쓸 차례가 왔다. 연습한 뒤 방독면을 제대로 넣어놓지 않았던 것인지 방독면을 뺄 때 정화통이 툭 하고 떨어졌다. 다른 사람들은 방독면을 써서 안정을 찾을 때 나는 바닥에 떨어진 정화통을 줍고 있었다. 정말 당황한 나머지 정화통을 다시 채우려 해도 잘 껴지지가 않아 그만큼 화생방 가스를 더 마셔야 했다. 동기생이 나의 정화통을 대신 채워주어 그제야 조금씩 안정을 찾을 수 있었다. 가스 체험실에서 나와 방독면을 벗은 뒤에도 얼굴에 붙어 있는 CS가스 때문에 한참을 눈물과 콧물을 흘리며 고생했다.

군사훈련의 마지막은 행군으로 장식했다. 군장 가방에 여분의 전투화, 전투복, 야삽, 수통 등 많은 것을 담았다. 그 가방에 총기까지 들어야 했으니 총 20kg가 넘는 무게를 견뎌야 했다. 행군이지만 다리보다는 어깨가 제일 아팠다. 좌우 균형을 완벽하게 맞추지 못해 한쪽 어깨로만 가방을 메는 느낌이 들어 걷는 내내 불편했다. 그렇게 땅과 산을 오가며 20km를 걸어야 했다. 힘들고 지루한 행군을 버틸 수 있던 것은 지도생도 덕분이었다. 행군을 할 때만큼은 군기를 잡기보다 예비생도들에게 말을 걸고 초코바를 나눠주고는 했다. 떨어진 당을 보충하고 지도생도와 수다를 떨다 보면, 어느 순간 나도 모르게 몇 킬로를 지나가 있었다. 그리고 행군의 끝에서 재학생 선배들의 박수를 받으며 별관으로 복귀했다. 그렇게 군사훈련이 끝이 났다.

훈련 대대장생도가 훈련을 시작할 때 예비생도들에게 했던 말이 있다.

내가 속한 기초군사훈련 4중대, 행군을 마친 뒤

"필사즉생 필생즉사(必死則生 必生則死). 죽고자 하면 살 것이며, 살고자 하면 죽을 것이다."

"죽이지 않는 고통은 너를 더 강하게 할 뿐이다."

이 말은 아직도 기억에 남는다. 기초군사훈련을 받으면서 극기를 경험했고, 나의 한계에 맞닥뜨렸을 때는 그 한계를 뛰어넘었기 때문이다. 기초군사훈련을 하기 전에는 나름 체력에는 자신 있다고 생각했다. 하지만 모든 훈련은 항상 나의 체력 이상을 필요로 했다. 또, 나와 달리 힘든 훈련을 거뜬히 해내는 동기생들을 보면서 '나는 왜 잘하지 못할까' 자존감이 떨어지기도 했다. 똑같은 동작을 봐도 나는 금방 따라 할 수 없는데, 동기생들은 마치 예전에 해봤던 것처럼 단번에 따라 했다. 그래도 다행인 것은, 나도 그 기초군사훈련을 모두 수료했다는 것이다.

먹기 힘든 밥

기초군사훈련 기간에는 그 어느 시기보다 밥을 먹는 것이 너무도 소중했다. 고된 훈련으로 인해 체력 소모가 많아서 늘 배가 고팠고, 체력적으로도 무척 피로했다. 하지만 식사 시간을 제외하고는 무언가 먹을 수 있는 시간이 일체 없었다. 그렇기에 식사 시간에 밥을 많이 먹어두는 것이 중요했다. 하지만 그렇게 하도록 우리를 내버려두지 않았다.

식당에 들어가면 배식을 받은 뒤 식탁에 식판을 올려둔다. 그대로 의자에 앉는 것이 아니라 선 채 전투복 건빵 주머니에서 암기사항 소책자를 꺼내 정해준 페이지를 펼쳤다. 그러고는 소책자를 든 채 팔을 곧게 뻗어 그 페이지를 큰 목소리로 반복해서 읽었다.

“차려자세의 목적. 차려자세는 군인의 기본자세이다. 그러므로 안으로는 군인정신에 충일하고 밖으로는 항상 엄숙 단정하여야 한다."

"경례의 목적. 국가 권위에 대한 충성심의 표시이며, 상관에 대한 자발적인 복종심과 부하에 대한 자애심의 발로인 동시에 상하 상호 간 그 직책과 직위에 대한 인식이며, 또한 엄숙한 군기를 겉으로 드러낸 상징이다. 그러므로 경례는 항상 엄숙 단정하게 실시하여야 한다."

그렇게 중대원 또는 모든 동기생이 배식을 받을 때까지 암기사항을 복창하며 기다려야 했다. 중간에 목소리가 작아지면 목소리가 커질 때까지 함성을 질러야 했고, 들고 있는 팔이 아파 조금씩 아래로 향하면 지도생도가 서류 바인더로 팔꿈치를 들어 올려 다시 팔을 곧게 뻗어야 했다.

"전체 착석"이라는 지도생도의 구령이 들리면 소책자를 다시 주머니에 황급히 집어넣으며 의자에 앉는다. 이때도 의자가 끌리는 소리가 나지 않도록 의자를 살짝 들어서 앉아야 했다. 그러면 "냅킨 착용"이라는 구령이 들려왔다. 냅킨이라고 하면 입 주위에 묻은 음식을 닦는 테이블 냅킨이 떠오르겠지만, 여기서는 음식을 흘리는 것을 방지하기 위해 주로 영유아가 사용하는 턱받이 냅킨이다. 암기사항 소책자가 없는 반대쪽 주머니에서 냅킨을 꺼내 목줄을 목 뒤로 넘겨 착용했다. 모든 행동은 신속하게 해야 하며, 행동이 느리면 앉았다 일어서기를 반복하거나 냅킨을 착용했다가 풀었다가를 반복해야 했다.

그렇게 식사가 시작된다. 식사 시간은 길어봤자 10분 정도로 짧았기 때문에 모두 입과 손의 움직임이 빨라졌다. 식사만큼은 편하게 했으면 좋았겠지만, 허리와 고개를 곧게 세우고 포카락을 이용해 ㄷ 자 모양으로 '직각식사'를 해야 했다. 포카락으로 음식을 찍어 팔을 편다. 팔을 편 상태로 포카락을 입 높이까지 들어 올린다. 이후 팔을 당겨 음식을 입에 넣고 먹는 것이다. 이것도 천천히 하는 것이 아니라 절도 있게 해야 하기 때문에, 잘못하면 음식이 포카락에서 빠져 날아가는 경우도 있었다. 냅킨이 필요한 이유이다. 구멍이 있는 포카락을 사용해 국물을 마시는 것이 그렇지 않아도 힘들었는데, 직각식사를 하면 국물이 관성을 이기지 못하고 날아가 국물을 먹는 건 상상도 하지 못했다. 직각식사를 제대로 하지 않으면 지도생도가 "직각박력"이라고 외친다. 그러면 음식 없이

애비님과 브라더

직각식사 동작만 여러 번 반복해야 했다. 그만큼 음식을 먹을 수 있는 실질적인 식사 시간도 줄었고, 음식도 먹지 못했다. 또, 한 명만 잘못해도 그 식탁 전원이 직각박력을 해야 했기 때문에, 동기생에게 피해를 주지 않기 위해 더욱 열심히 직각식사를 해야 했다.

이러한 상황에서 밥과 반찬만 먹는 데도 시간이 촉박했기에 후식을 먹을 수 있는 날은 많지 않았다. 후식으로 배가 자주 나왔는데, 매번 먹지 못하고 남겨 식당을 나와도 못 먹은 배가 계속 머릿속에서 맴돌고는 했다. 한번은 후식으로 요거트가 나온 날이 있었다. 요거트를 먹기 위해 밥을 정말 빠르게 먹고 포장을 뜯었다. 평소 같았으면 포장지에 묻은 요거트를 혀로 핥아 먹었겠지만 생도의 품위에 어긋난다며 그렇게 하지 못했을뿐더러, 포장지에 있는 것을 핥아 먹는 시간에 차라리 용기 안에 있는 것을 떠먹어야 더 많이 먹을 수 있기 때문에 용기 안에 있는 내용물부터 먹기 시작했다. 그런데 갑자기 “동작 그만”이라는 소리가 들렸다. 한 동기생이 지도생도에게 지적을 받자 “아, 미치겠다”라고 하는 바람에 지도생도들이 화가 난 것이었다. 그래서 맛만 보고 제대로 먹지 못했던 요거트에 관한 웃픈 일화도 있다.

하루는 점심으로 비빔밥이 나온 날이었다. 뒤 차례로 배식을 받는 동기생들이 밥도, 나물도, 고추장도 무엇 하나 제대로 받지 못했다. 먼저 배식을 받은 동기생들이 음식을 정량보다 더 많이 가져간 것이다. 나 또한 그랬다. 지도생도는 본인만 생각하는 우리의 부족한 동기생애에 실망했다. 그래서 특단의 조치를 취했다. 모두 식판을 두고 식탁에서 그대로 일어나라고 했다. 그러고는 먼저 배식 받은 중대와 나중에 배식 받은 중대의 위치를 바꿨다. 그래서 먼저 배식 받은 중대는 뒤에 배식 받은 중대의 적은 양을 먹고, 늦게 배식 받은 중대는 앞에 배식 받은 중대의 많은 양의 음식을 먹게 됐다. 이를 계기로 이 문제가 해결되면 좋았겠지만 '나부터 살고보자'는 인식이 모두에게 너무나도 강했기에 늦게 배식 받은 중대가 적게 먹게 되는 문제는 종종 발생했다.

특별훈련

등록일 행사 이후 생활 적응 기간에는 신체적으로나 정신적으로 힘들다는 생각을 크게 하지는 않았다. 그저 약간의 군기가 있는 '군대 캠프'에 온 느낌이었다. 다른 곳으로 이동할 때도 뛰지 않고 걸어 다녔으며, 지도생도가 예비생도들의 잘못을 지적할 때도 구두로만 교육했지 따로 얼차려를 시키지는 않았다. 이 기간에는 군사훈련 또한 실시하지 않았으니 힘든 훈련을 받고 있다는 느낌을 받지 못할 수밖에 없었다.

지도생도들은 우리가 그런 생각을 하고 있다는 것을 아는지 교육할 때 항상 이런 말을 했다.

"다음 주 월요일 훈련 입과식 하고 보자."

"지금이 편한 거야. 아직 시작도 안 했어."

그때는 몰랐다. 이 말들이 무엇을 의미하는 것인지.

월요일이 되어 생활 적응 기간이 끝나고 기초군사훈련 정식 입과식을 했다. 입과식이 끝남과 동시에 팔굽혀펴기, 스쿼트, 버피 테스트 등의 얼차려를 하는 '특별훈련', 3보 이상은 무조건 뛰어다니는 '구보', 군인으로서 갖춰야 할 기본 전투 능력을 함양하는 군사훈련이 시작됐다. 이 외에도 실내에서 직각으로만 움직이는 '직각보행', 식사할 때 팔동작을 직각으로만 하는 '직각식사'를 해야 했다. 생활 적응 기간에 갖고 있던 생각이 무색해질 정도로 힘든 생활이 시작됐다.

이 중에서 가장 힘든 것은 특별훈련이었다. 입과식 이후 어떤 실수를 하든 일단 엎드리고 봐야 했다. 애비와의 시간에 애비님에게 하루에 특별훈련을 종목당 몇 개씩 하느냐고 물어본 적이 있는데, 종목당 500개에서 1천 개 정도 한다고 했다. 처음에는 이 말을 듣고 사람이 그렇게 많이 하는 것은 말이 안 된다며, 애비님이 장난을 치는 것이라 생각했다. 하지만 이는 사실이었다. 하루에 팔굽혀펴기, 버피 테스트, 스쿼트를 적어도 각 500개 이상은 해야 했다. 물론 한 번에 이를 다 하는 것은 아니다. 한 번에 100개 남짓 하게 하는데, 이를 하루에 여러 번 하게 되면 어마어마하게 많이 하게 됐다.

그런데 팔굽혀펴기는 사람이 하루에 할 수 있는 한계가 있다. 일정 개

수 이상을 하면 팔과 가슴에 더 이상 힘이 들어가지 않아 팔을 굽히면 다시 펼 수 없었다. 좀 쉬어도 몇 회 만에 다시 똑같은 상태로 돌아갔다. 그래도 더 이상 못하겠다고 말할 수는 없으니 계속 엎드려 있으면서 중간에 한 개씩이라도 꾸준히 해야 했다. 하지만 이렇게 하는 데도 한계가 있다. 계속 엎드려 있으면 복근과 팔 근육에 통증이 느껴지기 시작했다. 이를 견디기 위해서는 2가지 방법이 있다. 하나는 발을 밀면서 엉덩이를 들어 올려 산을 만드는 것이고, 다른 하나는 허리를 바닥에 닿을 정도로 까는 것이었다. 전자는 평범하게 엎드려 있는 다른 사람들보다 엉덩이가 높게 있어 지도생도의 눈에 띄기 때문에 주로 후자를 택했다. 하지만 이는 허리에 부담을 주는 자세였다. 이 자세를 수차례 취하고 나니 이후에는 조금만 엎드려 있어도 허리에 통증이 느껴지곤 했다.

체력적으로 가장 부담이 되는 것은 버피 테스트였다. 동작이 많아 체력적인 소모가 컸기 때문이다. 게다가 이것은 시키기만 한다면, 시간이 오래 걸리기는 해도 수백 개, 수천 개까지도 할 수 있었다. 그래서 지도생도들은 예비생도가 중간에 포기하지 않고 할 수 있는 버피 테스트를 더 많이 시키기도 했다. 예비생도가 생활하는 별관 생활실 천장을 보면 손가락 5개가 찍힌 자국이 많이 보였다. 선배들이 과거에 이곳에서 버피 테스트를 할 때 점프와 만세를 하면서 천장에 남긴 흔적이다. 나도 선배들을 이어 천장에 손가락 끝으로 그림을 그렸다. 하얀 천장은 우리가 찍은 그림으로 인해 점점 검게 변해가고 있었다.

그에 반면에 스쿼트는 상대적으로 쉽다는 평가를 받았다. 수십 개를 해도 숨이 차지 않았고, 허벅지가 아프지만 이는 팔굽혀펴기를 할 때 허리와 가슴이 아픈 것이나 버피 테스트를 할 때 힘든 것과 비교하면 아무것도 아니었다. 하지만 이렇게 쉬운 동작도 나는 어려워 고생을 했다. 내가 '쪼그려 앉기'를 못했기 때문이다. 더 앉으려고 하면 뒤로 넘어졌고, 넘어지지 않을 정도로 적당히 앉으면 대충 하냐며 혼이 났다. 허리를 앞으로 숙여야 앉을 때 간신히 균형을 잡으며 어느 정도 앉을 수 있었다. 그래서 나는 원래 자극이 되어야 하는 허벅지 대신 무릎에 힘이 들어갔다.

이러한 특별훈련은 일상이었다. 편지를 쓰다가 나도 모르게 다리를 꼬고 있으면 특별훈련을 받았고, 시선을 살짝만 돌려도 특별훈련, 목소리가 작아도 특별훈련, 정렬할 때 기준을 제대로 못 잡아도 특별훈련, 옷을 빠르게 갈아입지 못해도 특별훈련……. 정말 모든 일에 특별훈련이 따라왔다. 시간이 갈수록 점점 심해지는 근육통과 싸워야 했다.

메추리빵

설 연휴의 마지막 날, 일요일이었다. 저녁을 먹고 생활실에서 신변 정리를 하며 모처럼 여유롭게 시간을 보내고 있었다. 빨래를 개고, 밀린 일기를 쓰는 등 평소에 바빠서 하지 못했던 일을 했다. 하지만 아무리 명절이고 주말이어도 이렇게 편히 의자에 앉아 쉬도록 내버려둘 리가 없었기에 한편으로는 불안한 마음이 떠나지 않았다. 아니나다를까, 갑자기 방송에서 사이렌이 울렸다.

“전달! 전달! 전달! 19시 10분 현재, 훈련 비상 3급 발령! 19시 10분 현재, 훈련 비상 3급 발령! 전 예비생도는 동작을 신속히 하여 19시 15분까지 단독군장에 별관 점호장에 집합할 것! 이상 전달 끝! 작전참모생도.”

비상훈련이었다. 비상훈련은 유사시에 대비하여 신속하게 대응할 수 있도록 연습하는 훈련이다. 훈련 비상 3급에서 예비생도로서 우리가 하는 것은 5분 안에 전투복으로 갈아입은 뒤 총기를 챙겨 별관 점호장에 집합하는 것이었다. 비상훈련은 불도 끈 상태에서 해야 했기 때문에, 아무것도 보이지 않는 어둠 속에서 달빛에 의지해 허겁지겁 옷을 갈아입었다. 그렇지 않아도 시간이 촉박한데 옷을 갈아입고 있으면 지도생도가 생활실로 들어와 동작을 빠르게 하라며 특별훈련을 짧게 시키기도 했다. 이런 상황 속에서 어떻게 5분 만에 전투복으로 갈아입고 집합할 수 있었겠는가. 우리는 별관 점호장에 집합해서도 시간을 준수하지 못했다는 이유로 특별훈련을 받았다. 사실상 비상훈련은 그냥 특별훈련을 받는 시간이었던 것이다. 예비생도가 절대 시간을 준수할 수 없도록 모의한 것이 분명해 보였다. 그렇게 30분이 넘는 시간 동안 전투복이 땀으로 흠뻑 젖을 때까지 특별훈련을 받았다.

비상훈련이 끝나고 생활실로 들어와 총기를 관건하고 전투화를 벗으며 옷을 갈아입고 있었다.

"전달!!!"

지도생도가 매우 화난 듯한 목소리로 우리를 불렀다. 우리는 벗고 있던 전투복을 주섬주섬 다시 입은 뒤 신속하게 복도에 나가 정렬을 했다. 그러자 한 지도생도가 우리 중대원이 보는 앞에서 내 얼굴만 한 맘모스빵을 바닥에 던졌다. 맘모스빵이 바닥에서 미끄러지며 거의 내 앞까지 쓸려왔다.

"어떤 예비생도가 오전 종교 시간에 맘모스빵을 가져와 몰래 방에 숨겨놨다. 이게 말이 돼? 어? 이게 맞는 거야?"

누구인지는 몰라도 정말 원망스러웠다. 어느 종교에서 맘모스빵을 나눠준 것인지 몰라 범인이 누군지 가늠할 수도 없었다. 일단 내가 간 교회에서는 코코아밖에 주지 않았으니 교회에 간 사람은 아니었다. 한편으로는 어느 종교인지 맛있는 빵을 먹은 그 동기생이 부럽기도 했다. 분위기는 점점 험악해져 갔다. 지도생도는 더 나무라다가 우리에게 실망하며 체념한 듯했다.

"너희 하고 싶은 대로 다 해! 그냥 다 잠이나 자! 다 자신의 침대 안으로 튀어 들어가!!"

나는 진짜 어느 동기생 때문에 씻지도 못하고 전투복을 입고 자야 하는구나, 라고 생각하며 누군지 모를 그를 원망했다. 그리고 침대로 들어갔다. 그런데 침대 속에서 무언가 손에 걸렸다. 팩으로 된 1L짜리 과일음료였다. 누군가 종교 시간에 가져와 책임을 피하려고 내 침대 속에 숨겨놓은 것이다. 순간 이걸 어떻게 해야 하나 고민했다. 그런데 아까 지도생도가 던진 것과 똑같은 맘모스빵도 침대 안에서 발견했다. 브라더를 보니 그들도 음료와 빵을 손에 쥐고 있었다. 그때야 깨달았다. 몰래카메라였다는 것을.

애비님이 웃으면서 생활실로 들어왔다. 그제야 우리도 따라 웃었다. 복도에 나와 중대원들과 다 같이 먹었다. 혼자 먹기에는 적지 않은 양이었지만 다 먹었는데, 아마도 내가 느끼기에 여태껏 먹은 빵 중에서 제일 맛있었다. 너무 감동한 나머지 눈물을 흘리는 동기생도 있었다.

당시에는 그 빵 이름이 정말 '메추리빵'인 줄 알았다. 공군사관학교 예비생도의 별칭인 '메추리'가 빵 이름에 들어간 것은 그냥 단순 우연이겠거니 했다. 그 빵 자체를 거기서 처음 보기도 했고, 지도생도가 메추리빵 잘 먹었느냐고 물어봤기 때문에 당연히 빵 이름을 메추리빵이라고 생각한 것이었다. 기초군사훈련이 끝나고 나서야 그 빵 이름이 맘모스빵이라는 것을 알게 됐다. 그때의 그 맛을 다시 한 번 느끼고 싶어 맘모스빵을 사서 먹어봤지만, 그때의 맛이 느껴지지 않았다. 아마 그때 먹은 빵은 맘모스빵이 아니라, 그때만 먹을 수 있는 메추리빵이었던 것일지도 모르겠다.

초코파이를 위한 개종

기초군사훈련 기간에는 급식을 제외하고는 일체의 간식을 먹을 수 없었다. 훈련을 받으면 배도 고프지만, 떨어지는 당을 보충할 방법은 더더욱 없다. 그저 참고 견디는 방법뿐이다. 그래서 시간이 갈수록 달달한 것에 대한 갈증이 심해졌다.

그런데 씹을 수 있는 간식은 먹을 수 없더라도 달달한 음료를 마실 수 있는 시간이 있었다. 바로 매주 일요일에 찾아오는 종교 시간이었다. 예배나 법회를 하고 난 뒤에는 따뜻한 우유에 탄 코코아를 마실 수 있었다. 코코아는 종교 관계자 분이 직접 타주는데, 코코아를 바로 받으면 코코아 분말에 있는 마시멜로가 아직 녹지 않아 우유 위에 동동 떠다니기도 했다. 이 콩알보다 작은 마시멜로를 먹는 기쁨은 말로 할 수 없었다. 무엇보다 좋은 건 코코아가 무한으로 제공됐다는 것이다. 본인의 의지만 있으면 5잔이든 10잔이든 마실 수 있었다. 종교 시간이 끝나면 지도생도가 코코아를 가장 많이 마신 왕을 찾기도 했다.

"코코아를 제일 많이 마신 것 같은 예비생도 거수!"

몇몇 예비생도들이 오른팔을 힘껏 들었다.

"거수 내리면서 본인이 몇 잔 마셨는지 말합니다."

"일곱 잔입니다!"

"여섯 잔입니다!"

"아홉 잔입니다!"

나는 서너 잔을 마시고도 많이 마셨다고 생각했는데, 나보다 훨씬 많이 마신 동기생들이 있었다. 그만큼 당시는 단것에 대한 갈증이 심해서 그랬던 것이 아니었을까. 코코아로 인해 우유를 너무 많이 마셔 다음 날 복통을 호소하는 동기생도 있었다.

종교 시간을 몇 번 보내고 나서 동기들 사이에 놀라운 소문이 퍼지기 시작했다. 불교에서 코코아뿐 아니라 초코파이랑 과자까지 준다는 것이었다. 종교 시간에 목사님에게 간식은 코코아만 주는 것으로 종파끼리 협의했다고 들었는데 믿을 수 없는 일이었다. 사실 오랜 시간 갈망했던 초코파이와 과자를 먹을 수 있다는 것 자체가 상상이 되지 않았다. 브라더 중에 불교에 다니는 친구가 있어 물어봤다.

“혹시 불교 가면 초코파이랑 과자 줘?”

“아니, 코코아만 마시는데.”

역시 잘못된 소문이구나 생각하고 나는 원래 가던 종교인 교회에 계속 갔다. 하지만 불교에 가면 초코파이와 과자를 먹을 수 있다는 소문은 사라지지 않았다. 다시 한 번 브라더에게 물어봤다.

“진짜 불교에서 초코파이랑 과자 안 줘?”

“나도 몰라. 직접 가봐…….”

시선을 피하는 브라더를 보고 속았구나, 하고 생각했다. 아무리 불교에서 비밀로 하라고 했더라도 그렇지 브라더에게까지 거짓말을 하다니. 그 순간은 그 브라더에게 실망했다.

그리고 다음 주 종교 시간에 처음으로 불교에 갔다. 법회가 끝나니 스님이 예비생도들을 작은 방으로 안내하고, 지도생도들은 그 방에 들어오지 못하게 했다. 처음에는 다른 종교처럼 코코아를 나눠주더니, 나중에 스님이 갑자기 큰 박스 상자를 들고 나왔다. 그 상자에는 초코파이, 초코바, 과자 등 그동안 먹고 싶어서 안달이 났던 간식이 담겨 있었다. 음료도 코코아뿐 아니라 탄산음료도 마실 수 있었다. 과자와 음료수가 걱정 없이 편하게 먹을 수 있는 양이어서 나는 정말 식사처럼 배부르게 먹을 수 있었다. 당분간 당 떨어질 걱정은 하지 않아도 될 정도였다.

이후로 나는 원래 다니던 종교를 가지 않고 매번 불교에 갔다. 단것을 먹기 위한 몸부림이었다. 하지만 웃긴 것은 기초군사훈련이 끝난 뒤에도 거의 반년 가까이 불교에 갔다. 웃는 얼굴로 과자가 든 박스를 들고 나오던 스님의 모습을 한동안 잊을 수 없었다.

입학식

기초군사훈련을 수료한 뒤 별관에서 재학생이 생활하는 정예관으로 이사를 했다. 그리고 입학식까지 남은 사흘 동안 입학식 연습에만 매진했다. 우리가 하는 것은 많지 않았다. 연병장으로 입장한 뒤에 몇 차례 경례와 선서 등의 제식만 하면 됐다. 하지만 나는 입학식 훈련, 특히 연병장으로 입장하는 것이 너무 힘들었다. 행군을 하면서 발을 다쳤는데 걸을 때 통증을 느꼈기 때문이었다.

행군할 때 깔창 2개 깔면 도움이 된다고 들은 적이 있어 그렇게 했는데, 내 발과는 맞지 않았던 것 같다. 아킬레스건 쪽이 계속 전투화에 쓸려 아팠다. 중간에 깔창을 빼고 걸으면 되었지만, 행군 중에 나 때문에 부대 전체가 멈추고 갈 수가 없기 때문에 계속 참고 이동했다. 행군이 끝나고 생활실로 돌아와 살펴보니 아킬레스건 밑에 500원 동전 크기의 물집이 잡혀 있었다. 얼마 지나지 않아 살집이 떨어져 나가더니 걸을 때마다 쓰라린 고통과 함께해야 했다. 입학식만 바라보고 기초군사훈련을 버텼는데 아프다고 연습을 안 할 수는 없는 노릇이 아닌가. 나는 살이 쓸리지 않게 다리를 살짝 절면서 진통제도 먹으면서 입학식 연습을 했다.

입학식 전날 밤에는 잠시 휴대전화를 돌려받았다. 한 달이라는 긴 시간 동안 휴대전화를 사용하지 않아 당연히 배터리는 방전되어 있었다. 설레는 마음으로 충전을 하면서 휴대전화를 켰다. 휴대전화가 켜지자마자 부모님에게 메시지를 보냈다. 과일과 과자가 너무 먹고 싶다고. 그 순간은 먹고 싶은 것이 가장 먼저 떠올랐다. 그러고 나서야 천천히 안부를 주고받으며 빨리 내일이 되어 보고 싶다는 이야기를 할 수 있었다. 꿈에 그리던 정복을 입고 부모님 앞에서 입학식을 할 생각에 설레어 잠을 제대로 이룰 수 없었다.

오지 않을 것 같던 입학식 당일. 우중충하고 습한 날씨 속에 마지막 연습을 했다. 장기간 훈련을 받느라 몸에 찌든 내가 난다는 선배들의 말에 샤워를 세 번이나 하고 푸른 정복을 입었다. 한 선배가 내게 본인의 향수도 뿌려주었다. 여전히 아픈 발 상처에 밴드를 붙인 채 고통을 꾹 참고 구두를 신었다. 행사가 시작되고 군악대의 연주에 맞춰 연병장 사열대 앞으로 행진했다. 우리의 입학을 축하해주기 위해 온 가족들이 우리에게 박수를 보냈다. 정렬하자마자 곁눈질을 하며 부모님을 찾았다. 저 멀리 우리 가족이 보였다. 부모님은 물론이고 외삼촌 가족과 조카까지, 많은 가족이 보였다. 그들이 들고 있는 현수막도 보였다.

"범수야! 자유롭게 높이 비상하는 새처럼 너의 꿈을 활짝 펴라!"

식순에 따라 입학 선서, 공군가 제창 등을 했다. 그리고 재학생 선배들이 멋진 퍼레이드를 보여주며 퇴장했다. 이렇게 공식적인 행사가 끝나고, 우리는 제자리에서 부모님이 오기를 기다렸다. 사실은 기초군사훈련 마지막 주차에 입학식 때 부모님을 만나자마자 부모님께 경례한

입학식에서 가족들과

뒤에 신고문을 큰 목소리로 읽으라고 교육을 받았다. 부모님이 내 바로 앞까지 다가왔다.

"필! 승!"

경례를 했다. 그리고 열심히 외운 신고문을 큰 목소리로 낭독했다.

"신고합니다! 민간인 김범수는 2017년 2월 17일부로 공군사관학교 입학을 명받았습니다. 이에 신고합니다! 필! 승!"

입학식 날 꽃다발을 목에 걸고

부모님에게 입학 신고를 하며 우는 동기생들과 고생한 기색이 역력한 모습의 자녀를 보며 우는 부모님들이 많았다. 울음을 주체할 수가 없어 신고를 제대로 하지 못하는 동기도 있었다. 그에 비해 나는 눈물이 나지 않았다. 이제 힘든 훈련이 완전히 끝났다는 해방감에 기쁜 마음이 상대적으로 더 컸기 때문이다. 오히려 살이 쪽 빠진 나를 보고 부모님이 눈물을 보였다.

입학식 당일에 짧지만 외출을 나갔다 올 수 있었다. 우리는 곧장 삼겹살집으로 향했다. 얼마 만에 먹는 고기였던가. 나는 혼자 5인분 이상을 해치웠다. 정복 바지의 벨트도 풀어야 했다. 그러고는 지난 이야기를 나눌 여유도 없이 바로 학교로 복귀해야 했다. 그날 저녁 너무 과식한 나머지 소화제를 먹거나 배탈이 나는 동기생도 있었다.

그렇게 입학식이 끝나고 더 이상 예비생도가 아닌 정식 '사관생도'로서의 삶이 시작됐다. 기초군사훈련이 끝나면 힘든 일은 다 끝나고 꽃길만 걸을 수 있을 줄 알았는데, 만만치 않게 쉽지 않은 일들이 나를 기다리고 있었다.

3장

1학년 생도로 산다는 것

Lifestyle

학교의 'SCV'

공군사관학교 생도들은 우스갯소리로 '1학년 생도가 없으면 학교가 제대로 돌아가지 않는다'는 말을 하곤 한다. 군대에서는 이등병이, 회사에서는 막내가 잡다한 일을 주로 도맡듯 공군사관학교에서는 '이건 누가 해야 할까' 의문이 드는 일들은 모두 1학년 생도가 담당하는데, 그 일들이 학교를 관리하는 데 중요하고 다양하기 때문이다. 그런 일들을 '사역'이라고 하며, 1학년 생도는 그 사역을 하는 일꾼이 된다. 게임 용어로 말하기로는 'SCV'가 되는 것이다.

가장 대표적인 사역으로는 공공시설 청소를 꼽을 수 있다. 모든 생도가 생활하면서 사용하는 세탁실, 화장실, 건조실, 복도를 1학년 생도가 청소한다. 청소는 일주일에 세 번 하는데, 30분 내지 1시간이 소요되며, 청소를 깨끗이 하지 않으면 선배 생도에게 꾸지람을 들을 수 있으니 정말 열심히 해야 한다. 또, 청소 구역이 넓기 때문에 개별적으로 청소를 할 수가 없어 20명 남짓한 중대원끼리 시간을 맞춰 함께 청소한다. 화장실 청소 안에서도 세면대 담당, 샤워실 담당, 소변기 담당, 바닥 담당 등 구역을 정한다.

내가 담당했던 화장실 청소 구역은 소변기였다. 당시에는 '내가 왜 이걸 해야 하지'라는 자괴감이 들기도 했지만, 지나고 생각해보면 청소라는 것을 제대로 배우게 된 계기가 되었던 것 같다. 이후 집 화장실에 들어설 때면 나라면 더 반짝반짝하게 청소할 수 있을 것 같다는 자신감이 생기기도 했으니 말이다.

공공시설 청소 외에도 보급 나온 물건을 옮기고 분배하는 일, 학교 내 시설물 상태를 조사하는 일 등 정말 다양한 종류의 사역을 한다. 항상 생활실에서 무언가 하려고 하면 갑자기 방송이 울렸다.

"전달! 각 중대별 선임 ○명 생도는 캐리어를 지참하여 지금 즉시 1중대 1층 북쪽 복도로 집합할 것. 이상 전달 끝. 군수참모생도."

일하러 오라는 것이다. '선임(先任)'이라는 말에는 '선배'의 느낌이 담겨 있지만 현실은 1학년을 의미한다. 그렇기에 방송을 들은 각 중대 1학년 대표 생도가 방송에서 말한 인원만큼 사람을 선정해 집합 장소로 보내야 했다. 카톡에 '제비뽑기' 기능이 있는데, 그 기능으로 중대 동기들이 있는 단체 채팅방에서 사역을 수행할 사람을 뽑았다. 그 기능을 정말 잘 이용하다 보니, 마치 우리가 쉽게 선임을 뽑을 수 있도록 만들어진 것 같았다. 그렇게 제비뽑기로 선정된 사람은 하던 일을 멈추고 집합 장소로 가 사역을 해야 했다.

피할 수 없는 사역, 제설을 하는 모습

이렇게 모든 사역을 도맡아서 하는 것은 오직 1학년 때뿐이고, 2학년이 되면 사역에서 손을 뗄 수 있다. 구체적으로는 '사역 이양식'이라는 행사를 한 뒤 후배 학년에게 '사역의 의무'를 넘겨주며 끝이 난다. 사역 이양식은 2학년 대표 생도가 1학년 대표 생도에게 사역을 상징하는 빗자루와 쓰레받기를 건네주는 의식 행사인데, 전 생도가 신입생을 맞이하며 다 같이 회식을 하는 신입생 환영회를 한 뒤 이어서 진행된다. 빗자루와 쓰레받기를 건네준 뒤에는 2학년 생도들이 다 같이 음료 페트병을 들고 '독수리 구호'라는 것을 외운다. 독수리 구호는 공군사관학교의 전통적인 응원 구호로, 생도 생활 중 이날과 졸업식 딱 두 번만 할 수 있는 상징적인 구호이다. 그만큼 사역에서 벗어나는 것이 졸업식만큼이나 기쁘다는 것이다. 이런 의미에서 사역이 얼마나 고되고 힘든 일인지 알 수 있다.

후배 학년에게 사역을 넘겨준 뒤부터는 개인적으로 활용할 수 있는 시간이 정말 많이 생긴다. 사역에 필요한 인원을 부르는 예고 없는 방송으로 인해 하던 일을 멈추고 가야 할 걱정을 하지 않아도 된다. 2학년부터는 마음만 먹으면 시간을 철저하게 계획해서 하고 싶은 일을 할 수 있게 된다.

메추리 천하

'메추리'라는 말은 공군사관학교에서 1학년 생도 혹은 예비생도를 낮추어 부를 때 사용한다. 보통 3년 차 이상의 후배를 메추리라고 부르기에 2학년이 1학년을 메추리라고 부르는 경우는 거의 없다. 같은 의미로 육군사관학교에서는 '두더지', 해군사관학교에서는 '바텀'이라는 말을 사용한다. 내가 입학하기 몇 년 전까지만 해도 관등성명을 말할 때 '○○○메추리'라고 했다. 하지만 최근 공군사관학교에서는 듣는 이의 자존감을 떨어뜨릴 수 있는 여지가 있어서 공식적으로 사용이 금지됐고, 일부 관용적인 표현에서 잔재로만 남았다.

'메추리 천하'가 그중 하나이다. 메추리 천하에서 '천하'는 '그들만의 세상'으로 사용되는데, 이 단어들을 종합해보면 1학년 생도만의 세상이라는 의미이다. 구체적으로는 이 기간 학교에 2~4학년 선배가 없어 1학년 생도임에도 불구하고 최고 학년으로서의 권위를 누리게 된다고 할 수 있겠다.

이 기간이 생기는 이유는 어버이날 행사가 있는 5월까지 1학년 생도는 주말에 외박이 제한되기 때문이다. 그에 반해 2~4학년 생도는 외박을 나가기 때문에 1학년 생도만 학교에 남아 있을 수 있다. 물론, 일부 선배는 주말에도 학교에 남아 있기도 하기에 모든 주말이 메추리 천하가 되는 것은 아니고, 한 달에 한 번 정도 모든 2~4학년 생도가 별다른 사유가 없으면 반드시 외박을 나가야 하는 '특별외박' 기간에만 메추리 천하를 맞이할 수 있다.

메추리 천하 기간에 1학년 생도들은 기존에 선배 눈치를 봐가며 하던 것들을 마음 편하게 하고, 눈치가 보여 하지 못했던 것들은 시도해보기도 한다. 내가 1학년 생도일 때는 라면은 반드시 휴게실에서만 먹어야 했는데, 메추리 천하 기간에는 방 안에서 라면을 끓여 먹기도 했다. 사소한 것이지만 겪어보면 정말 신이 났다. 또, 샤워하면서 눈치 보지 않고 노래를 부르기도 했고, 중대 동기들과 마치 대관한 것처럼 휴게실에서 모여 떠들거나, 방에 모여 새벽까지 이야기꽃을 피우기도 했다.

평소에는 절대 안 되지만 메추리 천하 기간에만 암묵적으로 눈감아주는 행동이 있는데 전투기, 탑 등의 전시물에 올라가서 기념사진을 찍는 것이다. 메추리 천하 때만 하는 일종의 전통이기에 이후에 2~4학년 때 천하 기간을 맞이하더라도 이런 행동을 하지 않는다. 이외에도 높은 학년 선배가 시켜 아래 학년 선배의 흰 구두에 검은 펜으로 그림을 그리는 등 선배 물건에 장난을 치거나, 선배의 일기장을 꺼내 몰래 읽기도 한다. 물론 걸렸을 경우 뒷감당은 본인뿐 아니라 동기 모두의 몫이다.

메추리 천하 기간에 내가 했던 것 중 소소하지만 기억에 남는 일은 동기들과 휴게실에서 라면과 과자를 먹으며 떠들고 있을 때였다. 대학 생활을 하다가 반수를 하여 공군사관학교에 온 동기가 말했다.

"나중에 바깥 대학생들과 미팅 같은 것 하려면 술 게임을 할 줄 알아야 하는데 내가 가르쳐줄까?"

우리는 나중에 외박을 나가서 미팅하는 것을 꿈꾸기만 했을 뿐, 막상 미팅을 하는 데 필수적인 술 게임은 할 줄 몰랐다. 일반 대학생들은 신입생 오리엔테이션, 동아리나 학과 MT 등에서 선배와 함께 술을 마시며 다양한 술 게임을 배우지만, 생도들은 그런 자리가 없다. 애초에 교내에서 음주도 할 수 없고, 1학년 때는 외박을 나가지도 못하니 선배에게 술 게임을 배운다는 것은 불가능한 일이다. 무엇보다 사관학교 선후배 관계는 같이 술 게임을 하는 그런 사이로 발전하는 것이 힘들다. 그래서 우리는 미팅에서 일반 대학생들과 조금이라도 대적하기 위해 술도 없이 술 게임을 배우기 시작했다.

메추리 천하 때 6중대 동기들과 노는 모습

"범수가 좋아하는 랜덤 게임! 무슨 게임! 게임 스타트! 게임 스타트!"

"하늘에서 내려온 토끼가 하는 말! 움치치~ 움치치~ 움치치~ 움치치~."

"바니바니! 바니바니!"

"당근! 당근!"

우리는 정말 기본적이고 쉽다고 하는 것만 간추려 몇 가지 술 게임을 배웠다. 외박이 풀린 뒤 동기들과 미팅을 나가봤지만, 경험이 부족한 우리는 그들에게 대적이 되지 못했다.

Bloody April

생도의 연인은 정말 힘든 기초군사훈련부터, 그에 버금가게 힘든 1학년 생도 생활을 견디는 데 큰 버팀목이 되어준다. 기초군사훈련 기간에 연인으로부터 받는 편지는 가장 큰 선물이다. 다른 일반 장병들처럼 택배로 과자나 화장품 등의 위문 물품은 받을 수 없지만, 예비생도에게는 손편지나 인터넷 편지를 받을 수 있는 것만으로도 충분하다. 가족과 친구에게 받는 인터넷 편지도 많은 동기를 부여해주는데, 연인에게 받는 편지는 얼마나 큰 힘이 되겠는가.

기초군사훈련이 끝나고 정식으로 입학한 뒤에는 1학년 생도의 외출 및 외박이 5월까지 제한되기는 해도 학교 내에서 면회는 할 수 있다. 그래서 면회가 가능한 주말마다 생도들의 이성 친구가 연인을 보기 위해

학교를 찾아오곤 한다. 주로 면회실에서 면회자가 가져온 음식을 함께 먹으며 시간을 보낸다. 면회는 생도들이 바깥 음식을 먹을 수 있는 흔치 않은 기회이기도 하다. 함께 음식을 먹는 것 외에도 산책을 하거나 노래방에서 노래를 부르는 등 다른 동적인 활동도 할 수 있다.

이처럼 생도에게 이성 친구는 큰 힘이 되지만, 정작 생도는 이성 친구에게 좋은 연인이 되어주지 못한다. 이성 친구와 전화 통화를 하다가도 사역을 오라는 방송이 나오면 전화를 끊고 바로 달려가야 하고, 생활실에 선배가 갑자기 들어오면 전화를 끊는다고 말할 겨를도 없이 휴대전화를 손에서 바로 내려놓아야 한다. 하루 일과를 마치고 자기 전에 전화로 못다 한 이야기를 나누다가도 피곤해서 저도 모르게 잠이 들기도 한다. 긴장되고 힘든 1학년 생도 생활을 하다 보면 이성 친구에게 많은 관심과 사랑을 주는 것이 힘들어지면서 그를 서운하게 만드는 일이 잦아진다.

공군사관학교에 입학한 후 5월까지는 면회가 가능하기는 해도 얼굴도 자주 보기 힘들고, 제대로 된 데이트도 할 수 없는 상황이 길어지면 이성 친구도 점점 지쳐간다. 면회를 위해 공군사관학교를 오가면서 소비하게 되는 물리적인 비용과 시간도 무시할 수 없다.

이렇듯 어려운 시기를 보내고 있는 이성 친구를 흔드는 외적인 요인도 있다. 바로 그들의 대학 생활이다. 이성 친구 또한 생도처럼 그해 대학에 입학한 새내기인 경우가 많은데, 대학 생활을 하다 보면 그들에게 관심과 호감을 보이는 이들을 만날 확률이 높다. 연인에게 관심과 사랑을 제대로 받지 못하고 있는데, 누군가 다가와서 잘해준다면 흔들리지 않는다고 장담할 수는 없다.

이렇듯 여러 가지 사랑을 방해하는 요인이 쌓이고 쌓여 연인과 결별하는 1학년 생도들이 많이 생겨난다. 이러한 시기가 거의 4월이었으니, 그래서 생도들은 4월을 '피의 4월'이라고 부른다. 이러한 이야기를 접할 때면 당사자들은 본인은 아닐 것이라 생각하지만, 실제로 마주하는 현실은 달랐다. 오히려 환승이별을 당하지 않았다면 다행인 축에 속한 것이었다.

면회 온 친구들과 찍은 사진

어버이날 기념행사, 그리고 첫 외박

기초군사훈련 기간에는 입학식만 손꼽아 기다린다면, 입학식이 끝나고 난 뒤에는 어버이날 전후에 열리는 '어버이날 기념행사'만 손꼽아 기다린다. 어버이날 기념행사는 부모님을 학교로 초청해 효심과 사랑을 전하는 행사로, 부모님에게 패기 넘치는 퍼레이드를 보여드린 뒤 중대 자체적으로 취지에 맞는 게임이나 프로그램을 진행한다. 입학식과 졸업식을 제외하면, 학교에서 부모님과 함께할 수 있는 유일한 연례행사이다. 무엇보다 이날은 1학년 생도가 처음으로 외박을 나가는 날이기도 하다. 행사가 끝난 뒤 부모님과 함께 거의 100일 만에 교정을 나서게 된다. 그렇기에 이 행사는 다른 학년보다 1학년 생도에게 더 특별한 날이며, 사실상 첫 외출을 나가는 1학년 생도가 행사의 주인공이다.

어버이날 기념행사 날에는 항상 엄하기만 하던 선배들도 이날의 주인공인 1학년 생도에게 천사가 되어준다. 학교에서는 선배들로부터 자주 혼나는 후배들이 혹여나 학교 밖에서까지 위축되거나 자신감 없는 모습을 보일까 봐 걱정해서, 후배들이 자신감을 찾고 기쁜 마음으로 외출을 나갈 수 있도록 평소에는 잘 해주지 않던 칭찬과 격려를 해준다. 퍼레이드 본 행사를 할 때 발 박자를 못 맞추는 등 실수를 하더라도 참고 용서해줄 정도이다. 후배의 구두를 광이 날 정도로 정성껏 닦아주고, 본인의 정복에 장식하는 화려한 약장을 후배에게 빌려주기도 하는 등 후배들이 가족과 친구들 앞에 멋있는 생도의 모습으로 당당히 설 수 있도록 도와주기도 한다.

학교에서 맞이한 첫 어버이날 기념행사는 아직까지도 잊을 수 없다. 며칠 전부터 잠을 제대로 이룰 수 없을 정도로 이날을 기다렸다. 행사 당일, 부모님 앞에서 퍼레이드를 하고 돌아와 어느 때보다 열심히 샤워를 했다. 이유는 부모님에게 그저 조금이라도 더 깔끔하고 깨끗해 보이고 싶은 마음에서였다. 머리도 가르마가 반듯한 직선이 되도록 라인을 타고 왁스를 발랐다. 향수는 그 향기로 옆 사람이 어지러울 정도로 모든 옷에 뿌렸던 것 같다.

중대별로 자치적으로 운영하는 행사에서 나는 부모님 앞에서 편지를 낭독했다. 많은 사람들 앞에서 진솔한 얘기를 담은 편지를 낭독한다는

1학년 어버이날 행사 때
부모님에게 편지를 읽는 모습

것이 부끄러워서 할 생각이 없었지만, 제비뽑기에 걸려 반타의적으로 어쩔 수 없이 해야 했다. 평소에는 편지 하나 쓰지 않고, 사랑한다는 말조차 제대로 하지 않는 아들이지만, 이날만큼은 열심히 준비해 용기를 내어 부모님 앞에서 읽었던 기억이 난다. 모든 행사가 끝난 뒤에는 입교식 이후 처음으로 부모님과 함께 외박을 나갔다.

1학년인 나에게는 기념적인 첫 외출인 만큼 휴가 기간을 의미 있게 보내고 싶었다. 가장 먼저 한 일은 가족사진을 찍는 것이었다. 나의 첫 외출은 물론이고, 부모님의 결혼 25주년, 어버이날을 기념하여 정복을 입고 가족사진을 찍었다. 이때 찍은 가족사진은 아직도 거실에 걸려 있다.

이후에는 친구들을 만나 회포를 풀었다. 1학년 때는 주위에 입대한 친구들이 거의 없기에 친구들에게 사격, 화생방, 선배에게 혼난 이야기 등 군 생활에 관한 이야기를 하면 재밌어 하는 반응이 돌아왔다.

첫 외출 이후에는 거의 매주 외출이 가능했기에, 그동안 학교 안에 있어서 하지 못했던 것들을 하나씩 해나가며 새로운 취미도 찾아갔다. 2학년 때도, 3학년 때도 어버이날 기념행사에 부모님을 초대하여 함께 기억에 남는 시간을 보냈다. 안타깝게도 4학년 때는 코로나19로 인해 행사가 개최되지 못했는데, 마지막을 함께하지 못한 것이 정말 아쉽다.

생활실보다 편한 강의실

대부분의 사람들은 자신의 방을 가장 편안한 공간으로 생각한다. 그곳은 다른 사람이 함부로 침범할 수 없는 개인적인 공간이며, 편안하게 휴식을 취할 수 있는 공간이기 때문이다. 하지만 1학년 생도 시절 나에게 방은 누구나 손잡이를 반 바퀴 돌리기만 하면 들어올 수 있는 공간, 청소 검사의 대상이 되는 공간이었다. 침대에 누워 있다가도 선배가 들어오면 벌떡 일어나 침대에 걸터앉아야 했고, 내 위생을 위해 방을 청소하기보다는 검사에 통과하기 위해 방을 청소해야 했다. 방문을 여는 소리를 무시하고 내 할 일을 계속 하거나, 방 청소를 완벽하게 하지 않는다면 한순간에 선배를 무시하고 제 할 일도 하지 않는 후배로 전락하기 때문이다.

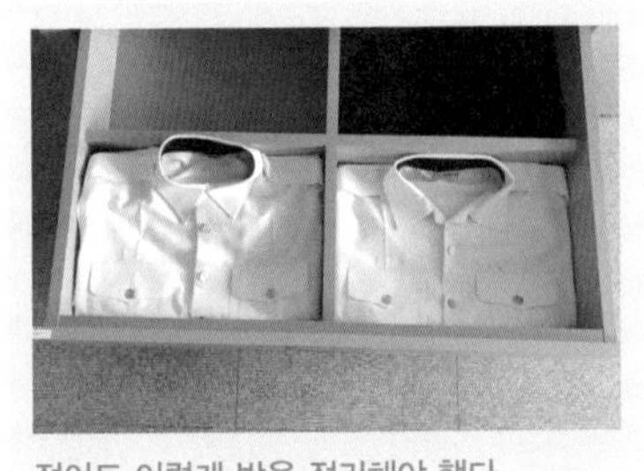
적어도 이렇게 방을 정리해야 했다.

일반 대학생들에게 강의실은 빨리 수업을 마치고 나가고 싶은 공간이라면, 사관학교 1학년 생도들에게 강의실은 마음이 편안해지는, 머무르고 싶은 공간이다. 사관학교는 주로 학년별로 수업을 듣기 때문에 강의실에는 선배가 없을뿐더러, 생활실처럼 선배가 쉽게 들어올 수 있는 공간이 아니다. 그래서 선배가 들어올 걱정을 하지 않아도 되고, 선배의 눈치를 보지 않아도 된다. 또, 강의실 건물에서는 생도 간의 경례를 생략하기 때문에 복도를 나서더라도 선배에게 경례를 안 해 지적받는 일을 걱정하지 않을 수 있다. 게다가 강의실에서는 정해진 시간표를 따라 계획적으로 움직이기 때문에 생활실에서처럼 계획에 없던 사역을 갑자기 가게 되는 걱정을 하지 않아도 된다.

이처럼 생활실에서 늘 긴장하고 있다가 마음이 편안한 강의실에 온다면 무슨 일이 일어날까. 몸의 긴장이 풀리며 스르르 잠이 온다. 수업 시작한 지 얼마 되지 않아 대부분의 1학년 생도들은 눈이 감기며 고개를 떨군다. 사관학교를 졸업하여 역시 1학년 생활을 겪어본 교수님들도 1학년 생도의 힘든 생활을 알기에 생도들이 조는 것을 보고도 어느 정도 눈감아주기도 한다. 하지만 자칫하다가는 강의실에 오면 조는 것이 습관이 될 수 있으므로, 가능하면 잠을 깨도록 노력해야 한다. 이를 고치지 못해 졸업하는 순간까지 강의실에 오기만 하면 졸기 시작하는 동기생이 있었다.

1학년 2학기 기초화학 강의를 듣고 있을 때였다. 강의실 뒷문이 열리면서 전투복을 입은 한 분이 강의실로 들어왔다. 전투복을 입은 다른 사람들도 그 뒤를 따라 강의실로 들어왔다. 먼저 들어온 분의 옷깃 계급장을 보니 별이 무려 3개나 있었다. 교장님이었다. 지휘관 및 참모를 데리고 강의실 순시를 온 것이다. 그런데 한 동기생이 강의실에 누가 들어왔는지도 모르고 고개를 숙인 채 졸고 있었다. 교장님은 그 동기생을 보고 직접 깨우셨다. 강의실에는 정적이 흘렀고, 교수님도 이 상황에 대해 매우 난처해하셨다. 이 이야기는 그날 밤 군기 담당 선배들에게도 전해졌고, 그날 밤은 선배들이 그 동기생을 혼내는 소리로 정예관이 뒤덮였다.

1학년 생도의 흔한 강의실 쉬는 시간 모습

동기생애와 연대책임

공군사관학교에서는 같은 기수 동기들끼리의 끈끈한 연대의식인 '동기생애'를 매우 중요하게 여긴다. 동기는 때로는 고민을 들어주는 친구, 때로는 업무를 도와주는 동료, 전시에는 함께 조국수호를 책임지는 전우로, 입학하는 순간부터 적어도 전역할 때까지 긴 기간 동안 함께해야 하는 사이이기 때문이다.

어떤 기수의 동기생애가 부족하다면(애초에 동기생애가 '부족하다'는 말부터 매우 추상적이기도 하다), 아이러니하게 동기생끼리 동기생애를 향상시킬 방안을 마련하는 것이 아니라 선배가 주도적으로 동기생애를 다지는 것에 관여한다.

주로 후배 학년의 동기생애를 향상시키기 위해 개인이 잘못한 것에 대한 책임을 전체에게 묻는 연대책임을 적용해 교육한다. 특히 동기생애를 정립해나가는 1학년 생도에게는 이러한 교육 방식이 만연하다. 나 하나의 잘못으로 다른 동기가 함께 혼나기도 하고, 내가 잘못하지 않았더라도 동기생이 잘못하면 나까지 혼나기도 하는 것이다. 그렇기에 내가 혼나지 않기 위해서는 나뿐 아니라 동기생이 잘하고 있는지도 옆에서 지켜봐야 한다. '연대책임이 올바른가'에 대한 의견은 분분할 수 있어도, 개인주의가 만연해지는 학교 내 분위기 속에 연대책임이 동기생에게 좋든 나쁘든 관심을 갖게 해주는 것은 사실이다.

그러나 이러한 관심이 쌓이다 보면 때로는 동기생 사이에 갈등이 발생하기도 한다. 부족한 사람을 챙겨주려는 사람이 여럿이다 보면 당사자 입장에서는 여러 명의 관심이 간섭이나 잔소리처럼 느껴지기 때문이다.

1학년 여름이었다. 선배에게 자주 혼나는 동기생이 있었는데, 연대책임으로 인해 나를 포함한 중대원들도 매번 다 같이 혼나기 일쑤였다. 우리는 그 친구에게 관심을 갖고 곁에서 챙겨주려 노력했지만 크게 달라지는 것이 없었다. 어느 순간부터는 단순히 그 동기의 행동과 적응이 느린 것이라고 이해하기보다, 그 동기가 조금이라도 잘하기 위해 노력하지 않는다고 생각하게 되었다.

어느 날, 전 생도가 참석하는 교장님 주관의 지휘관 시간이었는데, 앞자리에 앉아 있는 그 동기가 계속 고개를 떨구며 졸기 시작했다. 우리가 곁에서 계속 깨워봤지만, 그 동기는 옆에서 깨우는 사람이 무안할 정도로 졸음에서 벗어날 노력조차 하지 않았다. 그 시간이 끝나고 그 동기가 혼나는 것은 물론이고, 곁에서 깨우지 않았다는 이유로 그 동기를 중심으로 앞뒤 좌우에 앉아 있던 친구들도 모두 혼났다. 우리는 정말 깨우려고 노력했는데 억울했다. 나는 답답함과 화를 참지 못하고, 같은 동기생임에도 불구하고 그에게 "계속 그렇게 행동할 거면 학교 나갔으면 좋겠어"라고 말했다.

순간 그런 말을 하기는 했어도 그 동기가 싫었던 것은 아니다. 다행히 지금까지도 그 동기와 잘 지내고 있다. 그 동기가 저런 말을 들어야 할 정도로 잘못된 친구도 아니었다. 나는 요즘도 그 동기가 생각나면 그때 그런 막말을 했던 것을 후회한다.

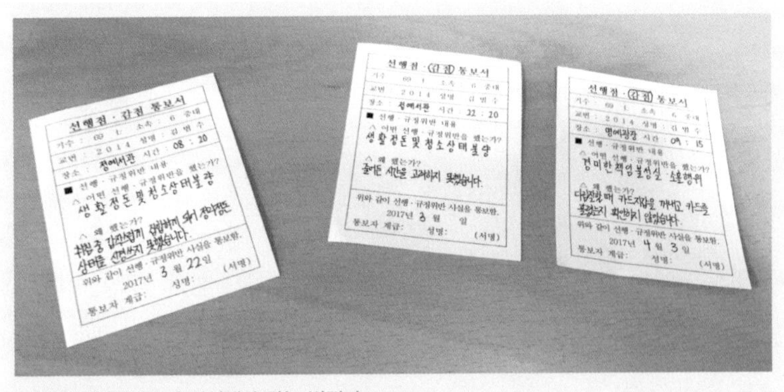

선배에게 지적받으면 작성해야 하는 벌점카드

메추리
강화 훈련

메추리 강화 훈련은 1학년 생도가 2학년으로 진급하기 전에 새로이 들어올 1학년 후배에게 모범을 보일 수 있도록 생활 태도를 바로잡는 생활 훈련이다. 현재는 '메추리'라는 용어가 공식적으로 사라졌기 때문에, 메추리 강화 훈련은 '2학년 진급 프로젝트', '2학년 멋내기 프로젝트' 등의 명칭으로 바뀌어 운영되고 있다. 훈련의 강도 또한 예전에 비해서 점점 약해지고 있다.

메추리 강화 훈련에서 중점적으로 실시하는 것은 크게 2가지이다. 생활실과 화장실을 깨끗하게 청소할 수 있는가, 군가를 완벽하게 숙지했는가이다. 이 중에서도 청소가 주된 중점 사항이다. 생활실 청소 점검은

문 사이의 경칩이나 블라인드 봉에 쌓여 있는 먼지까지도 확인할 정도로 까다롭다. 생활실 점검이 끝나면 방 안의 모든 옷과 물건이 들춰내져 있어서, 밤새 이를 다시 정리하기 일쑤였다. 화장실 청소 역시 먼지 하나, 물때 하나 용납되지 않았다. 게다가 본인이 원래 하던 청소 구역뿐 아니라 다른 구역의 청소까지 할 줄 알아야 했다.

이 외에도 체력 증진을 위해 훈련 기간에 완전군장을 메고 5km가 넘는 기지 외곽을 뛰는 경우도 있었지만, 운 좋게도 나의 기수 이전까지만 그러했다. 훈련의 강도가 점차 약해지면서 요즘은 청소나 군가 등의 모든 면에 있어 지나친 완벽함을 요구하지 않고, 때로는 이 훈련 과정을 거치지 않고 바로 2학년이 되기도 한다.

내가 메추리 강화 훈련을 받으면서 가장 힘들었던 것은, 옷을 각 잡아서 반복해서 개고, 바닥은 모래 알갱이나 얼룩 하나 없도록 쓸고 닦으며 방의 모든 먼지를 제거하느라 훈련 기간 내내 밤을 지새우는 것이 아니었다. 그건 바로 얼마 전 기초군사훈련을 마치고 별관에서 우리가 생활하는 정예관으로 이사 온 1학년 후배 앞에서 혼나는 것이었다. 내가 혼나는 것을 후배가 직접 볼 가능성은 매우 희박했지만, 선배가 지적을 하면 복도가 울릴 정도로 큰 목소리로 대답해야 했기 때문에 멀리서 들려오는 나의 대답 소리를 후배들이 희미하게라도 들었을 것이 분명했다. 후배 앞에서 혼나는 것만큼 자존심 상하는 일이 없었다.

같이 메추리 강화 훈련을 받은 5중대 동기

2학년이 되면 선배로서 후배들 앞에서 멋지고 당당한 모습만 보이고 싶은 욕구가 커진다. 그렇다고 선배에게 혼날 때 후배들 앞에서 혼나기 싫다는 표정이나 행동을 보인다면 훈련 기간은 연장되고, 강도 또한 더 강해질 수도 있으니 자존심이 상하더라도 한 번 할 때 최선을 다하여 그 시기를 빨리 넘기는 것이 최선책이었다.

돌이켜 생각해보면 이때 후배들 앞에서 혼나는 부끄러움을 알고, 이후에 같은 일이 일어나지 않도록 더 열심히 생활했던 것 같다. 게다가 저학년일 때는 '내가 선배가 된다면 후배 앞에서 윗 학년을 혼내지 말아야지' 하고 생각했지만, 막상 선배가 되어 보니 후배에게 부끄러움을 주지 않으려는 생각에 그 후배의 과오를 넘어갈 수는 없기도 했다. 따라서 후배들 앞에서 혼나지 않으려면 선배로서 본인이 최선을 다하는 수밖에 없었다.

4장

생도대 문화

Campus Culture

라인 관계

공군사관학교에는 '라인(Line)'이라는 문화가 있다. 일반 학교에서의 멘토 · 멘티, 회사에서의 사수 · 부사수와 비슷한 개념이라고 할 수 있다. 라인은 같은 중대 내의 선후배 생도를 매칭하여, 주로 선배 생도가 후배 생도를 챙겨주는 문화이다.

나는 고등학교 때도 이와 비슷한 문화가 있었기에 공군사관학교의 라인 관계를 이해하는 데 수월했다. 고등학교 때는 1학년 전용 기숙사의 같은 침대를 썼던 사람들을 '침대' 선후배로 매칭시켰다. 침대 선배는 침대 후배에게 간식과 밥을 사주기도 하고, 공부를 잘하는 선배의 경우에는 본인이 정리한 학습 자료나 시험 족보를 후배에게 넘겨주기도 한다. 침대 선배가 대학을 잘 가면 후배에게 큰 금액의 용돈을 주고 졸업하는 문화도 있다. 나는 아직까지도 같이 학교생활을 했던 침대 선후배와 연락을 하며 좋은 관계를 유지하고 있다.

기초군사훈련을 수료하고 입학식 전후로 라인 관계가 결정되는데, 보통 선배가 추첨이나 선택을 하여 라인 후배를 뽑는다. 신입생이 기초군사훈련을 마치고 별관에서 재학생이 생활하는 정예관으로 이사할 때 라인 선배들이 이를 도와주는데, 이 자리에서 라인 선배들과의 첫 만남이 이루어진다. '라인 환영식'의 일환으로 이사를 하는 도중에 선배들은 새로 만난 후배에게 장난을 치기도 한다. 먼저 4학년 선배가 1학년 생도에게 웃긴 장난을 친다. 이때 1학년 생도가 웃으면 2, 3학년 선배가 1학년이 감히 웃냐며 혼을 낸다. 그렇게 라인 선배들은 1학년 생도를 라인 후배로 맞이한다.

나는 1학년 생도들만 학교에 남는 첫 메추리 천하 때 4학년 라인 선배에게 라인 미션을 부여받기도 했다. 바로 3학년 선배 방에서 4학년 선배가 숨겨놓은 물건을 찾는 것이었다. 물건을 몇 개 찾는가에 따라 나중에 있을 나의 첫 외출 기념 회식 메뉴가 정해진다고 했다. 6개를 찾으면 분식, 7개는 순댓국, 8개는 피자, 9개는 삼겹살, 10개는 고급 뷔페였다. 4학년 선배가 미션을 주기 전에 2학년 선배가 카톡으로 "메추리 천하 때 선배들 방에 들어오지 마라"라고 말했는데, 아마도 라인 선배들은 내가 미션을 수행하기 위해 선배 방에 들어가야 할지 말아야 할지 딜레마를 주려는 속셈이었던 것 같다. 하지만 나는 4학년 선배가 라인 단체 채팅방에서 미션을 주었을 때 별 다른 생각 없이 선임 선배의 말이 더 중요하다고 생각했다. 그래서 2학년 선배도 같이 있는 그 채팅방에서 "예! 방을 흩뜨리지 않고 다 찾겠습니다!"라고 말하여 선배들의 장난은 해프닝으로 끝났다. 물건을 많이 찾지는 못했지만, 찾은 개수와 상관없이 첫 외출 기념 회식 때 레스토랑에서 비싸고 맛있는 것을 먹을 수 있었다.

라인 선배에게 사랑을 받으려면 그만큼 노력도 해야 한다. 비록 서로 잘 모른 채 인위적으로 맺어진 인연이더라도 진심으로 친하게 지내는 사이가 되면 더욱 좋지 않겠는가. 나를 제외한 2~4학년 선배들은 이미 친해 보였기 때문에 그 사이에 나만 자연스럽게 들어가 어울리면 됐다.

사랑받는 후배가 되는 방법에는 크게 2가지가 있다. 생활을 정말 열심히 하면서도 빠릿빠릿하게 잘하는 후배가 되거나, 재밌고 웃긴 후배가 되는 것이었다. 나는 내가 봐도 옷을 각 잡히게 잘 접는다거나, 전투화가 반짝반짝할 정도로 닦는 것 등의 생활을 잘한다고 생각하지 않았기 때문에 재밌는 후배가 되어야겠다고 다짐했다. 1학년이지만 경직된 모습을 최대한 숨기고 선배에게 먼저 말도 걸고 장난도 치며 노력했다. 1학년 생도의 첫 외출이 풀리기 전, 3학년 선배가 라인 단체 채팅방에서 나에게 말을 걸었다.

70기, 71기 라인 후배와 찍은 예복 사진

"범수야, 주말에 외출 나갈까 말까?"

"저랑 학교에 남아 토요일 밤에 회식을 하는 것도 나쁘지 않을 것 같습니다!"

외출을 나가지 말고 학교에 남아 밥을 사달라는 뜻이었고, 장난 반, 진심 반이었다.

"음, 넌 역시 제정신이 아니야. ㅋㅋㅋㅋ"

"그러면 선배님과 함께 밤에 휴게실에서 해외 축구 경기를 보는 것도 좋을 것 같습니다!"

"볼 만한 경기가 없는데?"

"치킨이 축구의 재미를 더해줄 것 같습니다!"

역시 장난이었다. 하지만 장난을 칠 때는 언제나 적정선을 지켜야 했다. 다음 날 2학년 선배가 자신의 방으로 불렀다.

"3학년 선배가 너 회식시켜 주는 사람이야?"

"아닙니다!"

"선배가 착해서 장난 받아주시는 거지. 그렇게 치킨이 먹고 싶으면 차라리 나한테 사달라고 해."

"아닙니다! 죄송합니다!"

나는 재밌는 후배가 되려다가 재밌는 후배는커녕 치킨만 찾는 '치킨 무새'로 전락하고 말았다. 다행히도 여전히 친해지려는 이런저런 노력과, 달력이 한 장 한 장 넘어감에 따라 함께 보낸 시간이 늘어나니 자연스럽게 친해질 수 있었다. 인위적으로 맺어진 인연이라는 것이 무색할 정도였다.

첫 외출 기념 회식 말고도 라인끼리 함께하는 행사가 많다. 신입생 환영회, 졸업생 환송회 등 전 학년이 같이 하는 행사는 대부분 라인끼리 모여 앉아 음식을 먹고 공연을 구경하며 행사를 함께 즐긴다. 이외에도 하계군사훈련이 다가오면 '하훈(하계군사훈련)' 회식을 하고, 3학년이 학교에 입학한 지 1천 일이 되면 '천일' 회식은 물론이고, 라인끼리 돈을 모아 수고했다며 3학년에게 용돈을 주기도 한다. 또, 졸업하는 선배에게는 라인 후배들이 졸업 축하 선물을 드리고, 졸업하는 선배도 라인 후배에게 용돈을 준다.

특별한 기간에만 이런 것이 아니라, 평소에도 학교에서 4학년이 후배들에게 라인 회식을 시켜주기도 한다. 내가 4학년일 때는 코로나19로 인해 주말까지 학교에 같이 머무는 기간이 길어지면서 자연히 주말에 라인 회식을 하는 경우가 더 잦아졌다. 그에 따라 4학년 생도들의 지갑도 점점 얇아졌지만, 다행히도 졸업한 라인 선배가 후배들 회식시켜 주는 데 보태라고 용돈을 보내주기도 하여 나는 금전적 부담이 덜했다.

라인 행사의 꽃은 뭐니 뭐니 해도 '졸업 모임'이다. 졸업식 전후에 하는 졸업 모임은 4학년의 졸업과 임관을 축하하는 자리로, 생도들에게는 1년 중에 가장 맛있는 것을 먹는 날로 인식된다. 이날만큼은 평소에는 쉽게 갈 수 없는 고급 음식점에 가기 때문이다. 나는 아직도 첫 졸업 모임 때 먹은 세이로무시와 사시미, 사케를 잊지 못한다. 비용은 모두 졸업생이 부담하며, 장교 선배에게 용돈을 받아 이 비용을 어느 정도 충당한다. 1차 회식이 끝난 뒤에는 해산하거나, 다 같이 또는 사람이 많은 경우 장교랑 생도로 나뉘어서 2차 술자리를 갖기도 한다. 졸업 모임은 주로 강남역 부근에서 하는데, 졸업 모임 시즌에 서울 강남역 부근에 가면 학교에 있는 것만큼이나 선후배와 동기들을 많이 볼 수 있다.

1학년 때 라인 선배와 찍은 사진

1학년 기간 동안 라인 선배들에게 물심양면으로 도움만 받다가 해가 넘어가니 나도 누군가의 라인 선배가 됐다. 막상 선배가 되니 후배를 챙겨주어야 하는 선배 역할을 하기가 생각보다 어려웠다. 특히 나는 가족 내에서도 막내였기 때문에 아랫사람을 챙기는 것이 어색했다. 그래도 후배들에게 회식도 자주 시켜주며 선배가 아닌 편한 친구가 되려고 노력했고, 이것저것 도움의 손길을 많이 내밀었다.

하지만 그렇지 않은 적도 있었다. 4학년 때 1학년 라인 후배를 뽑았는데, 내가 기초군사훈련을 시킬 당시에 내게 미운 털이 박혔던 후배였다. 그 당시에 내가 "너 학교 입학하고 나서 두고 보자"라고 말할 정도였으니 말이다. 그래서 처음에는 잘 챙겨주지 않다가 3학년 라인 후배가 이제 챙겨주는 것이 어떻겠느냐는 말에 4학년 2학기가 되어서야 조금씩 챙겨주기 시작했다. 생각보다 너무 착하고 선배들에게도 예의 바른 후배였다. 기초군사훈련 기간 동안 본 극히 일부의 모습으로 그 후배의 모든 것을 평가하는 실수를 범했다는 생각이 들었다. 이후로 그 후배를 잘 챙겨주기는 했지만, 잠시나마 라인 선배로서 따뜻하게 대해주지 못한 것이 너무나 미안했다. 아직도 그때 왜 그랬을까 하며 후회한다.

졸업식 훈련과 퍼레이드

공군사관생도는 자신이 졸업하는 것이 아니더라도 졸업 및 임관식(이하 졸업식) 행사에 참석한다. 재학생과 졸업생이 함께 졸업식 자리를 빛내기 때문이다. 하지만 졸업식은 의미와 규모가 큰 행사이기 때문에, 졸업식을 하려면 힘든 졸업식 훈련 과정을 거쳐야 한다. 졸업식 훈련은 입학식 이후부터 졸업식 당일까지 2주 이상 진행된다.

재학생은 '분열' 훈련을 주로 하는데, 분열은 퍼레이드를 생각했을 때 딱 떠오르는 그것이다(그래서 생도들은 분열과 퍼레이드라는 단어를 따로 구분하지 않고 혼용해서 사용한다). 정확히 오와 열을 유지하며 발을 맞춰 걷고, 한쪽 손에는 총을 들어 같은 타이밍에 다른 팔을 휘저으며, 둘레가 800m 정도 되는 연병장을 수십 번에서 백 번 넘게 돌기를 반복한다.

분열은 행사에서 생도들의 늠름한 패기와 열정을 보여줄 수 있는 식순이기에 중요하게 여겨지며, 그만큼 잘할 때까지 연습을 한다. 반면에 졸업생은 분열만 연습한다기보다는 전반적인 식순을 익힌다. 그해 졸업식 계획에 따라 달라지기는 하지만, 졸업생은 분열 외에도 악수 행진, 소위 계급장 수여식, 기념 촬영식 등 많은 식순에서의 행동을 연습해야 한다.

졸업식은 그해 교내에서 열리는 행사 중 가장 큰 행사이다. 국방부 장관이 주관하는 행사로, 국방부 장관 외에 공군참모총장, 공군사관학교장 등의 중요 인사들이 대거 참석한다. 때로는 대통령 주관으로 졸업식이 열리기도 하는데, 이때는 대통령, 국무총리, 각 군 참모총장 등 높은 내빈들도 참석한다. 그렇기에 졸업식 연습에 많은 시간을 투자할 수밖에 없다. 연습을 실제처럼 똑같이 진행하며 검열을 받기도 한다. 예를 들어, 국방부 장관 주관이면 생도대장, 교장, 공군참모총장 순으로 세 차례나 검열을 받으며 부족한 부분을 계속해서 보완해나간다.

1학년 생도에게는 입학식을 한 뒤 바로 다음 날부터 진행되는 졸업식 훈련 기간이 퍼레이드를 처음 배우는 시기이다. 이때 퍼레이드를 제대로 몸에 익혀놓지 않으면 계속 찾아오는 퍼레이드 행사가 지속적으로 자신을 괴롭힐 수 있다. 나는 1학년 때 졸업식 훈련에 참여하지 않았다. 기초군사훈련을 받을 때 행군을 하면서 발을 다쳐 제대로 걸을 수 없었기 때문이다. 그래도 나중에 있을 행사에서 실수하지 않기 위해 방에서 혼자 분열 연습을 했다. 하지만 실전은 달랐다. 행사 내내 들어야 하는 총은 너무 무거웠고, 북소리에 맞춰 발을 맞추며 곁눈질로 앞과 옆을 동시에 보는 것은 쉽지 않았다. 처음이었던 행사이니 잘하지 못하는 것은 어쩌면 당연한 일일지도 모르지만, 선배들은 그런 나를 용서해주지 않았다. 사열대 앞에서 분열하는 도중에는 오와 열을 맞추고 정신을 차리라는 선배의 고함이 들려왔고, 행사가 끝난 뒤에는 중대 내 퍼레이드 군기를 책임지는 중대 기수생도 선배의 방으로 불려가 쓴소리를 들어야 했다.

공군사관학교에는 퍼레이드 문화도 있다. 아마 매년 학교에서 열리는 퍼레이드 행사가 많고, 그만큼 연습과 실전에서 퍼레이드를 하는 시간이 길기에 언제부터인가 자연스레 생겨났을 것이다. 이 문화는 단지 팔을 흔들며 분열을 하는 그 순간만이 아니라, 행사 전반에 걸쳐 나타난다.

먼저 부대별로 입장 대기 장소에 모이면 3, 4학년 생도들은 같은 오의 2학년 생도를 찾아간다. 2학년 생도가 사탕이나 젤리, 초콜릿 등 간단히 먹을 수 있는 것을 주기 때문이다. 이를 '오 간식'이라고 하는데, 2학년 생도가 오 간식을 담당한다. 이때 선배들의 간식 취향을 잘 맞추면 선배에게 많은 사랑을 받을 수 있다.

또, 부대가 출발하고 연병장이 보이기 시작할 때 부대 내 2학년 생도

중 한 명이 '콜(call)'이라는 것을 한다. 콜은 전 부대원이 들을 수 있을 정도의 큰 목소리로 우스갯소리를 하고 응원 구호를 외치는 것이다. 우스갯소리가 재밌으면 열렬한 환호와 호응을 받지만, 재미가 없고 수위까지 지나치면 호응도 받지 못하고 정적이 흐르며 분위기까지 그윽해진다. 2학년 생도가 콜을 하는 것은 선택 사항이 아니라 암묵적인 의무이기에, 이왕 해야 한다면 성공하기 위해 어떤 말을 할지 전날 밤부터 고민하기도 한다.

연병장에 입장해 모든 부대가 부대별 장소에 정렬하면 행사가 시작된다. 생도들은 분열을 시작할 때까지 자신의 자리에서 계속 서 있는다. 중간에 있는 국기에 대한 경례, 차렷, 열중 쉬어 정도만 할 뿐 이를 제외하고는 행사 중에 일체의 미동조차 할 수 없다. 움직이지 못한다 하니 갑자기 얼굴이 간지러워지고 어딘가 불편해진다. 계속 서 있다 보니 시간이 지날수록 발바닥은 아프고 오금도 저린다. 이런 상황에서 생도들은 서로 이야기를 하며 꼼짝 않고 서 있는 것의 고통과 불편함을 잊으려 노력한다. 다만, 누가 말하는 것을 눈치채지 못하도록 복화술을 하듯 입 모양을 작게 해 말한다.

이때 4학년 생도는 1학년 생도에게 말을 걸며 장난을 치기도 한다. 대표적으로 3학년 군기 담당 생도의 이름으로 삼행시를 짓게 하는 것 등이 있다. 사실 1학년 생도에게는 삼행시로 4학년 선배를 웃게 하든 말든 중요하지 않다. 행사가 끝나면 자신이 삼행시를 지었던 이름의 주인공이 직접 찾아와 본인이 우습냐는 등의 쓴소리를 하고 3학년 선배에게 혼이 난다. 4학년 생도는 1학년 생도가 혼나는 모습을 보며 웃는다. 이것이 '삼행시' 문화이다.

하지만 삼행시 문화가 1학년 생도에게 도움을 주기도 한다. 행사 시 쓰고 있는 예모가 머리를 꽉 눌러 머리에 피가 잘 통하지 않게 되는데, 이러한 상황이 지속되면 본인도 모르게 주저앉거나 쓰러지는 경우가 있다. 1학년 생도는 행사에서 오래 서 있는 것이 익숙하지 않은 데다가 긴

행사에서 '열중 쉬어' 자세를 취하고 있다.

장까지 하기 때문에 더 자주 쓰러진다. 그런데 4학년 선배와 이야기를 나누고 삼행시를 짓겠다고 골몰하다 보면 쓰러지는 경우가 덜하다.

나도 1학년 때 행사 중간에 머리가 어지러워지며 주저앉은 적이 있었다. 여름이라 날씨가 덥기도 했지만, 예모가 머리를 꽉 누르고 있는 데다가 어떤 생각도, 어떤 말도 안 하고 있으니 조금씩 어지러워지기 시작했다. 그런데 갑자기 옆에 있는 동기가 통나무가 넘어지듯이 쓰러졌다. 그 순간 몹시 놀랐다. 나 역시 정신이 조금씩 흐려지면서 가만히 서 있는 것조차 힘들어졌다. 뒤에서 휘청거리는 나를 보고 그냥 주저앉으라는 선배의 말에 정신을 잃기 전에 주저앉았고, 예모를 벗으며 상태를 회복했다. 그리고 행사에서 열외하여 행사장 밖에서 쉬고 있었는데, 나처럼 쓰러지거나 쓰러질 뻔해 온 사람이 10명 가까이 됐다. 대부분 1, 2학년 생도였다. 이후 퍼레이드를 할 때마다 혹시 정신이 흐릿해질까 두려워 혼잣말을 하거나 노래를 부르곤 했다. 다행히도 그날 이후 바닥에 주저앉게 된 적은 한 번도 없었다.

사열대 앞에서 분열을 할 때는 모든 장난기가 사라지고 긴장된 분위기가 오간다. 사열대 위에서 누군가 우리를 지켜보고 있기 때문이다. 그들에게 통일되고 절도 있는 동작을 보여줘야 하기에 모두가 집중한다. 그래서 사열대 앞을 지날 때는 상대적으로 분열을 잘하는 선배 생도로부터 큰 목소리로 쓴소리가 쏟아진다. 본 행사 때는 사열대에서 누군가

들을 수 있기에 이런 쓴소리가 덜하지만, 연습 때는 그렇지 않다.

"3열 8오 마킹 밟아!!!"

"2열 4오 총기 수직!!!"

선배 생도의 지적 소리로 부대가 뜨겁다. 물론 상냥하게 좋은 말로 한다 해서 후배의 행동이 고쳐지지 않는 것은 아니다. 조금 더디기는 하지만 충분히 발전하는 모습을 볼 수 있다. 반면에 큰소리로 지적하면 단숨에 일시적인 효과를 거둘 수 있다. 그렇기에 분열 연습이 뛰어난 부대가 먼저 연습을 끝내고 생활실로 들어가는 성과제를 하기도 하는데, 이런 때는 부대가 지적 소리로 매우 시끄러워진다.

나는 1학년 때 분열 식순이 다가오는 것이 몹시 긴장됐다. 선배들의 지적 소리를 감당해야 하는 것도 있었지만, 무엇보다도 이번에는 틀리지 않고 잘할 수 있을지 두려운 마음이 더 컸다. 아이러니하게도 고학년이 되어 분열에 능숙해지고 난 뒤에는 분열 식순만 기다리게 됐다. 오히려 분열하기 전에 가만히 서 있는 것이 훨씬 더 힘들었다. 게다가 분열은 행사의 마지막 식순이기에 분열이 끝나는 순간 생활실로 복귀해서 쉴 수 있기 때문이었다.

퍼레이드 행사를 끝내고 나면 팔다리가 저리기는 하지만, 이는 생도일 때만 할 수 있는 특권이기도 하다. 임관 후에는 누구 앞에서 멋진 분열을 선보일 일이 없다. 또, 퍼레이드 행사는 행사 복장인 예복을 입을 수 있는 흔치 않은 날이기도 하다. 멋진 예복을 입고 선후배, 동기와 기념사진을 남길 수 있었다. 게다가 그들의 실없는 장난에 웃고, 재치 있는 콜에 환호하기도 하는 등 퍼레이드에는 소소한 재미가 넘친다. 그렇기에 퍼레이드는 생도 시절의 즐겁고 행복했던 추억으로 기억될 것임이 분명하다.

무용구보

공군사관학교 생도는 매주 목요일 오후 5시에 '무용(武勇)구보'라고 부르는 전투 뜀걸음을 한다. 전 생도가 전투복 복장을 하고, 총기는 개머리판을 접어 한쪽 어깨에 멘 채 정해진 코스를 따라 교내 도로를 5km 정도 달린다. 처음에는 중대별로 부대를 형성하여 뛰는 '팀워크 무용구보'와 체력별로 부대를 형성하여 뛰는 '도전 무용구보'로 나뉘어 격주로 운영되었는데, 나중에는 팀워크 무용구보만 실시됐다.

1, 2, 3, 4학년 생도가 동시에 똑같은 무용구보를 뛰지만, 아이러니하게도 체력적인 면을 넘어서 1학년 때 뛰는 무용구보가 제일 힘들다. 가장 큰 이유는 무용구보를 뛸 때 1학년 생도가 번호를 붙이고 군가 부르

는 것을 90% 이상 담당하기 때문이다. 단순히 뛰기만 해도 숨이 차는데, 번호를 붙이고 군가를 부르면 호흡조차 제대로 할 수 없고 숨이 더 차기 마련이다. 계속 이렇게 뛰다 보면 자연스럽게 목소리가 작아질 수밖에 없는데, 그러면 뒤에서 선배들이 목소리를 키우라며 '번호 붙여 갓'을 시키기도 한다. 기존에는 '하나! 둘! 하나! 둘!'로 번호를 붙인다면, 이때는 '하나! 둘! 셋! 넷! 하나!둘!셋!넷! 하나!둘!셋!넷!'으로 숨 한 번 제대로 쉴 새도 없이 번호를 붙여야 한다. 이를 많게는 10회 연속에서 무한 연속으로 반복시키기도 하는데, 그럴 때는 호흡이 너무 부족해 정신이 혼미해지기도 한다.

이처럼 무용구보가 1학년 생도에게 제일 힘들지만, 체력적으로 부담이 되는 것은 2~4학년 생도도 매한가지다. 그래서 생도들은 목요일만 되면 무용구보를 뛰어야 한다는 생각에 우울해진다. 하지만 무용구보를 뛰지 않으면 주말에 외출이 제한되기 때문에, 외출만 바라보며 한 주를 버티는 생도들은 이런 부담을 견디면서 무용구보를 뛴다. 게다가 발목 등 몸 상태가 좋지 않은 생도들도 무용구보를 뛰지 않으면 똑같이 외출이 제한되어, 외출을 나가기 위해 무용구보를 무리하게 강행하기도 한다. 이렇게 고통을 참고 무용구보를 뛰다가 몸 상태가 악화되는 생도들이 다수 발생한다.

무용구보가 생도에게 부담이 되는 것이기는 해도, 막상 무용구보를 뛸 때는 나름 재밌는 면도 있다. 중대원끼리 다 같이 '으쌰으쌰' 하는 분위기가 그렇다. 1학년 생도들이 힘들어 보이면 선배 생도가 1학년이 붙이던 번호를 이어받아 붙여주기도 하고, 사기를 북돋우기 위해 좋은 분위기 속에서 군가를 부르기도 한다. 성무탑 근처의 교차로를 돌 때는 군가 〈군용열차〉를 부르고, 이후에는 학년별로 〈멋진 사나이〉를 '멋진 ○학년'으로 바꾸어 부른다. 반환점인 항공상징탑을 돌아 구(舊) 정문을 지나서는 크고 높은 목소리로 퍼레이드 때와 비슷한 생도만의 파이팅 구호를 외친다. 내가 속했던 5중대는 학교 박물관 앞을 돌 때 5중대만의 응원가인 〈용마타령〉을 부르기도 한다. 무용구보의 마지막 관문인 보라매문을 오를 때는 마지막 있는 힘을 모아 전속력으로 뛰는데, 부대원 사이에서 "악이다!", "깡이다!"를 번갈아 외치며 서로 응원한다. 그렇게 무용구보를 완주하고 나면 개운함을 느끼고, 이제 한 주간의 부담스러운 일과는 모두 끝나고 주말에 있을 외출만 남았다며 기뻐한다.

무용구보와 관련한 기묘한 설화도 있다. 공군사관학교를 3차원으로 둘러싼 보이지 않는 돔이 있다는 것이다. 생도들은 이를 '성무돔'이라고 부른다. 이런 설화가 나타나게 된 계기는 무용구보를 하는 목요일 오후 5시에는 공군사관학교에 비가 내리지 않기 때문이다. 비가 오면 무용구보가 취소되는데, 성무돔으로 인해 비가 내리지 않아 무용구보가 취소되는 경우가 정말 드물었다. 4년 동안 내가 뛰었던 백 번이 넘는 무용구보 중 비로 인해 무용구보가 취소된 날을 손에 꼽을 정도니 말이다. 장마철에도 목요일은 피해서 비가 내렸고, 목요일에 비가 와도 오후 5시만 가까워지면 비가 그쳤다. 더 놀라운 것은 집합하여 무용구보를 뛰기 시작하면 성무돔이 걷히면서 다시 비가 내리기도 한다는 것이다. 무용구보는 출발하면 취소되지 않기에, 그런 날에는 비를 맞으면서 무용구보를 뛰어야 했다.

벚꽃

생도들이 생활하는 정예관 건물 중앙에는 둘레가 800m 정도 되는 직사각형 광장이 있다. '명예광장'이라고 불리는 이 광장 한쪽에는 벚꽃나무가 수북하게 심어져 있는데, 봄에 팝콘처럼 벚꽃이 필 때는 너도나도 모여 사진을 찍고는 했다. 그럴 때마다 벚꽃 잎도 사진 찍는 것을 도와주듯 카메라 셔터 소리에 맞춰 흩날리며 떨어졌다.

이곳의 벚꽃나무는 '여의도 벚꽃축제', '진해 군항제' 등 유명한 벚꽃축제에서 볼 수 있는 벚꽃나무와는 사뭇 다르다. 명예광장에 있는 생도들의 벚꽃나무에는 남다른 의미가 있기 때문이다. 1학년 때는 학교에 입학해 앞으로의 생도 생활을 기대하며 갖는 '설렘'이라는 의미가 담겨 있고, 2학년 때는 첫 후배를 맞이하는 '반가움'이라는 의미가 담겨 있다.

3학년 때는 고학년으로서 갖게 될 '책임감'을 의미하고, 4학년이 되어 사관학교에서 마지막으로 맞이하는 벚꽃은 '아쉬움과 보람'을 의미한다.

어느 날 서랍을 정리하다가 4년간 찍은 벚꽃 사진을 보았다. 어깨 위 견장에 활주로 하나만 그려져 있던 1학년 때의 나. 갓 시작한 생도 생활에 적응하며 불안함과 설렘을 동시에 지닌 채 어색한 미소를 띠고 있다. 후배에게 어깨동무하며 웃음을 참지 못하는 2학년 때의 나와 의젓한 모습으로 서 있는 3학년 때의 나. 그리고 세상을 다 가진 것 같은 4학년의 나. 사진을 손에 쥔 채 의자에 기대어 지난날을 회상했다.

2017년 1월 19일, 공군사관학교에 첫 발걸음을 내디뎠다. 힘든 기초군사훈련을 수료하고, 부모님 앞에서 입학 선서를 했다. 새로운 생활에 적응하느라 바쁜 사이에 벚꽃을 맞이했고, 앞으로의 생도 생활에 대한 기대는 한껏 더 부풀었다. 벚꽃이 개화하는 것이 낯선 곳에서의 새로운 시작을 응원하는 것 같았다.

차가운 겨울이 지나고 새 생명이 움트는 계절, 마침내 막 기초군사훈련을 마치고 생도 생활을 시작한 1학년 후배들을 만날 수 있었다. 기대에 차 있으면서도 긴장한 표정을 짓고 있는 후배들의 모습은 얼굴만 다른 작년의 내 모습이었다. 벚꽃이 피자 나는 후배들에게 먼저 다가가 함께 사진을 찍자고 했다. 후배들에게 봄처럼 따뜻한 선배가 되기 위해 먼저 말도 걸고, 학교생활에 대해 조언도 해주고, 맛있는 것도 챙겨주곤 했다. 나는 그들에게 벚꽃 잎이 되고 싶었다. 학교생활에 적응해나가는 후배들을 화려하게 장식해주고, 그들이 성장해 스스로 잎이 날 때 즈음 떨어지는.

2019년 1월, 전국이 아시안컵에 출전한 대한민국 축구 국가대표를 응

4학년 때 찍은 중대 단체 벚꽃 사진

원하는 열기로 가득할 때, 마침내 내 정복 견장도 세 줄이 되어 썰렁하지 않을 정도로 빼곡해졌다. 하지만 무거워진 어깨만큼 고학년으로서 후배를 교육하고 모범을 보여야 하는 책임도 더해졌다. 그래서일까, 학교에서 세 번째로 맞이하는 벚꽃은 이제 설렘과 함께 부담감을 안겨주기도 했다. 5개의 벚꽃 잎에 각각 모범적인 선배, 학업, 대외활동, 운동, 효도를 새기며 하늘로 날렸고, 이 잎들이 한 해 동안 떨어지지 않은 채 나의 생도 생활을 응원해주었다.

2020년 1월과 2월은 예비생도들을 훈련시키며 그 누구보다 뜨겁게 보냈다. 폭설도 몇 번 오지 않을 정도로 따뜻한 겨울이었다. 3월 말이 되니 벚꽃나무들이 점점 꽃망울을 만들기 시작했다. 명예광장을 가로지를 때면 언제쯤 벚꽃이 만개할지 기다리며 동기들과 이야기꽃도 피웠다.

4월 초 즈음해서 벚꽃이 만개했다. 명예광장에 해가 가장 잘 드는 점심시간은 포토존에서 줄을 서야 할 만큼 벚꽃 사진을 찍는 생도들로 붐볐다. 이때만큼은 엄격한 선후배 관계에서 벗어나, 그 동안의 스트레스와 걱정은 모두 잊은 채 함께 웃으며 벚꽃과 어울렸다. 코로나19로 인해 외출과 외박이 모두 제한되는 바람에, 어쩌다 보니 학교에서 맞이하는 벚꽃이 그해 볼 수 있는 유일무이한 벚꽃이 되어버렸다.

'마지막'으로 보는 벚꽃, '마지막'으로 즐기는 축제, '마지막'으로 맞는 방학 등 졸업을 앞두고 있어 그런지 4학년 때 하는 모든 일에는 '마지막'

이라는 수식어가 늘 따라다녔다. '마지막'이라는 말에서 오는 어감은 아쉬운 감정이 더 크기 마련인데, 그 말을 들을 때마다 정든 이곳을 떠나야 한다는 사실을 새삼 느끼곤 했다. 어느덧 내가 공군사관학교에서 맞이하는 벚꽃도 끝이 났다. 떨어지는 벚꽃을 보며 처음에는 아쉬움을 느꼈는데, 점차 좋은 동기와 선후배들을 많이 사귀었다는 보람과 졸업까지 열심히 생활해왔다는 성취감을 느꼈다. 아쉬움도 무언가 열심히 해야 느낄 수 있는 감정이니 말이다.

하·동계 휴가

공군사관학교 생도들은 하계군사훈련이 끝난 뒤와 2학기가 종강한 뒤인 7월 말과 12월 말에 4주간의 휴가를 갖는다. 일반 대학생의 방학과 비교하면 절반도 안 되는 기간이지만, 생도들에게는 아주 소중하다. 학기 중에 있는 외박과 달리 연속적으로 오래 쉴 수 있는 이 기간을 활용해 생도들은 그동안 하지 못했던 일들을 한다. 나는 휴가가 끝나고 학교로 복귀함과 동시에 바로 반년 뒤에 있을 다음 휴가를 어떻게 보낼지 일찌감치 계획하고는 했다. 휴가 기간을 단 하루라도 허투루 보내지 않기 위함이었다.

선배나 공군사관학교를 졸업한 교수님들은 휴가 기간을 이용해 꼭 해외로 여행을 다녀오라고 말하곤 했다. 그것도 우리나라와 가까운 동남아시아, 일본 등이 아닌 유럽이나 미주 등으로 말이다. 임관 후에는 휴가를 일주일 이상 쓰기가 어려워, 먼 곳으로 해외여행을 다녀오기가 힘들기 때문이다. 물론 소속 부서와 본인의 특기에 따라 다르겠지만, 길게 휴가를 낼 수 있는 신혼여행을 제외하고는 전역하는 순간까지 먼 곳으로의 해외여행은 아마 어려울 것이다.

첫 휴가인 1학년 하계 휴가 때는 해외여행을 가라는 선배들의 조언을 따르지 않았다. 지금 이 순간 그때 왜 다녀오지 않았는지 정말 후회된다. 더군다나 코로나19로 인해 4학년 하·동계 휴가 때 해외여행을 할 수 없어서 더욱 그러했다.

1학년 하계 휴가 때는 5월에 처음 외박이 가능해진 뒤 많은 시간이 지나지 않았을 때라 사관학교에 입학한 뒤 만나지 못한 바깥 친구들, 가족과 시간을 보내고 싶었다. 그래서 친지를 방문하거나 집에서 가족과 시간을 보내고, 친구들과는 국내 여행을 다녔다. 이때는 해외여행을 가지 않는 동기들이 꽤 있었기 때문에 처음으로 MT를 가는 등 동기들과도 많이 만나 추억을 쌓았다. 하지만 다음 휴가 때부터는 해외여행을 가는 동기들이 많아지면서 많은 동기가 모이기 어려워졌다.

1학년 동계 휴가 때 처음으로 해외여행을 갔는데, 고등학교 친구와 홍콩과 마카오로 떠났다. 여러 여행지를 찾아보다가 그곳의 야경이 멋

필리핀 여행 중 세부 오슬롭 고래상어 체험

있어 보였고, 무엇보다도 내 예산에 그곳이 가장 걸맞았다. 요즘은 1학년 생도의 품위유지비가 60~70만 원 정도로 여유 있지만, 그때는 30만 원 정도로 생활하고 나면 저축할 만한 돈이 없었다. 비슷한 이유로 2학년 하계 휴가 때는 짧게 필리핀 세부로 해외여행을 다녀왔고, 돌아와서는 '내일로' 전국기차여행을 다녔다.

내가 여행의 깊은 매력에 빠져든 것은 2학년 동계 휴가 때 다녀온 20여 일간의 인도 여행이었다. 고등학생 때 우연히 안시내 작가의 『악당은 아니지만 지구정복』이라는 인도 여행 책을 읽고 인도 여행에 관심이 생겼는데, 비슷한 관심을 갖고 있던 동기를 만나 실행에 옮겼다. 이 여행을 통해 지금껏 여행을 다니면서 한 번도 느껴보지 못한 새로운 경험을 했고, 꽤 시간이 흐른 뒤에도 그때의 추억이 가끔 새록새록 피어났다.

3학년이 되면서 새로운 국방 정책에 따라 품위유지비가 2배 가까이 인상됐다. 그만큼 저축할 수 있는 여윳돈이 생겼기에 오래 망설일 것도 없이 3학년 하계 휴가 때 서유럽을 여행지로 정할 수 있었다. 서유럽으로 정한 이유가 2가지인데, 하나는 이탈리아의 부라노 섬을 견학하는

인도 여행 중 타지마할 앞에서

것이고, 다른 하나는 영국 프로축구 경기를 관람하는 것이었다. 어렸을 때부터 가수 아이유의 〈하루끝〉 뮤직비디오를 보고 그 배경지인 부라노 섬에 가고 싶었고, 손흥민 선수의 해외 경기를 TV로 챙겨보면서 직접 경기장에서 그 뜨거운 열기를 느껴보고 싶었다. 서유럽에 다녀오면서 이런 사소한 목표를 이루었다.

서유럽을 다녀오고 나서 다음 휴가는 동유럽으로 가야겠다고 결심했다. 이번에는 관광이 아닌 '한 달 살기'의 느낌으로 한 도시에 정착해 현지인들과 어울리며 보내고 싶었다. 그런데 바로 다음 휴가인 3학년 동계 휴가가 아닌 그다음 휴가로 동유럽 여행을 계획했다. 예비생도 기초군사 훈련에 지도생도로서 참여했는데, 3학년 동계 휴가 중 한 주 빨리 복귀해 훈련 준비를 해야 했기 때문이다. 방학 3주 내내 여행만 다녀오기에는 다소 부담스럽기도 했고, 두 번 연속 유럽 여행을 다녀오기에 예산도 부족했기 때문에 그다음 휴가로 동유럽 여행을 미루기로 했다.

그러나 갑자기 찾아온 코로나19. 나는 아무리 심해도 여름 전에 종결될 것이라 믿었다. 그래서 프라하행 비행기 항공권을 예약했고, 머물 숙소까지 알아봤다. 하지만 세계 곳곳으로 퍼져가는 코로나19는 멈출 기미가 보이지 않았다. 결국 항공권을 취소할 수밖에 없었다.

'동계 휴가가 오기 전까지는 백신이 개발돼서 종결될 거야.'

하지만 모든 것이 내 기대와는 정반대로 흘러갔다. 동계 휴가 기간은 해외여행을 못 가는 것은 물론이거니와, 코로나19가 다시 유행하면서 국내여행조차 힘들어졌다. 나의 임관 전 해외여행은 이렇게 두 번의 기회를 모두 날린 채 허무하게 끝이 났다. '이럴 줄 알았으면 1학년 때 더 먼 곳으로 다녀올걸' 하는 후회만 남긴 채.

5학년 별관살이

거의 모든 학교가 졸업식을 한 뒤에 입학식을 한다. 졸업생이 먼저 졸업을 해주어야 재학생은 한 학년이 올라가고, 신입생은 빈 1학년 자리를 다시 채워주기 때문이다. 하지만 사관학교의 경우는 다르다. 신입생 입학식을 먼저 하고 졸업식을 나중에 한다. 심지어는 졸업식 행사에 신입생이 참여하기까지 한다. 그렇기에 입학식부터 졸업식까지 보통 2주 내지 한 달이라는 기간에 4년제 학교에서 다섯 학년이 존재한다. 신입생이 들어옴과 동시에 기존의 1, 2, 3학년 생도는 각각 2, 3, 4학년으로 진급하는 반면에, 졸업하지 못한 4학년 생도는 그대로 4학년으로 남아 있다. 졸업하지 못하고 학교에 남아 있는 4학년 생도를 편의상 '5학년'이라고 부른다.

졸업식 직전, 별관 룸메이트들과

4학년으로 진급한 생도들은 학년에 맞게 4학년 견장을 사용하기 때문에 5학년 생도가 4학년 견장을 계속 착용하면 4학년과 5학년을 구분 짓기 어렵게 된다. 이를 해결하기 위해 5학년은 기존 견장의 활주로를 은박지 테이프로 감싼 '은 견장'을 사용한다. 이 은 견장은 라인 3년 차 후배가 만들어서 주는데, 은 견장에 흠집이 나면 졸업생의 앞길이 잘 안 풀린다는 미신(?)이 있어 정성을 다해 만들어야 한다. 근데 막상 5학년들은 큰 신경도 쓰지 않은 채 은 견장에 손톱으로 별(☆)을 그리며 미래의 비행단장, 참모총장 등 장군이라며 장난을 치기도 한다.

입학식을 하기 며칠 전, 별관에서 생활하며 훈련을 받던 예비생도는 재학생이 있는 정예관으로 이사하고, 5학년은 별관으로 이사를 가 그곳에서 생활하다가 졸업을 한다. 그렇기에 생도 생활이 별관에서 시작해서 별관에서 끝난다며 수미상관의 형식을 띤다고 우스갯소리로 말하기도 한다.

예비생도 때의 별관은 긴장과 어색함이 오가는 공간이었다면, 5학년 때의 별관은 다르다. 4년 동안 생도 생활을 하면서 두터워진 우정은 별관에서의 생활을 축제의 장처럼 만들어놓는다. 동기들과 둘러앉아 이야기꽃을 피우는 것만으로도 재밌기는 하지만, 노트북으로 게임을 하거나 몰래 술을 가져와 마시면서 분위기를 한층 더하기도 한다. 그러나 이는 학교 규정에 위배되는 행위로, 적발됐을 경우 그에 상응하는 처벌이 따라온다. 그렇기에 즐거움을 쫓더라도 적정선을 지키며 행동 하나하나에 신중을 기해야 한다.

재학생에게 '5학년 별관살이'는 빨리 맞이하고 싶은 꿈 같은 시간으로 인식된다. 졸업한 선배들에게 5학년 별관에서의 시간이 어떠했냐고 물으면 모두가 '정말 재밌었고, 잊지 못할 추억이었다'고 하기 때문이다. 나도 실제로 경험해보니 그러했다. 별관의 시설이 정예관보다 좋지 않음에도 불구하고 동기들과 별관에서 보내는 시간이 훨씬 즐거웠다. 여러 명이 한 방에서 같이 얼굴을 보며 하는 모든 일들이 행복했다.

그런데 한 해는 별관에 있는 신입생들에게 전염병인 결막염이 유행하며 신입생들이 한동안 별관에 남아 있는 탓에 나의 2년 선배들은 5학년 별관살이를 경험해보지 못하고 졸업하기도 했다.

5장

훈련

Extremes

1학년
하계군사훈련

하계군사훈련은 1~3학년 생도를 대상으로 1학기 수업이 종강한 뒤 실시하는 4주간의 군사훈련이다. 이 훈련을 통해 공군 장교로서 갖춰야 할 강인한 체력과 정신력을 함양하고, 공중·지상·해상에서의 생존 능력을 구비한다. 하계군사훈련 중 첫 3주는 학년별 과정에 따른 훈련을 실시하고, 마지막 1주는 전 학년이 기본적인 군사훈련을 받는다. 1학년 생도는 패러글라이딩 훈련, 수중 및 지상생환훈련을, 2학년 생도는 유격·근접전투기술훈련, 해상생환훈련을, 3학년 생도는 공중생환훈련을 실시한다.

일반 대학은 종강과 동시에 방학이 시작한다면, 공군사관학교 생도들은 종강 후 하계군사훈련을 마치고 하계 휴가를 나간다. 기초군사훈련만큼은 아니지만 군사훈련의 강도가 꽤 높기 때문에 종강을 기다리는 일반 대학생과 달리 다가오는 종강을 두려워하는 생도들도 있다.

1학년 때는 처음 맞이하는 하계군사훈련이 어떤 것인지 가늠할 수 없었다. 이미 이 훈련을 경험해본 선배들에게 물어보면 수영, 패러글라이딩 등 누군가에게는 그저 레저 활동인 훈련을 받기 때문에 "그냥 레저야"라는 답변이 돌아오고는 했다. 게다가 기초군사훈련을 한 지 그렇게 오래되지 않았기에 '힘들어도 얼마나 힘들겠어'라는 안이한 생각으로 하계군사훈련에 돌입했다. 3년간의 하계군사훈련 중 1학년 하계군사훈련이 가장 레저스럽기는 하지만, 레저는 결코 아니었다.

패러글라이딩 훈련

패러글라이딩 훈련은 교내 골프장 가장자리에 있는 패러글라이딩 실습장에서 진행됐다. 골프장 한 코스의 중간에서 가지를 뻗어 경사를 높인 공간이었다. 그렇기에 경사가 높은 훈련장에서 이륙해 바람을 잘 타다보면 홀에 근접해지기도 했다. 훈련은 처음에는 지상에서 이착륙을 연습한 뒤, 단계적으로 고도 50m까지 올라가 비행을 하는 식으로 이루어졌다.

패러글라이딩 훈련은 여름 더위와의 전쟁이었다. 가만히 있어도 땀이 나는 더운 날씨에, 지상에서 기체를 이고 이륙 높이까지 걸어 올라가야 했다. 햇빛에 타는 것을 방지하기 위해 바른 선크림이 녹아 하얗게 피부를 타고 내려왔다. 땀을 식히기에는 기체를 타고 공중에서 바람을 맞는 시간이 짧았고, 땀이 나기에는 착지해서 기체를 이고 걸어 올라가는 시간이 길기에 충분했다. 또한 고도 50m에서 10회 이상 평가하여 우수생도에 한해 432m 높이의 교내 산봉우리 성무봉에서의 단독비행 자격이 주어졌는데, 10회 이상은 쉬지 않고 지상과 50m를 오르락내리락해야 채울 수 있는 횟수였다. 그렇기에 성무봉에서 비행을 하고 싶다면, 더위와 흐르는 땀을 견디고 움직여야 했다.

패러글라이딩 훈련 중에 우리를 괴롭혔던 것이 또 있는데, 바로 벌레였다. 정확한 명칭은 알 수 없는 벌레가 주위를 계속 잉잉거렸다. 이 벌레를 아직까지 패러글라이딩 훈련장 외의 곳에서는 본 적이 없다. 그래서 우리는 이 벌레를 '패러 벌레'라고 불렀다. 패러 벌레는 눈 앞에서 날며 계속 신경이 거슬리게 했고, 등이나 손에 달라붙기도 했다. 아주 가끔은 쏘기도 하는 것 같았다. 패러 벌레를 떼어내지 않고 무시했다가는 큰일이 날 수 있는데, 가끔은 벌이 달라붙기도 하기 때문이다.

나는 성무봉에서 비행을 해보고 싶어 적극적으로 훈련에 참여했지만, 아쉽게도 평가에 통과하지 못했다. 아직도 그때 성무봉에서 비행을 해보지 못한 것에 대한 아쉬움이 남아 있다. 이런 미련을 갖고 있는 몇몇 동기생은 이후 패러글라이딩 동아리에 가입하며 다시 평가를 받아 못다한 꿈을 이루기도 했다.

수중생환훈련

수중생환훈련은 아이러니하게 물에 들어갈 때가 가장 행복했고, 물에 들어가기 전이 가장 힘들었다. 수영장에 들어가기 전 훈련장 앞 주차장에서의 체력 단련이 엄청 고되기 때문이다. 체력 단련은 팔굽혀펴기, 레그레이즈, 하늘자전거, PT체조, 버피 테스트 등이 주를 이루는데, 큰 목소리, 정확한 동작, 마지막 구호 생략, 동작 통일의 4가지가 이루어져야 체력 단련이 끝이 났다. 하지만 80여 명의 동기 중 꼭 한 명은 마지막 구호를 외쳤고, 신기하게도 다음번에는 다른 동기가, 그 다음번에는 또 다른 동기가 마지막 구호를 외치며 같은 상황이 반복됐다. 막상 마지막 구호 생략까지 깔끔하게 해내면 목소리가 작다거나, 누가 동작을 제대로 취하지 않았다거나, 동작이 통일되지 않았다는 이유로 체력 단련은 끝나지 않고 반복됐다. 그때서야 체력 단련은 일정 시간이 지나야만 끝난다는 것을 깨닫고, 잘하면 일찍 끝내준다는 교관님의 말을 더 이상 믿지 않았다. 게다가 눈을 뜰 수 없을 정도로 뜨거운 햇빛과 더운 날씨, 계란도 익을 것 같은 아스팔트 바닥이 우리를 더 고되게 했다.

나는 수영을 1학기 정규 수업으로 처음 배웠다. 그 전에는 웬만하면 누구나 다 한다는 '개헤엄'조차 나는 할 줄 몰랐다. 그나마 어렸을 때는 물 위에 떠 있기는 했던 것 같은데, 덩치가 커지고 나니 그조차도 힘들었다. 그래도 한 번 배우면 몸에 익어 평생 할 수 있다는 생각으로 열심히 배우려 노력했다. 수영을 잘하는 친구에게 어떻게 해야 실력이 느냐고 계속 물어봤고, 교수님 뒤를 졸졸 따라다니며 자세를 교정해달라고 부탁했다. 그렇게 한 학기 내내 성실히 배웠지만 50m도 가지 못했다. 수영을 한다기보다는 숨을 한 번 크게 쉬고, 그 숨으로 몸부림쳐서 가는 식이었다. 20여 명의 중대원이 한 레인을 사용하며 원형으로 수영을 했는데, 앞사람의 속도를 따라가지 못하는 나는 항상 뒷사람의 길을 막았고, 그러면 나는 가장자리로 피해주며 뒷사람이 나를 추월해 갈 수 있도록 하곤 했다. 물에 대한 작은 공포심이 내 실력 향상을 방해하기도 했다. 레인에는 수심이 3m인 구간이 있었는데, 혹여나 긴장해서 깊은 물속에 잠길까 두려워 그 앞에서는 일단 멈추고 호흡을 가다듬은 후 그곳을 통과하곤 했다.

수중생환훈련은 수영 실력에 따라 반을 편성했는데, 나는 당연히 최하위 반이었다. 그 반 안에서도 하위권이었다. 우리 반에서 일부는 단지 헤엄치는 속도가 느릴 뿐, 1km 이상을 쉬지 않고 완주할 수 있는 실력을 갖고 있었다. 그에 반해 나는 완주조차 하지 못하는 실력이었으니, 같은 반 안에서도 격차가 매우 컸다고 할 수 있었다. 다행히도 훈련이 끝날 즈음에는 느리긴 하지만 나도 1km 이상을 완주할 수 있었다.

할 수 없을 것 같았던 일을 이루어내니 그 보람은 말로 할 수 없었다. 가끔 내게 수영을 가르쳐주셨던 교수님을 이후에 체육 수업에서 만나면, “교수님 덕분에 수영을 할 수 있었습니다”라고 말하곤 했다. 그만큼 수영을 할 수 있게 된 것은 내 삶의 큰 변화이자 기쁨이었다. 이후 해수욕장에 놀러 가면 튜브 없이 물에 들어가 수영을 할 수 있는 즐거움도 알게 되었다.

지상생환훈련

생도들 사이에서 패러글라이딩 훈련과 수중생환훈련이 '레저'라고 평가받는다면, 지상생환훈련은 그나마 훈련으로 평가받았다. 지상생환훈련은 1학년 하계군사훈련의 꽃, 행군을 중심으로 이루어진다. 우리는 하계군사훈련 중에서 가장 힘들고 중심이 되는 훈련을 '꽃'이라고 불렀다. 지상생환훈련은 행군 외에도 독도법, 구득법, 야외 숙영 실습 등으로 구성되어 있다.

독도(讀圖)는 '지도를 읽는다'는 뜻으로, 독도법은 조난 시 지도를 읽고 무사히 귀환하기 위해 배운다. 지도를 읽는 것이 겉보기에는 쉬워 보이지만, 자신의 위치를 파악하고 목적지까지의 동선을 설정하는 것 등이 포함됐다. 따라서 이론 수업을 잘 들어야 실습이 가능한 훈련이다. 하지만 훈련 중간에 있는 이론 수업은 사막의 오아시스처럼 몸과 마음이 편해지는 시간이었기에 대부분의 수업 시간에 졸 수밖에 없었다. 실습은 조별로 진행이 되었는데, 버스를 타고 알 수 없는 곳에서 내려 지도만 보고 지정한 목적지에 도착하는 것이었다. 다행히도 조원 중 누군가는 수업을 잘 들어 지도를 읽을 줄 알았다. 수업을 듣지 않은 내가 할 수 있는 것이라곤 그 지도를 읽을 수 있는 동기 뒤를 따라다니는 것뿐이었다. 동시에 교관님이 뒤에서 우리를 감독하고 계셨는데, 잘못된 방향으로 가면 교관님의 표정이 굳어지기에 금방 알아챌 수 있었다. 그렇게 흔히 말하길 '무임승차'로 목적지에 온전히 도착할 수 있었다.

구득법 훈련은 조난 시 산이나 숲 등 주변에서 필수 에너지원을 공급할 수 있는 음식물을 구하여 섭취하는 방법을 배우는 훈련이다. 에너지원을 공급하기 위해 섭취해야 하는 음식물의 종류는 식물, 동물, 물 등 다양하다. 우리는 그중 동물인 토끼를 죽이고 손질해서 먹는 법을 배웠다. 보통 닭으로 실습을 많이 하는데, 당시 조류독감이 유행하고 있어서 토끼로 훈련을 진행해야 했다. 닭은 평소에도 자주 먹고, 식용으로도 익숙한 동물이어서 죽이는 것이 미안하기는 해도 못할 정도로 심한 거부감은 없었을 텐데 토끼는 달랐다. 토끼는 어렸을 때 집에서 몇 번 키웠던 적이 있어서인지 그때 키웠던 토끼 생각이 나 시작하기도 전에 죄책감이 들었다. 그래서 조교의 시범을 보는 내내 눈살을 찌푸리면서 실눈으로 쳐다볼 수밖에 없었다.

조교님이 박스에서 꺼낸 토끼는 애견토끼와는 달리 덩치가 매우 컸고, 색 또한 어둡고 칙칙했지만 그래도 귀여운 토끼였다. 조교님은 두꺼운 뒷다리를 잡고 머리가 아래로 향하게 들었다. 처음에는 토끼가 발버

둥 쳤지만 얼마 지나지 않아 움직이지 않았다. 이후 토끼를 죽이기 위해 토끼의 목 뒤를 손등으로 세게 쳤다. 그러자 갑자기 눈과 코에서 빨간 피가 튀었고 즉사했다. 토끼를 바닥에 내려놓았다. 등 가죽을 잡아 칼로 벤 후 가죽을 양쪽으로 잡아 벗겨냈다. 이후 살을 갈라 장기를 걷어내면서 조교의 시범은 끝이 났다. 피비린내가 주위에 자욱했다. 이제는 생도들이 실습할 차례였다. 나는 차마 죽일 수가 없어서 다른 동기생이 하는 것을 옆에서 지켜봤다. 손질한 토끼를 먹고 싶은 사람은 불에 구워 먹을 수 있게 했는데, 나는 거들떠보지도 않았다.

야외 숙영은 캠핑하는 느낌이 아닐까 하고 내심 기대했는데, 공통점이라고는 텐트에서 자는 것 외에는 찾아볼 수가 없었다. 가장 힘들었던 점은 화장실이었다. 화장실은 배설물을 흘려보내지 않고 구덩이에 그대로 저장하는 재래식 화장실 구조였는데, 화장실 주위만 가도 배설물 냄새가 진동했다. 지독한 냄새로 보아 그동안 한 번도 청소한 적이 없음이 분명했다. 심지어는 화장실 안에 들어가면 매워서 눈을 뜰 수가 없을 정도였다. 아마도 분뇨에서 나온 가스가 쌓였기 때문인 듯했다. 그래서 실제로 화장실에 갈 때 방독면을 쓰고 가는 동기생도 있었다. 나는 야외에서 숙영하는 내내 대변이 마렵지 않기를 기도했고, 다행히 그렇게 되어 소변만 풀숲에서 해결하면 됐었다. 또, 씻는 것은 숙영지에서 500m 정도 내려가면 있는 건물에서 할 수 있었는데, 씻고 경사진 500m를 올라

야외 숙영지에서 6중대 동기들과 찍은 사진

오면 다시 땀으로 젖어 사실상 씻는 것이 무의미했다. 게다가 아침에 일어나면 이슬로 인해 녹슬어 붉게 물든 총기와 축축한 텐트 바닥을 볼 수 있었다.

행군 훈련은 가장 마지막에 진행됐다. 행군의 힘든 점은 오래 걸어야 한다는 것이 아니었다. 20kg 정도 무게가 나가는 군장 가방을 두 어깨에 계속 메고 있어야 한다는 것이었다. 지금은 군장 가방이 신형으로 바뀌며 어깨끈에 쿠션이 달려 어깨에 느껴지는 통증이 많지 않지만, 내가 행군 때 멨던 구형 군장 가방은 쿠션이 하나도 달리지 않은 폭도 좁은 가

방끈이어서 조금만 걸어도 어깨가 부스러질 것처럼 아팠다. 그래서 어깨 통증을 줄이기 위해 어깨와 가방끈 사이에 손가락을 넣고, 군장 가방을 손으로 들고 걸어야 했다. 주간 행군 때는 구름 한 점 없는 날씨가 우리를 괴롭혔지만, 폭염주의보가 발령되면서 코스가 단축되어 오히려 이득을 본 면도 있었다.

야간 행군은 야외 숙영지에서 새벽에 일어나 출발했다. 얼굴에 위장크림도 발라야 했는데, 보급으로 나오는 위장크림은 피부가 뒤집어질 수도 있다 하여 밖에서 사온 위장크림을 바르는 것이 보편적이었다. 그래도 야간 행군은 그나마 날씨가 시원했기 때문에 어깨가 아픈 것만 버티면 괜찮았다. 중간에 휴식을 취할 때는 가방을 멘 상태로 동기생의 다리에 기대어 뒤로 누어 쉬며 졸곤 했다.

1학년 하계군사훈련 때는 그날의 훈련이 끝나면 생활관에 복귀해서 해야 할 일이 있었다. 바로 3학년 선배의 방문 앞에 신문지를 깔아두고, 방 안의 에어컨도 미리 켜두고, 시원한 음료를 준비해 책상 위에 올려두는 것이었다. 상대적으로 훨씬 힘든 공중생환훈련을 마치고 돌아오는 3학년 선배에게 잘 보이기 위함이었는데, 의무는 아니었지만 거의 모든 1학년이 했다. 혼자 안 한다면 오히려 센스 없는 후배로 낙인 찍힐 수 있기 때문에 모두가 할 수밖에 없었다.

음료도 누구는 자판기에서 캔 음료를 뽑고, 누구는 교내 제과점에서 비싼 음료를 사고, 또 누구는 직접 제빙기까지 구해와 팥빙수나 얼음음료를 준비하기도 했다. 정성과 돈이 덜 들어간 음료를 준비하면 다른 동기생과 비교가 되어서 점점 음료 수준이 과도해졌다. 그래서 무리한 상황을 연출하는 동기생에게 눈치를 주는 경우도 있었다. 결국 후년부터는 선배에게 음료를 챙겨주는 것을 공식적으로 금지시켰다.

2학년
하계군사훈련

2학년 하계군사훈련이 시작하기 직전인 6월 초, 다 같이 무용구보를 할 때 3학년 선배들이 2학년 들으라는 듯 발걸음에 맞춰 이상한 구호를 외쳤다.

"유! 격! 유! 격! 유격대! 유격대! 유! 격! 유! 격! 유격대! 유격대!"

그때야 비로소 하계군사훈련이 가까이 다가왔음을 직감할 수 있었다. 1학년 때는 아무 생각 없이 하계군사훈련을 맞았다면, 2학년 때부터는 훈련 시작일이 가까워질수록 걱정으로 내쉬는 한숨도 많아졌다.

유격 · 근접전투기술 훈련

유격 훈련과 근접전투기술 훈련은 학교가 아닌 공군 진주교육사령부에서 실시됐다. 하지만 교관님들이 생도들의 군사훈련을 담당하는 공군사관학교의 군사훈련처에서 왔기 때문에, 장소가 바뀐 것 말고는 훈련받는 느낌은 학교에서 하는 것과 비슷했다. 대신 훈련 외적으로 생활에서는 조금 차이가 있었다.

일단, 2학년만 생활하기 때문에 숙소 안은 축제의 장이었다. 눈치를 봐야 하는 선배가 없어서 복도에서 옷도 자유롭게 풀어 헤치고 다닐 수 있었고, 상의를 탈의한 채로 샤워하러 가기도 했다. 훈육요원 두 분이 있었지만 학교에 있을 때보다 지켜보는 눈이 적어서 자유분방한 행동이 걸릴 가능성은 적었다. 만약에 걸린다면 그것은 그냥 운이 없는 것으로 치부했다.

유격 훈련은 생활관 바로 앞 전천후 훈련장에서 진행됐는데, 훈련장까지의 거리가 100m도 되지 않았다. 그래서 이동 시간으로 인해 실질적으로 쉴 수 있는 휴식 시간이 줄지 않는다는 장점이 있었다. 본격적인 훈련이 시작되기 전 기본적인 교육을 받았다.

"유격 훈련 기간에 경례 구호는 '필승'이 아닌 '유격'으로 한다. 대답도 '예'가 아닌 '악'이라고 한다."

"악!"

또, 매일 훈련을 시작하기 전 대표생도는 교관님에게 경례와 함께 훈련시작 보고를 해야 했다.

"유! 격!"

그러면 교관님이 경례를 받아주었다.

"유! 격!"

"69기 생도. 총원 ○명, 결원 ○명, 현재원 ○명. 이상 훈련 집합 끝!"

"그래, 오늘도 열심히 하자."

아무 생각 없이 있으면 보고나 대답을 할 때 '필승'과 '예'라는 말이 나도 모르게 튀어나올 때가 있었다. 자주 쓰던 말을 다른 말로 대체한다는 것이 생각보다 쉽지 않았다. 하지만 이것은 우리뿐 아니라 교관님에게도 똑같았다. 하루는 대표생도의 경례에 교관님이 "필! 아…… 유! 격!"이라고 대답한 적이 있었다. 우리는 속으로 낄낄 웃었다.

유격은 적진에 침입하여 적을 기습적으로 공격하는 것이 목표이지만, 유격 훈련은 실질적으로 강인한 체력과 담력을 배양하는 데 목적이 있었다. 유격 체조와 장애물 극복 훈련 2가지로 구성되어 있는데, 유격 체조가 유격 훈련의 꽃이며, 장애물 극복 훈련은 고소공포증이 없는 사람이라면 쉽고 재밌는 편에 속했다.

유격 체조는 16가지 동작으로 구성되어 있다. 모든 동작이 힘들었던 것은 아니지만 우리를 고통스럽게 한 대표적 동작이 2가지가 있는데, 바로 '쪼그려 돌기'와 '쪼그려 뛰기'였다. 두 동작은 쪼그려 앉은 상태에서 높이 뛰어서 방향을 틀거나 발을 바꾸는 동작인데, 힘들다기보다는 고통스러운 동작이었다. 주저앉고 싶을 정도로 허벅지가 터질 것 같아서, 당장 허벅지에 쥐가 나도 절대 이상하지 않을 정도였다. 동작을 대충 하거나 틀리면 뒤로 열외해서 심도 있는 훈련을 받는데, 이 동작을 할 때는 차라리 더 많이 하더라도 열외해 다른 동작을 하는 것이 낫다고 생각해 일부러 틀리는 동기생도 있었다. 비교적 쉬운 다른 동작을 할 때는 교관님이 동작 틀린 사람은 알아서 열외하라고 해도 별로 나가지 않는데, 이 두 동작을 할 때는 틀리지 않아도 동기들이 애써 웃음을 감추며 우르르 열외로 나갔다. 하지만 그때 열외를 담당하는 교관님이 누구인지 파악하는 것이 중요했다. 불같은 교관님을 만난다면 열외해서도 이 2가지 동작만 하게 될 수도 있었다.

유격 체조에서 열외를 당하지 않으려면 체력도 중요하지만 연기력도 중요했다. 열심히 하는 척과 열심히 해서 힘든 척을 하면 교관님들이 따로 열외를 시키지는 않았다. 대표적으로는 바닥에 등을 대고 누워 다리를 지면에서 뗀 뒤 조금씩 움직여주는 '온몸 비틀기' 동작이 있는데, 시선은 배꼽을 바라봐야 했다. 그 말인즉슨 단상 위의 교관님들은 상방을 향하고 있는 우리의 얼굴이 잘 보인다는 것이었다. 힘들지 않아도 얼굴에 오만가지 인상을 쓰면 열외되지 않았고, 힘들어도 얼굴에 티를 안 낸다면 대충하는 줄 알고 열외를 당했다.

유격 체조 마지막 날에는 앞으로 누웠다 뒤로 누웠다 하는 16번 동작 '엎드려쏴'를 우리 기수만큼인 69회를 했다. 아마도 기수만큼 하는 것은 공군의 문화인 듯했다. 학사장교 출신인 교관님은 100개가 훌쩍 넘는 횟

유격 체조를 끝내고 기뻐하는 모습

수를 했다고 하니, 그나마 다행이라는 생각이 들었다. 기수라는 의미가 부여된 횟수이니만큼 동기 모두가 일치단결하여 할 수 있도록 천천히 진행됐다. 끝나고 나니 속옷 안까지도 모래가 들썩였고, 다음 날은 온몸에 알이 배서 일어나는 것조차 고통스러웠다. 그래도 동기들과 69개를 하며 하나가 됐다는 것에 힘이 났다.

유격 체조를 다 배우고 반복하여 숙달한 뒤에야 장애물 극복 훈련을 할 수 있었다. 유격 체조를 할 때 빨리 장애물 타고 싶다며 이날만을 기다렸는데, 장애물이 좋아서라기보다는 힘든 유격 체조를 안 할 수 있어서였다. 그래서 비가 와서 장애물 훈련 대신에 다시 유격 체조를 하게 됐을 때는 모두가 절망했다. 실제로 장애물을 타는 것은 재밌기도 했지만, 더 재밌는 것은 다른 데 있었다. 장애물 위에서 동기들이 마음에 담아놓은 이야기를 외치는 'One Say'였다. 꽤 높은 기구에 올라서서 모두가 한마디씩 하게 했는데, 재밌는 말을 하는 동기생도 있었다.

"아!! CC하지 말걸!!"

유격 훈련 기간은 '카잔의 기적'이 있는 날이기도 했다. 카잔의 기적은 2018 러시아 월드컵에서 대한민국이 월드컵 우승만 네 번을 차지한 독일을 2대 0으로 이긴, 한국 축구 역사에 길이 남을 역사적인 날이다. 경기가 있는 날 저녁부터 '월드컵 경기 시청 금지'라는 전달이 올라왔다. 경기는 오후 11시에 시작해 새벽 1시에 끝나니, 숙면을 취하지 않으면 다음 날 일과에 차질을 빚을 수 있기 때문이었다. 그럼에도 피곤을 무릅쓰고 경기를 본 사람은 역사적인 순간을 실시간으로 함께하게 됐으며, 다음 날 일과를 고려해 일찍 잔 사람은 아침에 결과를 보고 놀라움을 금치 못했다.

근접전투기술 훈련은 이전까지는 없었다가 우리 기수 때부터 생긴 새로운 훈련이다. 대검을 이용한 공격 기술, 영화 〈청년경찰〉에 나오기도 했던 총기 탈취술 등을 배웠다. 재밌어 보이지만 자칫하다가는 부상으로 이어질 수 있기 때문에 나름 엄숙한 분위기 속에서 진행했다. 카리스마가 넘치던 교관님 한 분이 있었는데, 알고 보니 초등학교 선생님에다가 취미가 인형 뽑기였다. 모두가 그의 반전 모습에 놀라움을 감추지 못했다.

해양생환훈련

충남 보령 대천해수욕장 바로 밑에 있는 작은 해변에서 해양생환훈련이 진행됐다. 대천해수욕장과의 직선거리는 2km 정도로 짧았지만, 사이에 암석과 산이 길을 막고 있어 물리적으로는 완전히 분리됐다. 대천해수욕장이 전혀 보이지 않았다. 훈련 기간이 보령머드축제 기간과 짧게나마 겹치기도 했는데, 저 산 너머에 많은 사람들이 해수욕과 보령머드축제를 즐기고 있다고 생각하니 부럽기 그지없었다.

1학년때 한 수중생환훈련과 마찬가지로 해양생환훈련 또한 물에 들어가기 전이 가장 힘들었고, 물에 들어가면 재밌었다. 모래사장에서 하는 체력 단련은 아스팔트 위에서 했던 1학년 때보다 훨씬 힘들었다. 울퉁불퉁한 바닥, 움직일 때마다 발가락 사이로 들어오는 뜨거운 모래, 정면에서 들어오는 뜨거운 햇빛. 한 시간 정도의 체력 단련이 끝나면 모래는 땀으로 젖어 진하게 변해 있었다.

해양생환훈련도 실력에 따라 반이 3개로 나뉘었는데, 나는 역시 최하위 반이었다. 해양생환훈련에서 최하위 반은 수영보다는 모래놀이를 더 많이 한다고 선배한테 언뜻 들었는데, 그 말이 사실이었다. 물에 들어가면 몇 시간 동안 나오지 않는 최상위 반과 달리, 최하위 반은 물에 있는 시간보다 밖에서 기다리는 시간이 훨씬 많았다. 초등학교를 졸업하고 처음으로 모래로 성도 짓곤 했다. 그래도 훈련의 목표였던 1.5km 완주를 성공할 수는 있었다.

해양생환훈련의 후유증은 최소 반년이 갔다. 피부가 햇빛에 완전 그

2학년 중대 동기들과 해양생환훈련을 마친 뒤

을렸기 때문이다. 수영복 바지를 벗어도 바지 길이가 어디까지였는지 알 수 있을 만큼 탄 자국이 선명하게 남았다. 손목에는 래시가드, 얼굴에는 수영모자 라인이 선명하게 남아 있었다. 검게 탄 내 얼굴을 본 부모님도 놀라움을 금치 못하셨다.

3학년
하계군사훈련

3학년 때의 공중생환훈련은 총 세 차례의 하계군사훈련 중 가장 힘든 훈련으로 여겨지며, 그만큼 가장 중요하기도 하다. 만약 3학년 때 훈련 도중 부상 등의 이유로 공중생환훈련을 수료하지 못한다면 4학년 때 다시 해야 할 정도이니 말이다. 그만큼 중요해서 3학년이 훈련에 더욱 집중할 수 있도록, 4학년도 3학년을 생활적인 면에서 간섭하지 않으며 배려해준다.

공중생환훈련은 공수 훈련으로만 3주에 걸쳐 진행된다. 공수 훈련은 항공기에서 낙하해 지상에 착지하는 훈련으로, 이를 위해 낙하 · 착륙시 제동작 숙달, 11미터 높이의 막타워 강하 훈련 등을 하며 마지막 관문으로 강하 2회를 실시한다. 또, 수송기나 헬기에서 강하를 한 번이라도 한

공중생환훈련을 수료하면 받을 수 있는 정복 '윙'

순간 수료 자격이 생기는데, 수료를 하면 '공수윙'을 받아 정복 가슴에 달 수 있다. 생도들은 공중생환훈련이라는 말보다는 '공수 훈련'이라는 말을 더 자주 사용한다.

공군사관학교 생도, 특히 이미 이 훈련을 수료한 4학년은 공수 훈련이 얼마나 어렵고 중요한지 잘 알기에 3학년이 되고 얼마 지나지 않아 4학년 선배들이 나를 놀리기 시작했다.

"범수 3학년 되었으니 여름에 공수훈련 받아야겠네~."

이 훈련을 수료한 사람으로서 할 수 있는 장난이었다. 그러다가 날씨가 더워지기 시작하면 "범수야, 공수 냄새 난다"라고 하기도 했다.

나는 학기가 시작함과 동시에 하계군사훈련이 끝난 뒤 시작하는 하계휴가 기간에 다녀올 유럽 여행을 계획했다. 첫 유럽 여행이기에 매우 설레었고, 휴가만 기다리며 학기를 보냈다. 그러면서도 한편으로는 공수훈련에 대한 걱정도 놓을 수가 없었다. 공수 훈련은 크게 다칠 수 있는 위험이 존재하는 훈련이기 때문이다. 2,400피트 정도의 고도에서 강하하기에 자칫하다가는 발목이 으스러지는 등 크게 다칠 수 있다. 공수 훈련, 특히 강하 훈련에서 다리나 발목이 부러져 목발을 짚는 선배들도 많이 봐왔기에, 혹시 나도 다쳐 유럽 여행을 가지 못하게 될까 봐 걱정했다. 경비를 절약하기 위해 전부 다 환불도 안 되는 티켓으로 예약했는데 말이다.

공수 훈련은 이름 대신 번호로 불린다. 내 번호는 203번이었는데, 2대대는 201번부터 시작하고, 나는 2대대 첫 중대인 5중대에서도 '김'씨이기 때문에 앞 번호를 부여받았다. 교관님들이 내 번호를 잘 알아볼 수 있도록 전투복과 공수헬멧에 번호를 표기해야 했다. 표기는 반창고로 했다. 큰 반창고에 정해진 숫자 규격으로 밑그림을 그리고, 비가 오더라도 번지지 않도록 매직으로 덧칠한 뒤 공수헬멧 정면 중앙과 전투복 왼쪽 상단에 붙였다. 떨어지지 않도록 바느질까지 해야 했다. 이런 것 하나하나가 교관님에게 보여줄 수 있는 나의 첫인상이자 훈련에 대한 의지라고 생각하니 열심히 할 수밖에 없었다. 거기에 마음의 준비까지 했다면 공수 훈련을 받을 준비를 모두 마친 것이다.

공수 훈련

공중생환훈련은 학교 인근에 위치한 교육 · 훈련부대에서 실시됐다. 갈 때는 버스를 타고 이동했으며, 올 때는 무거운 장구를 메고 도로와

산을 지나 도보로 이동했다. 그러나 이렇게 학교로 오는 데만 한 시간 가까이 소요됐기 때문에, 오후 5시에 훈련이 끝나고 학교로 복귀하면 6시가 훌쩍 넘었다. 훈련은 그곳 부대의 부사관 · 준사관에게 받았다. 교관은 한 다리 건너면 알 수도 있을 법한 비슷한 나이대의 하사부터, 아버지뻘의 원사 · 준위까지 많은 분들이 계셨다. 오랫동안 이 훈련을 담당했던 무서운 교관들은 그 명성이 선배로부터 전해져 내려왔는데, 생도들은 그들을 '흑곰' '동의보감' 등 별칭으로 부르기도 했다. 교관은 2개 대대로 나뉘어 배정됐고, 훈련은 대대별로 실시됐다.

훈련 첫날은 오전에 학교에서 이론 교육을 받고, 오후에 훈련장으로 이동했다. 공수 훈련의 첫 관문은 공수 체조였다. 유격 체조와 비슷한 면이 있었다. 하지만 유격 체조는 그늘진 전천후 훈련장에서 했다면, 공수 체조는 뜨거운 땡볕 아래서 해야 했다. 그러다 보니 공수 체조 첫 시간부터 몇몇 동기생이 탈진 증세를 보이며 줄줄이 훈련장을 이탈했다. 교관님들도 이렇게 많이 열외하는 것은 이례적이라며 살짝 놀란 기색을 보이기도 했다. 그래도 휴식 시간은 온전히 보장되어 수업 시간이 지나면 훈련장 옆 천막 아래에 앉아 쉴 수 있었다. 쉬다가도 "집합 5분 전!"이라는 교관님의 구령과 함께 호루라기 소리가 들리면 우리도 똑같이 "집합 5분 전!" 하고 복창하고 주섬주섬 일어나 훈련을 받으러 움직여야 했다.

그런데 첫 훈련 날에 우리는 모두 큰 실수를 해버렸다. 마실 물을 너무 적게 챙겨온 것이다. 이날은 오후에만 훈련이 있기도 했고, 그렇게 힘들 것이라고 생각하지 않아 적게는 500ml 한 병, 많아야 2L 용량 한 병을 챙겼다. 훈련을 받으면서 배출되는 땀의 양이 워낙 많아, 쉬는 시간에 물 한 번 마시는 것만으로도 작은 병 하나가 사라졌다. 500ml 한 병만 챙긴 사람은 다음 쉬는 시간에는 마실 물이 없었다. 다른 동기생도 물이 충분한 것이 아니었기에 나눠 마시기에도 미안한 일이었다. 그래도 다들 동기생애를 발휘하여 본인의 물을 나눠주기도 했는데, 마셔도 건조한 목을 축일 수 있을 정도로만 마셔야 했다. 결국 비상 상황에 대비하여 있는 구급차 차량에서 물을 떠다 마시기도 했다. 그날의 물은 정말 '생명수'였다. 다음 날부터는 물을 두 병 이상 챙겼고, 학교에서도 생수를 많이 제공해주었다.

3일차부터는 공수 체조 시간이 줄고, 조금씩 실질적인 교육을 받기 시작됐다. 이날 이후부터는 오전과 오후 첫 교시만 공수 체조 및 체력단련을 했고, 나머지 시간에는 강하에 본격적으로 필요한 훈련에 돌입했다. 크게 뛰어내릴 때의 동작, 공중에서의 동작, 착지할 때의 동작 3가지를 배웠다. 지상에서 이 동작들을 충분히 숙달한 뒤에는, 인간이 공포심을 느낀다는 34피트 높이인 막타워 훈련 기구에서 뛰어내리는 훈련을 시작했다.

막타워에 올라가면 "낙하 준비!"라는 교관님의 구령이 들렸다. 이를 듣자마자 신속하게 왼쪽 다리를 발끝이 건물 밖으로 나오도록 앞굽이 자세를 취하고, 두 손은 바깥에서 안으로 벽면에 갖다 댔다. 그러고는 크게 기합을 넣었다.

"악!"

교관님이 "Go!"라고 말하며 내 허벅지를 건드리니 내 몸이 반사적으로 건물 밖으로 뛰어졌다. 공중에서 몸을 디근 자로 만들며 다리를 쭉 펴고 두 손으로 예비낙하산을 움켜쥐었다. 그리고 숫자를 셌다.

"천! 이천! 삼천!"

그다음에 하늘을 보며 낙하산이 잘 펴졌는지 확인하고, 바닥을 보며 나의 위치를 확인하는 동작을 취했다.

막타워 위에서 뛰어내려야 할 때 고소공포증이 있는 동기생들은 바닥에서 발을 떼지 못하며 주춤거리기도 했다. 간신히 뛰더라도 건물 밖으로 멀리 뛰지 못하고 그대로 아래로 떨어지고는 했다. 실제 항공기에서 뛰어내릴 때 멀리 뛰지 않을 경우 항공기 외벽에 부딪힐 수 있기 때문에 이 훈련은 매우 중요했다. 그래서 완벽한 동작이 취해질 때까지 평가를 실시했는데, 적으면 10번, 많으면 30번 가까이도 막타워에서 뛰어내려야 했다.

강하 실습을 앞두고 다치다

총 3주의 훈련 중 2주차까지 끝내고 3주차에 진행되는 강하 실습만

남은 상황이었다. 따라서 바로 그 전 주말은 건강 관리 차원에서 외박이 아닌 외출만 허용됐다. 오전에 외출을 나가 학교 근처의 청주터미널 주변에서 가볍게 식사만 하고 돌아오고, 저녁에는 중대 동기들과 가볍게 풋살을 했다. 그런데 그것이 잘못된 선택이었다. 공에 걸려 넘어지면서 그대로 발목이 접질리고 만 것이다. 생각보다 상황은 심각했다. 처음에는 제대로 딛고 서 있지도 못하였고, 발목은 복숭아뼈의 형체도 구분할 수 없을 정도로 부어올랐다.

가장 걱정되는 것은 내 건강이 아니라 당장 3일 후에 있을 강하였다.

'만약 강하를 포기한다면 내년에 후배들과 처음부터 다시 훈련을 받아야 한다. 후배들과 같이 훈련을 받으면서 힘들어하는 모습을 보여준다면 선배로서의 자존심이 상할 것이다. 동기들은 또 어떤가. 4학년 때 공수 훈련을 받는다고 놀릴 것이 뻔하다. 그렇다고 이 상태로 강하했다가 착지를 조금이라도 잘못했다가는 발목이 정말 산산조각이 날지도 모른다. 그러면 내가 한 학기 동안 계획해온 유럽 여행은 어떡하며, 소중한 방학을 병실에 누워서 보내야 한다. 또, 회복하고 재활하다 보면 거의 일 년은 운동도 제대로 못할 것이다.'

정말 여러 가지 생각이 오갔다. 그리고 나는 결심했다. 강하를 강행하기로.

'여기서 포기하면 내년에 후배들과 다시 훈련을 받을 확률은 백퍼센트이지만, 강하해서 다칠 확률은 백퍼센트는 아니다.'

이제는 어떻게 하면 더 다치지 않고 훈련을 수료할 수 있을지 고민했다. 그리고 다음 날, 정형외과에 가면 X-ray를 찍고 반드시 깁스할 것임이 분명했기에 한의원에 가서 침을 맞고 물리치료를 받았다. 이것이 조금이나마 발목이 나아지는 데 도움이 되기를 바라며 할 수 있는 최소한의 노력이었다.

훈련을 준비하며 발목보호대를 찬 상태로 전투화 끈을 거의 풀고 전투화를 신었다. 대충 움직여보니 그래도 통증이 느껴져 진통제까지 먹었다. 그리고 훈련장으로 향했다. 이날은 강하 전에 하는 실질적이고 마지막인 훈련이었다. 내가 생각하기로는 오늘 훈련을 해서 발목에 더 무리를 주는 것보다 일단 쉬고 내일 강하를 하는 것이 나을 것 같아서 이를 교관님에게 말씀드렸다.

"제가 주말에 발목을 다쳐서 오늘 훈련은 참관해도 괜찮겠습니까?"

"훈련을 참관할 정도면 우리는 강하 못 시키지. 다칠 위험이 있는데 우리가 어떻게 시켜."

"아, 그러면 그냥 훈련 정상적으로 참가하겠습니다."

"군의관님에게 훈련할 수 있다는 소견서 받아와."

하루만이라도 안정을 취하려 했다가 일이 더 복잡하게 됐다.

'군의관님이 훈련할 수 없다 하면 어떡하지.'

교내에 있는 항공우주의료원으로 가기 위해 훈련장에 대기하고 계셨던 다른 중대 중대장님의 차를 탔다.

"강하할 수 있지?"

중대장님이 물었다.

"예, 할 수 있습니다!"

"내년에 이 힘든 훈련 어떻게 다시 해. 군의관님께 무조건 할 수 있다고 말씀드려!"

군의관님에게 훈련부터 다친 것까지 나의 상황을 설명하고 나니 내 발목 상태를 확인해보기 시작했다.

"네 발목 상태가 정상이 아닌데 내가 정상이라고 거짓 소견을 써줄 수는 없어. 이 상태라면 더 크게 다칠 수 있어서 훈련을 안 하는 것이 맞아. 그래도 내가 최대한 모호하게 써줄 테니까, 네가 교관님께 잘 말씀드려봐."

소견서를 받아 중대장님에게 군의관님이 한 말씀을 전했다. 훈련장에 돌아왔고, 중대장님이 소견서를 들고 교관님에게 갔다. 잠시 얘기를 나눈 뒤 돌아와 내게 결과를 알려주었다.

"정상적으로 강하 진행하기로 했어."

부상의 위험을 안고 한 첫 번째 강하

첫 번째 강하는 헬기 강하였다. 훈련용 장구가 아닌 실제 장구를 챙겨 헬기 탑승 장소로 이동했다. 주위는 헬기 프로펠러 돌아가는 소리로 아주 시끄러웠고, 프로펠러로 인한 바람도 엄청 불었다. 후방 램프도어로 탑승하기 전, 바로 뒤에서 강하 절차를 복창해야 했는데, 헬기의 엔진 열이 너무 뜨거워 제대로 할 수 없었다. 헬기에 탑승한 뒤에는 뛰어내리면서 자동으로 낙하산이 펼쳐지도록 하는 노란 스태틱 라인(Static Line)의 후크를 헬기의 앵커 케이블에 걸었다.

잠시 후 헬기가 이륙했다. 어느 정도의 고도에 다다르니 후방 램프도어가 열렸다. 산봉우리, 학교 전경이 한눈에 들어왔다. 생각보다 아주 높았고, 그래서 무척 떨렸다. 제발 발목이 다치지 않기를 계속 기도했다. 나는 첫 번째 패스 5번 강하자였는데, '패스'는 헬기가 한 번 선회할 때 뛰어내리는 5명으로 구성된 조 개념이며, 패스 내 강하 순서는 몸무게가 많이 나갈수록 먼저 뛰도록 정해졌다. 신호기에 이제 강하하라는 표시로 레드 라이트가 들어왔다. 교관님의 지시에 내 앞에 있던 동기들이 하나둘 뛰어내리며 사라지기 시작했다. 떨린다고 느낄 겨를도 없이 어느새 내 발끝은 램프도어 바깥으로 나와 있었다. 그리고 교관님의 출발하라는 손길이 느껴지자 나는 있는 힘껏 뛰었다. 의식해서 뛰었다기보다는 수많은 반복 숙달을 하면서 자동적으로 몸이 움직였다.

"천! 이천! 삼천!"

셈을 셌다. 스카이다이빙을 해본 적은 없지만, 셈을 세는 동안은 그 느낌과 비슷했다. 자유낙하였다. 이후 낙하산이 잘 펴져 있는 것을 보고 안도의 한숨을 쉬었다.

'휴, 살았다. 이제 착지만 잘하면 된다.'

꼬인 낙하산 줄을 푼 뒤 주위를 둘러봤다. DZ(Drop Zone)를 향해 낙하산을 조종하여 방향을 돌렸다. DZ를 향해 가면서 많은 생각을 했다.

'배운 대로 착지할까, 엉덩이로 착지할까.'

선배들이 말하기로는 강하복의 엉덩이에 쿠션이 많아 엉덩이로 착지하면 순간 찌릿하기는 해도 다리가 다치지는 않는다고 했다. 짧게 고민을 하던 사이, 나는 DZ에 가까이 다가가고 있었다. 그런데 생각보다 빠른 속도로 낙하하고 있는 데다가 맞바람까지 불어 DZ에 안전히 착륙하는 것이 불가능해 보였다. 나는 나무로 우거진 수림지대로 떨어지고 있었다. 수림지대로 착륙할 때의 행동 요령을 배운 대로 실행에 옮겼다. 두 다리를 길게 쭉 펴 두 발을 붙이고, 팔은 팔짱을 끼며 최대한 모았다. 그리고 고개는 아래로 향하게 하여 몸에 밀착시켰다. 나무 사이를 통과하니 바닥이 보였다. 돌과 풀로 바닥이 울퉁불퉁해 온전히 착륙할 만한 공간이 없었다.

'이제 어떡하지…….'

지면에서 가슴 정도의 높이에 부러져 거의 누워 있는 나무가 바로 밑에 보였다. 나무에 엉덩이를 갖다 댔다. 약간의 충격만 느껴진 채 떨어지는 속도가 확 줄어 그대로 바닥에 두 발로 착지할 수 있었다. 착륙 시 두 발에 가는 충격을 온몸에 분산하는 PLF(Parachute Landing Fall) 착륙 동작을 취할 필요도 없었다.

나는 처음에 강하를 한 번만 하려 했다. 총 2회의 강하 중 1회만 실시해도 훈련을 수료할 수 있기 때문이다. 발목 상태를 고려했을 때 2회차 강하는 하지 않는 것이 현명한 선택이었다. 게다가 첫 강하에서부터 건강했던 몇몇 동기생이 발목이 부러지거나 후방 십자인대가 끊어지는 등의 부상을 입는 것을 봤을 때, 이미 다친 상태인 나는 더 위험했다. 하지만 욕심이 생겼다.

'지금이 아니면 언제 또 수송기에서 공수를 해보겠어.'

2회차 강하는 헬기가 아닌 수송기에서 실시하기로 계획되어 있었다. 한 차례 더 강하를 하기로 결심했다.

큰 사고로 이어질 뻔한 두 번째 강하

2회차 강하가 있는 날은 평소보다 이른 시각에 버스를 타고, 제17전투비행단으로 향했다. 장구를 챙긴 채 수송기가 비행단에 도착할 때까지 기다렸다. 수송기가 착륙하고 뒷문으로 탑승했다. 그물망에 앉았는데 등에 낙하산을 메고 있어 편하게 앉지는 못했다. 비행기가 뜨고 나서 시간이 좀 흐르니 레드 라이트가 켜졌다. 나는 이번에도 제발 다치지 않게 해달라고 기도했다.

교관님의 지시에 수송기 옆문에서 멀리 뛰어내렸다. 헬기는 자유낙하하는 기분이었다면, 수송기는 어디론가 빨려 들어가는 기분이었다. 몸이 회전하면서 내 몸에 맞은 것 같기도 했다. 낙하산이 잘 펴졌는지 확인하고 DZ 쪽을 향해 낙하산의 방향을 돌렸다. 때마침 방향을 돌리던 바로 앞 강하자와 마주 봤다. 그런데 그 동기가 나를 향해 빠른 속도로 다가오는 것이 아닌가. 아마도 꼬인 낙하산 줄을 푸느라 방향을 안 보고 있었던 것 같았다. 서로 부딪힐 것을 인지해 방향을 틀려고 시도했다. DZ 전역에도 큰소리의 방송이 울려 퍼졌다.

"4번, 5번 강하자 사주경계! 4번, 5번 강하자 사주경계! 사주경계! 4번 5번!"

우리는 그대로 부딪히면서 내가 동기의 낙하산 상단 줄 안으로 들어가 버렸다. 둘이 엉킨 상태로 같이 강하하고 있었다. 스피커에서는 계속 방송이 나왔다.

"4번, 5번 사주경계! 4번, 5번 강하자 낙하산 줄이 꼬였으면 풀고 나오도록 합니다!"

나도 동기의 낙하산 줄에서 나오고 싶었지만, 내 몸을 통과한 줄이 너무 멀리 떨어져 있었다. 쥐가 날 정도로 발을 쭉 펴야 줄에 겨우 닿을 정도였다. 우리는 계속 같이 떨어지고 있었다.

"범수야! 낙하산 줄에서 나와!"

"아니, 줄이 너무 멀어서 나올 수가 없어!"

수차례의 시도 끝에 간신히 뭉툭한 전투화로 그 끈을 안쪽으로 툭 쳐내며 순간적으로 다리를 넣어 줄을 당겨올 수 있었다. 그리고 손으로 줄을 잡고 몸을 빼서 나왔다. 2분이 넘는 강하 시간 중에 거의 같이 떨어졌다. 당연히 줄을 푸느라 낙하산 조종을 하지 못해 DZ에 근접하지도 못했다. 완전히 부대 밖 마을이었다. 땅을 바라보니 높이가 거의 채 100미터도 남지 않았다. DZ 쪽으로 가다가는 부대 철창에 부딪힐 수 있어 마을 쪽으로 방향을 틀어놓고 당장 착륙할 준비를 했다. 농가 옆 작은 골 사이에 떨어지고 있었다. 누가 풀 베는 소리도 들렸다. 너무 비탈지고 발 디딜 곳도 없어 이번에도 정상적인 착륙 동작을 취할 수 없었다. 땅에 떨어지기 직전, V 형태의 지형에서 앞 벽면을 살짝 찬 뒤 반대쪽 면에 등을 부딪히며 떨어졌다. 그 상태로 살짝 쓸리며 내려가긴 했는데 다치지는 않았다. 일단 다행이었다. 갑자기 사람 목소리가 들려왔다.

"범수야! 어디 있어?"

끝까지 같이 떨어질 뻔한 동기였다.

"나 여기 있어!"

"괜찮아?"

"응. 너는 괜찮아?"

"응. 괜찮아."

낙하산을 사리고 기다리니 교관님이 데리러 왔다. 운명을 같이할 뻔한 동기생은 밑에서 위를 보니, 본인의 낙하산과 내 낙하산이 모두 꺼지려 해 만일의 상황에 대비해 예비낙하산 손잡이를 계속 손에 쥐고 있었다고 했다. 그리고 떨어지기 직전에 나와 분리된 것을 모르고 착지하자

동기와 낙하산이 엉킨 사진(맨 밑)

운명을 같이할 뻔한 동기와 Drop Zone으로 복귀하고 나서

마자 나를 찾았는데 내가 없어서 매우 놀랐다고 했다. 그렇게 잘못됐다가는 큰 사고로 이어질 수 있었던 두 번째 강하를 마지막으로, 전부 다 평범하지 않았던 두 번의 강하가 모두 끝이 났다.

공수 훈련을 수료하며 꿈에 그리던 공수윙을 정복 오른쪽 가슴에 달 수 있었다. 옷에 달린 공수윙을 볼 때마다 힘들었지만 추억으로 남은 그때의 일들이 떠오르며, 공수 훈련을 수료한 것에 대한 자부심을 느꼈다. 다친 발목도 점차 회복해 걷는 데는 큰 무리가 없어 유럽 여행도 무사히 다녀올 수 있었다. 다만, 처음 다쳤을 때 안정을 취하지 않고 훈련을 하는 등 무리를 해서 그런지 1년 가까이 발목을 자주 삐곤 했다.

6장

미(味)와 美
Moments of Pleasure

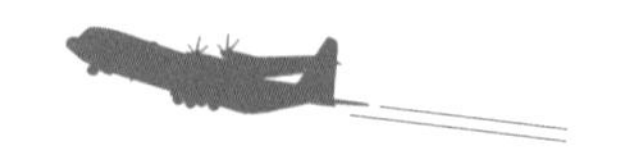

무용기
체육대회

공군사관학교의 체육대회를 '무용기(武勇旗)'라고 부른다. 그렇기에 무용기는 체육대회를 의미하지만, 동시에 종합우승을 한 중대에게 수여되는 무용 깃발을 뜻하기도 한다. 일반적인 학교의 체육대회와 다른 점이 있다면, 일반적인 학교는 스포츠 '경기'를 하지만 사관학교는 스포츠 '전쟁'을 한다. 군인으로서 지는 것에 익숙해지면 안 된다는 정신으로, 이기기 위해 정말 죽기 살기로 노력한다.

무용기는 학교에서 하는 행사 중 생도들이 가장 좋아하는 행사이기도 하다. 시험 공부는 2주 전부터 해도 무용기 준비는 한두 달 전부터 할 만큼 운동에 푹 빠져 있는 생도들이 매우 많다. 종합우승을 하면 중대 분위기가 축제처럼 바뀌는 것은 물론이고, 그 중대에게 상금과 무용기 그리고 관련 약장을 달거나 외박을 더 나갈 수 있는 특전도 주어진다.

무용기 종목은 크게 무도, 구기, 수영, 육상, 줄다리기가 있다, 무도에는 태권도 · 검도 · 유도, 구기에는 축구 · 농구 · 배구가 있다. 수영에는 자유형 50m · 100m, 평영 50m · 100m, 혼계영 400m가 있으며, 육상에는 남자 100m · 여자 100m · 남자 1,500m · 1,600m · 400m 계주가 있다. 또, 시합에 참여하는 인원수에 맞춰 배점이 커지는데, 줄다리기의 경우 한 팀당 50명이 참가하여 배점이 높기 때문에 아주 중요하다. 무도, 구기, 줄다리기 경기는 8개 중대가 8강 토너먼트제로 실시하며, 8강전과 4강전은 사전에 실시하고, 3 · 4위전과 결승전만 수영, 육상 경기와 함께 당일에 진행된다.

무용기에서 연습만큼 중요한 것이 있는데, 바로 응원이다. 1학년 생도들이 응원을 준비하는데, 경기도 지고 응원도 제대로 이루어지지 않으면 패배의 요인이 1학년에게 가는 상황이 생길 수도 있다. 나 또한 1학년 때 저녁마다 모여 응원을 준비했다. 중대 응원가, 개인 응원가 여러 개를 준비했는데, 다행히도 야구장에서 응원하던 경험이 큰 도움이 됐다. 대부분의 응원가는 야구 응원가에서 아이디어를 받았다. 또, 선배들도 보고 따라 부를 수 있도록 응원 가사를 크게 출력해 박스에 붙였다. 응원 중에는 북을 치며 응원을 주도하는 응원단장 '북돌이'의 역할이

크며, 이것 또한 1학년 생도의 역할이다.

운동을 잘하는 사람들은 무용기 시즌에 연습에 참여하느라 정말 바쁘다. 대신 선배들의 사랑을 많이 받을 수 있으며, 같이 오랜 시간 운동을 하는 만큼 선배들과 친해질 수 있는 기회도 많다. 게다가 본인이 직접 경기에 참여하기 때문에 뒤에서 응원만 하는 것보다 무용기를 훨씬 더 재밌게 즐길 수 있다. 다섯 종목 이상의 경기에 참가하는 동기생이 있는 반면, 어떤 동기생은 한 종목도 참여하지 않는 경우도 있다. 운동을 싫어하는 사람이라면 다행이겠지만, 운동을 좋아한다면 여러 종목에 참여하는 동기생을 부러워하기도 한다. 나는 1, 2학년 때까지는 무용기에 제대로 참여하지 못했다. 운동을 좋아하지만 썩 잘하는 편이 아니었기에 선배의 부름을 받지 못했다. 하더라도 배구 서브 멤버, 거의 전 중대원이 참여하는 줄다리기 정도였다. 그랬기에 운동을 잘해 무용기에 직접 참여하는 동기생들이 부럽기도 했다.

3학년이 되니 구경과 응원은 그만하고, 선수로서 좀 더 적극적으로 참여하고 싶어졌다. 이제 고학년이고 하니 4학년 선배에게 잘 보이면 조금이라도 낄 수 있지 않을까 기대했다. 군대에서 선수 엔트리에 포함되려면 실력이 가장 중요하지만 학년, 즉 '짬밥'도 무시할 수 없기 때문이다. 내가 하고 싶은 것은 축구였다. 내 실력은 썩 잘하지도, 그렇다고 완전 못하지도 않는, 있어도 그만 없어도 그만인 정도였다. 나는 우리

2020년 무용기 체육대회 축구 결승전

중대의 골키퍼를 맡고 있는 4학년 선배를 공략했다. 그 선배는 필드 플레이어도 소화할 수 있지만 골키퍼 자원이 없어 어쩔 수 없이 골키퍼를 몇 년째 하고 있었다. 나는 고등학교 때 기숙사 호실 축구리그에서 골키퍼 최우수상을 받은 경험도 있었다. 물론 운이 좋아서 받은 것이지 엄청 잘하는 것은 아니었다.

"선배, 사실은 제가 골키퍼 출신이에요."

선배에게 조심스럽게 이야기를 꺼냈다.

"오, 그래? 그러면 네가 골키퍼 하고 내가 윙백 해도 될 것 같은데……."

그렇게 다른 중대와의 연습경기에서 골키퍼를 할 수 있는 테스트 기회를 얻었다. 다행히 내 실력이 준수했던 것 같았다. 그후의 연습경기에도 몇 번 참여할 수 있었다. 나는 실제 무용기 8강전에는 참여하지 못했지만 4강전에서 첫 출전을 할 수 있었다. 상대는 2중대였다. 상대방에게 2골을 허용하기는 했지만, 결정적인 선방을 몇 차례 하며 나쁘지 않은 경기력을 보였다. 그리고 2중대와의 경기에서 3대 2로 이길 수 있었다.

문제는 결승전이었다. 수비수의 실수와 나의 실수가 연이어 발생하면서 3대 0으로 7중대에게 리드당하고 있었다. 똑같은 패턴으로 3골이나 허용했다. 이대로 끝나는가 싶었다. 나는 그대로 교체 아웃당하고, 원래 골키퍼를 했던 선배가 대신 장갑을 꼈다. 기적처럼 3대 3 동점을 만들었고, 승부차기에서 승리하며 우승을 하게 됐다. 우승하는 데 내가 크게 기여한 것은 없지만 한 중대로서, 또 같이 경기에 참여한 플레이어로서 정말 행복했다.

어쩌다 보니 축구 말고도 육상 경기에도 참여하게 됐다. 학년당 한 명의 100m 단거리 선수를 뽑기 위해 모두 모여 기록을 측정했다. 그런데 내가 이기고 이겨서 우리 중대 학년의 일등을 하게 됐다. 물론 더 잘하는 동기들은 단거리를 하지 않고 배점이 큰 계주를 했지만 말이다. 내 단점은 스타트 동작이었고, 장점은 가속력과 최고속력이었다. 출발할 때는 거의 꼴등이었지만, 중간부터 한두 명씩 제쳐 결승선에는 거의 일

등으로 들어왔다. 그래서 스타트 동작 연습을 하며 준비했다. 워낙 같은 중대의 다른 학년 단거리 선수들이 잘하기 때문에 나는 중간 등수에만 들어도 성공이었다. 학년별 단거리 경기, 장거리 경기의 합산 점수로 종목 우승을 결정하기 때문이다.

그런데 내가 대회 결승선에 2등으로 들어왔다. 역시나 스타트가 늦긴 했지만, 속도를 빠르게 붙이며 중간부터 한둘 제쳐 2등이었다. 내 앞에서 달리던 동기들이 내 뒤로 밀려날 때 드는 쾌감은 말로 할 수 없었다. 나는 결승선을 통과하자마자 1등보다도 더 기뻐했다. 기대치에 비해서 상당히 좋은 결과를 얻었기 때문이다. 그런데 교수님이 경기를 촬영한 영상을 보더니, 비디오 판독 결과 내가 갑자기 1등이 됐다. 결승선을 1등으로 통과한 동기생이 내 라인을 밟아 실격 처리되면서 내가 1등이 된 것이다. 그렇게 육상 종목에서 우리 중대가 압도적으로 우승했다.

다른 종목에서도 중대원들이 잘해주면서 2019년 무용기 대회에서 우리 5중대가 종합우승을 차지했다. 생도 생활 중에 중대원으로서 가장 행복한 순간이었다. 중대 현관에 전시되어 있는 무용기를 볼 때마다 항상 뿌듯함을 느꼈다.

나의 마지막이었던 2020년 무용기 대회에서 우리 중대는 2연패를 꿈꿨다. 하지만 전년도와 달라진 것이 있다면, 많은 중대원의 참여를 위해 1인당 1종목 참가만 허용했다는 것이다. 우리 중대가 2연패에 한걸음

더 다가가기 위해서는 내가 축구를 하는 것보다 육상에 참가하는 것이 더 도움이 된다 생각했다. 그래서 축구를 하고 싶었지만 연습경기에 참여하지 않았고, 새로 들어온 1학년 생도가 골키퍼 빈자리를 채웠다. 하지만 1학년 생도가 기대에는 미치지 못하고 육상도 할 수 있는 선수이기도 해서 내가 다시 골키퍼 장갑을 끼게 됐다. 여기서 축구를 더 하고 싶었던 나의 짬밥이 발휘된 점도 있었다. 그렇게 해서 축구 종목에 내가 골키퍼로 출전하게 됐다.

8강전에서는 8중대와 1대 1 접전 끝에 승부차기로 이겼고, 4강전에서는 1중대에게 1대 0으로 이겼다. 몇 번 실점의 위기가 찾아오기는 했지만 그래도 잘 막아냈다. 이번에도 문제는 결승전이었다. 6중대와의 경기였는데, 우리 중대와 6중대의 전력 차이가 매우 컸다. 6중대가 훨씬 더 잘하는 선수들로 구성되어 있었다. 그래서 우리의 전략은 '지키기'였다. 골을 넣지 못하더라도 최대한 먹히지 않는 쪽으로 경기를 끌어갔다.

나 또한 상대방에게 비난을 받을 정도로 시간을 끌었다. 상대방 공격수가 나에게 올 때까지 공을 바닥에 두고, 상대방이 오면 그제서야 공을 들었다. 뭐라 할 사람이 없는 4학년이기에 가능한 일이기도 했다. 그렇게 결국 승부차기까지 갔다. 이제는 확률이 거의 반반인 싸움이었다. 하지만 우리 팀의 연이은 두 번의 실축, 그리고 상대방에게는 두 골을 허용하면서 0대 2가 됐다. 세 번째 승부차기 키커로는 내가 나섰다. 원래는 내가 찰 계획이 없었지만, 매우 불리한 상황에서 큰 부담을 껴안을 사람이 없어서 내가 차게 됐다. 모서리로 찬다는 것이 완전히 골대 밖으로 벗어나버렸다. 그리고 상대팀에서 골을 넣으면서 0대 3으로 지고 말았다. 아쉬운 준우승이었다. 다른 종목에서도 선전하지 못하면서 2연패는 물 건너갔다. 비록 아쉬움이 남긴 하지만 2년 연속으로 전 생도가 보는 앞에서 축구 경기를 할 수 있었던 것은 큰 영광이었다.

2019년 5중대의 무용기 종합우승을 기념하며

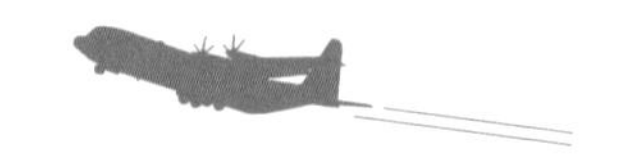

공군사관학교의 축제, 성무제

'성무제(星武祭)'는 공군사관학교의 축제이다. '성무'라는 단어는 공군사관학교의 상징 명칭인 '성무대(星武臺)'에서 비롯된 말이다. 사흘에 걸쳐 진행되는 성무제는 일반 대학의 축제와는 다소 다르다. 다른 대학교의 축제를 가본 적은 없지만, 내 생각으로는 다른 대학의 축제는 그 학교를 방문했다면 누구라도 즐길 수 있는 반면, 성무제는 대부분 공군사관학교 생도만 즐기고 이해할 수 있는 프로그램으로 구성되어 있다. 연인을 학교에 초대하는 '보라매향연'이 있는 날을 제외하고는 학교에 외부인이 출입할 수 없어 구경하고 싶어도 그럴 수 없기도 하다.

보통 다른 학교의 축제에 가는 이유는 초청 공연을 온 연예인을 보거나 학생들이 여는 일일주점 등에서 어울리기 위해서일 것이다. 하지만 우리 학교는 연예인이 오지도 않고, 주점을 열지도 않기 때문에 생도의 지인이 아니라면 접근성도 불편한 우리 학교에 올 이유가 딱히 없는 면도 있다.

그럼에도 성무제는 무용기와 더불어 생도들이 가장 좋아하는 행사이다. 성무제는 동아리에서나 개인적으로 갈고닦은 본인의 끼와 재능을 표출하는 무대이기 때문이다. 밴드, 아카펠라, 응원 댄스, 장기자랑, 보디빌딩 등을 준비하며 본인의 끼와 재능을 뽐낸다. 반대로 어떤 동아리도 하지 않고, 다른 사람 앞에서 서는 것을 좋아하지 않는 사람은 다른 사람의 공연에 박수만 치며 지루해할 수 있다. 그래서 축제를 어느 정도 즐기기 위해서는 본인의 적극적인 참여 의지가 필요하다.

자신의 끼를 뽐내는 공연 외에 성무제만의 특색 있는 프로그램이 있다. 바로 촌극과 방송제이다. 촌극은 1학년 생도들이 직접 기획하고 구성하여, 4학년 생도들을 풍자하는 연극 공연이다. 4학년 생도들이 동기와 4년간 함께 지내면서 겪은 여러 재미있는 이야깃거리를 1학년 생도에게 직접 전달하고, 1학년 생도는 이 이야기를 바탕으로 희화화하여 연극을 구성한다. 그렇기에 2, 3학년 생도는 내용을 이해하기 어려운 부분도 있지만, 1학년 생도가 4학년 선배의 목소리와 행동을 따라 하는 것을 보기만 해도 재미를 느낄 수 있다.

방송제는 짧고 유명한 동영상 클립을 패러디하여 학교에서 그해에 있

3학년 성무제 MC

었던 일들을 영상으로 만드는 것이다. 하지만 단순히 일상적인 것들이 아니다. 촌극은 4학년 생도를 풍자한다면, 방송제는 생도들의 생활을 힘들게 하는 학교의 지침과 규정 등을 풍자하는 것이다. 그럼에도 이런 내용을 풍자하는 것이 예민하게 작용할 수 있어 사전에 훈육요원에게 검열을 받아야 하며, 적절하지 않을 경우 삭제되기도 한다. 그래서 방송반 생도들은 영상 일부가 삭제되는 것을 피하기 위해 검열용 영상과 상영용 영상을 따로 제작하여 검열을 받기도 한다. 방송제는 1년 동안 학교에서 무슨 일이 있었는지 되돌아보게 해주며, 재밌고 생각보다 잘 만들어져 감탄한다.

공군사관학교 축제에서 절대 빼먹을 수 없는 것이 있다. 바로 '보라매향연'이다. 보라매향연은 생도의 연인이나 친구를 학교에 초대해 학교를 소개하고 같이 연회를 즐기는 행사이다. 사관학교만의 오랜 문화이며, 육군 · 해군사관학교에도 다른 명칭의 비슷한 행사가 있다. 오래전에는 보라매향연 때 여자 파트너는 원피스, 구두 등 격식을 차린 의상을 입어야 하기도 했는데, 그런 규제와 분위기가 사라진 지는 꽤 됐다.

보라매향연의 참석 범위는 매년 바뀐다. 1학년 때는 파트너가 없어도 전 생도가 참석할 수 있었던 반면, 2학년 때는 1학년 생도는 완전히 참석이 불가했고, 파트너가 있는 2학년 생도와 전 3, 4학년 생도가 참석할 수 있었다. 3학년 때는 1학년 생도를 제외한 2, 3, 4학년 생도가 참가가 가능했다. 4학년 때는 코로나19로 인해 아쉽게도 파트너를 초대할 수 없었지만, 학년 구분 없이 전 생도가 참석할 수 있었다.

본인의 파트너가 보라매향연에 참석해서 같이 추억을 남기는 것 외에도 얻을 수 있는 이점도 있다. 때에 따라 달라지기는 하지만, 파트너를 데려온 생도는 보라매향연이 끝난 뒤 바로 외박을 나갈 수 있다. 보라매향연은 항상 성무제의 마지막 날에 열렸는데, 파트너를 데려오지 않는 생도는 축제 뒷정리를 하고 다음 날에 나가야 하기도 했다. 특히 1학년 생도일 경우 더욱 그러했다. 하지만 2학년 때는 이례적으로 행사에 참석하지 않는 1학년 생도와 파트너를 데려오지 않은 2학년 생도가 보라매향연이 진행되는 도중에 외박을 나갔다.

1학년 때 파트너를 데려올 수 있다 하더라도 막상 쉽지 않은 선택이다. 학교 밖에서는 멋지고 당당한 사관생도이지만, 학교에서는 층층시하 선배들 아래에 있는 그저 1학년이기 때문이다. 그래도 성무제 기간에는 선배들이 평소처럼 군기를 잡지는 않지만, 1학년 입장에서는 파트너를 데리고 선배들과 함께 밥 먹는 것부터 불편한 일일 수 있다. 파트너와 제대로 얘기도 못하고, '혹시 선배님이 말을 걸지 않을까' 걱정하며 선배들의 말에 귀를 기울여야 하기도 한다. 그럼에도 나는 1학년 때 파트너가 있었다. 파트너를 데려오지 않으면 성무제 뒤처리를 하고 외박을 늦게 나간다는 소식에 발만 동동 구르고 있었는데, 마침 같은 중대 동기의 여사친이 친구들을 데리고 온다 하여 그 동기에게 부탁해 그 친구 중 한 명과 파트너가 됐다. 그분은 나의 처음이자 마지막인 보라매향연 파트너가 됐다.

보라매향연 당일에는 많은 생도들이 기대하는 '성무팅(성무+미팅)' 프로그램도 진행한다. 성무팅은 공군사관학교에 이성 친구나 지인이 없지만 오고 싶어 하는 대학생을 초대해 생도와 일대일 만남을 주선하는 프로그램이다. 주로 주위에 있는 청주교육대학교, 청주교원대학교, 충북대학교 학생들이 많다. 성무팅으로 맺어진 인연은 짧게는 보라매향연에서 끝나지만, 길게는 연인으로 이어지기도 한다.

내가 겪은 네 번의 성무제 중에 가장 재밌었고, 가장 적극적으로 참여

2020년 보라매향연에서, 3학년 후배와

했던 것은 3학년 때가 아닐까 싶다. 성무제 기획단에서 학년부장으로서 성무제를 구성하는 데 동기들의 의견을 수렴 및 반영했으며, 없어졌던 E-sports 대회를 다시 부활시키기도 했다. 무엇보다 성무제에서 나름 큰 비중을 차지하는 MC를 맡았다.

MC는 계획된 프로그램을 원활히 진행하는 것 외에도 청중 특히, 4학년 선배들을 웃길 수 있어야 한다. 나는 많은 사람들 앞에서 말을 해 본 적도 없고, 사람들을 웃길 수 있는 소질도 없었기에 MC를 맡아달라는 기획단장 선배의 제안에 망설일 수밖에 없었다. 하지만 많은 사람들 앞에서 MC로 서볼 기회가 또 올까 하는 마음에 수락했고, MC 동기들과 밤새 대본을 쓰며 준비했다. 모든 것이 계획대로 진행되었다면 정말 이상적이었겠지만, 공연 사이사이에 메꿔야 하는 시간 공백이 생기곤 했다. 그러면 관객석에서 큰소리가 들려왔다.

"개인기! 개인기! 개인기!"

내가 가장 두려워했던 상황이었다. 별 다른 개인기가 없어 처음에는 '김범수'라는 나의 이름에 걸맞게 노래를 불렀다. 처음에는 내가 노래를 그렇게 못 부르지는 않았는지 한두 소절임에도 다행히 반응이 좋았다. 부를 노래가 다 떨어진 뒤에는 다음 공백 시간에 무엇을 할까 고민하다가 싸워서 사이가 좋지 않은 두 선배를 무대 위로 올렸다. 그걸 지켜보는 선배의 동기들은 모두 웃었고, 나는 두 분에게 화해의 포옹까지 시켰다. 언제부턴가 공연 사이에 비는 시간이 떨리기보다는 설레기 시작했다. 그때부터는 무대 위에서 마이크를 잡고 있는 매 순간을 즐겼다.

모교 홍보

공군사관학교에서는 자신의 모교에 방문하여 학교를 홍보하고, 은사님을 만나 감사의 인사를 전하라는 의미로, 2~4학년 생도들에게 3월 말 특별휴가가 주어진다. 공군사관학교 생활규정에서는 외출 · 외박의 목적을 "심신의 갱신을 도모하여 산야 교외에서 호연의 기를 양성하고 명사를 방문하여 고언을 듣고 은사 선배를 방문하여 그의 훈도를 받으며, 가정에 돌아가서는 부모님께 효도하고 형제자매를 사랑하는 높은 기개를 양선한다"라고 두고 있는데, 3박 4일간 진행되는 모교 홍보 휴가는 이러한 목적의 일환이다. 따라서 생도들은 이 휴가 기간을 활용해 은사님께 감사의 인사를 전함과 동시에 모교 후배들에게 공군사관학교를 소개한다.

2학년 처음 모교 홍보 휴가를 나왔을 때는 충청남도 공주시에 위치한 나의 모교 한일고등학교를 방문해 후배들에게 공군사관학교를 소개했다. 담임선생님이셨던 은사님들은 발령, 퇴직 등의 이유로 학교에 계시지 않아 감사 인사를 전화로밖에 전할 수 없었지만, 그래도 나를 기억해주시는 선생님들께 인사를 드렸다. 또, 고등학교 생활을 같이 했던 고3이 된 후배들을 만나 근황에 대한 담소를 나눌 수 있었다.

3학년이 되어서는 충청남도 공주시가 아닌 나의 고향 경기도 용인시에서 중학생 때 큰 가르침을 주신 담임선생님을 비롯한 은사님들을 찾아뵀다. 중학교 3학년 담임선생님과는 지금까지도 종종 연락을 주고받으며, 성인이 되어서는 같이 술잔을 기울인 적도 있을 정도로 사제를 넘

모교에서 후배들에게 학교를 소개하고 있다.

어 친밀한 관계로 지내고 있다. 그리고 4학년 때는 코로나19로 인해 모교 홍보 휴가는 나가지 못했다.

3학년이 끝나갈 무렵, 중대 훈육관님이 얼마 전 자기가 생도일 때 중대장이었던 분에게 10년 만에 연락을 했다는 이야기를 했다. 훈육관님은 중대장님이 자신이 기억할까 걱정했지만, 10년 전 자신을 대하듯 잊지 않고 친근하게 대해주어서 정말 감사했다고 했다. 그분의 이야기를 들으니 나도 한 분이 떠올랐다. 바로 초등학교 6학년 때 담임선생님이다. 중학교 1학년 스승의날 때 찾아뵀던 것이 마지막이었던 것 같다.

사실 내가 그 선생님을 찾아뵈어야겠다고 생각한 것은 처음이 아니었다. 안부는 항상 궁금했지만 고등학교 입학할 때 휴대전화를 없애면서 연락처가 지워져 연락 드릴 방법이 없었다. 선생님이 어느 학교에 계신지도 알 수가 없었다. 다행히도 경기도교육청 홈페이지에서 은사님을 찾을 수 있는 방법을 제공하고 있었다. 서비스를 신청하면 스승에게 제자의 연락처를 제공하고, 스승이 희망할 때 제자에게 연락하는 절차로 이루어진다. 선생님이 나를 기억하실까 걱정했지만, 그래도 용기를 내어 경기도교육청 고객센터에 전화했다.

"선생님 성함이 어떻게 되시죠?"

"○○○ 선생님입니다."

"선생님에 대해 아는 것 있으신가요?"

“2010년도에 용마초등학교 ○학년 ○반 담임선생님이셨습니다.”

“선생님께 전화번호 전달해드릴 예정이고요, 선생님께서 의사가 있으시면 연락주실 겁니다.”

“네, 감사합니다!”

하지만 아쉽게도 2주일이 지나도 연락은 오지 않았다. 나를 기억하지 못하시는 걸까, 아니면 나와의 연락을 꺼리시는 걸까, 혹 다른 사정이 있으신 걸까……. 아쉬움이 남으면서도 마음 한편이 쑤셨다. 그래도 선생님에게 기억될 만한 좋은 제자였다고 생각했는데 말이다. 그냥 선생님이 나의 연락처를 받지 못했을 것이라고 믿고 싶을 뿐이다.

동아리 활동

공군사관학교는 '자기 주도적 역량개발 활동'이라고 불리는 동아리를 운영하고 있다. 자기 주도적 역량개발 활동은 정규 일과 중에 편성되어 있으며, 회당 2시간씩 주 2회 내지 4회 운영된다. '자기 주도적'이라는 수식어만큼 의무적으로 해야 하는 것이 아니라 본인의 선택과 흥미에 맞게 동아리에 가입해 참여할 수 있다. 동아리는 스포츠, 문예, 자기계발의 3가지 항목에 따라 분류되어 30여 개의 동아리가 있다. 스포츠반은 축구 · 테니스 등, 문예반은 응원댄스 · 밴드 · 사진 등, 자기계발반은 영어 회화 · TOEIC 등이 있다. 동아리 활동을 원하지 않는 생도는 자율학습이나 운동을 하는 등 동아리 시간을 자율적으로 활용한다.

사진반에서 찍은 사진

1학년 때는 사진반에서 활동했다. 사진에 관심이 있어서 사진반에 들어가긴 했지만, 사실 가장 들어가고 싶었던 동아리는 승마반이었다. 하지만 승마반이 관리 · 운영의 어려움으로 폐지를 앞두면서, 신입생 부원을 선발하지 않는다는 전달이 내려왔다. 현재 부원들에게 더 많이 배우고 말을 타는 기회를 주고 동아리를 끝내겠다는 것이었다.

어렸을 때부터 승마에 관심이 있었다. 사극 드라마에서 말을 타는 주인공을 동경하며 언젠가 나도 저렇게 말을 타보고 싶다는 생각을 하곤 했다. 그러던 중 공군사관학교에 승마 동아리가 있다는 것을 알게 됐고, 입학하기 전부터 승마 동아리에 들어가야겠다고 다짐했다. 게다가 승마는 쉽게 접하고 배울 수 있는 운동이 아니기에, 학교에서 무료로 배울 수 있는 생도 때가 아니면 승마를 배울 기회가 사실상 없다고 생각하며 가입 의지를 견고하게 다졌지만 승마반에 가입하지 못하게 됐다.

그런데 운 좋게도 3학년 때 기회가 다시 찾아왔다. 승마 동아리 부원을 모집한다는 것이었다. 승마 동아리의 폐지가 정말 눈앞까지 다가오면서 말을 타고 싶었던 재학생에게 한 번쯤은 말을 탈 수 있도록 하자는 취지였다. 그렇게 2년을 기다린 끝에 승마 동아리에 가입하며 말을 만날 수 있었다.

나는 맨 처음 말에 올라탄 날을 아직도 잊을 수 없다. 야외 원형 마장에서 의자를 밟고 올라가 말 위에 앉았다. 말을 움직이게 하는 방법은 물론이고 올바른 승마 자세도 몰랐지만, 교수님의 채찍질에 내가 탄 말이 움직이기 시작했다. 말이 빠른 걸음으로 움직였는데, 마치 차를 타고 과속방지턱을 넘는 것처럼 반동이 심해 몸이 계속 흔들렸다. 이후 교수님이 말의 반동을 한 번씩 거르는 '경속보'에 대해 설명해주었고, 교수님의 조언에 따라 내 동작이 말의 움직임과 하나가 되니 몸에 오는 반동도 줄어들었다. 또, 교수님이 내가 타는 말에 채찍질하며 말이 뛰는 '구보'를 체험시켜주었는데 엉덩이뼈가 안장에 부딪혀 아플 정도로 몸이 통통 튀었다. 너무 흥미롭고 짜릿해 엉덩이에 오는 통증조차 느껴지지 않았다. 이날은 보람차고 흥미로운 순간의 연속이었다. 그렇게 나는 승마에 빠졌다.

학교 정문 바로 옆에 있는 승마장에 도착하면 항상 '공군사관학교 성무대 승마장 방문을 환영합니다'라는 벽화와 10년 넘게 마구간을 지키는 노견 한 마리가 나를 맞이했다. 승마 교수님과 그날 말을 어떻게 탈 것인가에 대해 간단히 브리핑한 뒤, 허벅지가 조이는 승마바지와 종아리 위까지 올라오는 승마부츠, 안전 헬멧과 장갑을 착용했다. 그리고 내가 탈 말을 데리고 오기 위해 마구간으로 들어갔다. 마구간에서 말이 놀라지 않도록 쓰다듬고 말의 머리를 품 안에 안으며 조심스럽게 굴레와 재갈, 고삐를 씌웠다. 그리고 말 등에 안장 패드와 안장을 얹고 복대를 여유 있게 채웠다. 복대를 처음부터 꽉 조이면 말이 불편해할 수 있기에 산책을 하면서 조금씩 복대를 조여갔다.

이처럼 승마는 말을 배려하고 이해하는 애마(愛馬) 정신이 바탕이 되어야 했다. 이후 등자 끈을 내게 맞게 조절한 뒤 등자를 밟고 말 위에 올라타며 본격적으로 승마 운동을 시작했다. 운동이 끝난 뒤에는 같이 운동을 하느라 수고한 말을 토닥여주었으며, 더운 날에는 찬물로 샤워를 시켜주기도 했다. 승마는 단순한 도구를 갖고 하는 운동이 아닌, 말과 혼연일체(渾然一體)가 되어야 하는 운동이기에 매번 이러한 과정을 소홀히 하지 않고 운동에 임했다.

나는 승마반이 폐지되는 그날까지 1년 동안 승마에 빠져 있었다. 주어진 자기 주도적 역량개발 활동 시간 외에도 공강 시간까지 할애하며 승마장에 말을 타러 갔다. 동아리 시간이 있는 전날 밤이면 다음 날 말과 놀 생각에 설레었고, 동아리 시간이 끝나 말에서 내릴 때면 더 타고 싶어 아쉬웠다. 생도 생활 중에 처음으로 하는 일에 '중독됐다'라는 감정을 느낄 정도로 승마가 너무나 흥미롭고 즐거웠다. 그렇게 말과 시간을 많이 보내는 만큼 자연스럽게 말을 점점 편하게 다룰 수 있게 됐다. 어느 정도 원하는 시기에 말 위에서 편하게 걷고, 달리고, 멈출 수 있었다. 육군사관학교에서 열리는 '이용문장군배 승마대회'에 참가하기로 결심한 뒤에는 연습하다가 낙마하기도 하는 등 여느 때보다 열심히 준비하며 실력을 연마했다. 아쉽게도 아프리카 돼지열병으로 인해 대회는 취소됐지만, 대회를 준비하며 많은 성장을 이루어낼 수 있었다. 그리고 얼마 지나지 않아 3학년 2학기가 종강함과 동시에 승마반이 역사 속으로 사라졌다. 그리고 더 이상 학교에서는 말을 타지 못했다.

승마반에서 말을 타는 모습

승마반에서 말과 지내는 동안 정말 많은 추억을 쌓았다. 날이 좋은 날에는 울타리가 있는 좁은 승마장에서 벗어나 경관이 아름다운 산을 올랐다. 구보로 흙길과 숲길을 오르며 말 위에서 보는 산의 전경과 그때의 기분은 아직도 잊을 수 없다. 또, 말을 타고 교내 아스팔트 도로를 걷기도 했다. 말굽과 바닥에서 선명하게 들려오는 '다그닥다그닥' 소리는 내 가슴을 흥분으로 들끓게 했다.

하지만 말과 보내는 시간이 언제나 행복할 수만은 없었다. 병이 들거나 노화하여 쇠약해지는 말들을 보며 마음이 아프기도 했다. 말이 뱀에 물려 다리가 퉁퉁 부어 있을 때도 있었고, 피부병에 걸려 피부가 벗겨지거나 고름으로 뒤덮여 있을 때도 있었다. 수명이 다해가며 쇠약해져 걷고 뛰는 것은 물론이고, 밥조차 제대로 먹지 못할 때도 있었다. 그렇게서 길면서도 짧은 1년의 시간 동안 말과 여러 순간을 함께했다.

시골길을 지나다 보면 종종 승마 체험을 할 수 있다는 승마장 팻말이 보인다. 그럴 때마다 성무대 승무장에서 말을 탔던 추억이 떠올랐다. 그때가 그리워지며 혹시 주변에 다시 말을 탈 수 있는 방법이 없을까 인터넷을 찾아봤지만, 너무 먼 승마장 위치와 비싼 가격에 매번 마음을 접어야 했다. 비록 1년밖에 승마를 배우지 못했지만, 한편으로는 1년이라도 배울 수 있었음에 감사한다. 승마에 대한 애정과 애마 정신은 평생 가슴속에 간직할 것이다.

학술 교류

공군사관학교 생도들은 일반 대학생과 교류 활동을 할 수 있는 창구가 거의 없다. 그래서 원래 알고 있던 친구들을 제외하고는 교외에서 새로운 친구를 사귀기 어렵다. 학점 교류 프로그램이 있는 것도 아니고, 기업 및 공공기관 서포터즈나 기자단 등의 대외 활동을 할 수 있는 것도 아니기 때문이다. 의지가 없다기보다는 주말만 외부에 나갈 수 있는 상황에서 실질적으로 이런 정기적인 활동을 할 수 있는 여유가 거의 없다. 게다가 일회성으로 일반 대학생을 만날 수 있는 대학교 축제, 일일호프 등의 행사는 대부분 평일에 진행되기 때문에 평일에 학교 밖으로 나갈 수 없는 생도가 다른 학교 행사에 일방적으로 참여만 하는 것도 어렵다.

외부 대학생과의 친분이 없는 것이 큰 문제가 되는 것은 전혀 아니다.

하지만 공부를 하다 보면 문득 이런 궁금증이 생기고는 했다.

'다른 대학 학생들은 어느 수준으로 어떻게 공부할까?'

『손자병법』에서 '지피지기 백전불태(知彼知己 百戰不殆)'라고 했던가. 내가 전공 분야에서 경쟁력 있는 사람이 되려면, 다른 학교 학생들이 얼마나 공부를 하고, 어떤 공부를 하는지 알 필요가 있었다. 그래야 내가 상대적으로 부족한 부분은 더 공부하고, 잘하는 부분은 더 발전시킬 수 있기 때문이다. 또, 민간 대학에서 학위를 취득한 교수님들이 수업 시간에 종종 이런 말씀을 하곤 했다.

"대학생들은 수업 시간에 편하게 화장실도 가고, 커피도 마시고 하니까 허락 맡지 말고 알아서 다녀오세요~."

"다른 학교 학생들은 프로그래밍언어를 수업에서 배우는 것이 아니라 알아서 공부해옵니다."

'과연 이것이 사실일까?'

다행히 학교에서는 이런 의문을 해결할 수 있도록 학술 교류 프로그램을 실시한다. 학술 교류는 3학년 생도들을 대상으로 하여 2박 3일간 전공학과와 관련된 민간대학 및 연구기관을 견학 및 체험하는 프로그램이다. 전산정보과학과인 나는 국방과학연구소와 차세대 보안리더 양성기관인 BoB센터, 고려대학교, 서울대학교를 방문했다. 그중 가장 기억에 남는 것은 고려대학교에서 사이버국방학과 학생들과 함께 수업을 들은 것이다. 그 학교 학생들이 평소에 듣던 강의를 청강하는 것이 아닌,

서울대학교에서 찍은 학과 단체 사진

우리를 위해 추가적으로 개설한 일회성 수업이었지만 다른 학교 학생들과 같이 수업을 듣는 것만으로도 흥미로웠다. 아쉽게도 수업만 같이 들었을 뿐 말 한마디도 섞어보지는 못했다. 그래서 사실상 '지피'를 달성했다고 할 수는 없었다. 반면 국제관계학과는 다른 학교 학생들과 밥도 먹고 이야기하며 직접적으로 교류할 수 있는 프로그램이 많이 진행됐는데, 나를 포함한 다른 전공의 많은 이들의 부러움을 샀다.

실질적으로 학술 교류 프로그램이 우리가 지녔던 의문에 대한 해답을 제공해주고 있지는 않다. 그럼에도 이 프로그램은 생도들에게 정말 많은 사랑을 받는다. 좁은 학교에서 벗어나 넓은 사회를 만끽할 수 있기 때문이다. 또, 학과 동기들끼리 재밌는 추억도 쌓을 수 있으며, 4월 초에 실시돼 바깥에서 벚꽃을 구경할 수도 있다. 몇몇 동기들은 혹여나 새로운 인연을 만날 수 있을까 기대하기도 한다.

3군 사관학교 통합교육

육 · 해 · 공군사관학교에서는 각 군 사관생도들이 모여 함께 수업을 듣고 실습 등을 하는 통합교육을 매년 1회 실시한다. 1학년 때는 육군사관학교, 2학년 때는 해군사관학교, 3학년 때는 공군사관학교가 주관하여 이루어진다. 통합교육은 타 군의 이해를 통한 합동작전의 필요성 인식, 인적 네트워크 형성을 목적으로 한다. 타 군 사관생도들과 인적 네트워크를 형성할 수 있는 시기는 이때뿐이기 때문에, 실질적으로 생도들은 통합교육 기간에 타 군 사관생도들과 친해지는 것을 가장 중요하게 여긴다. 또, 1년 후배부터는 1학년 때부터 국군간호사관학교도 통합교육에 참여했다. 내가 3학년이었을 때, 공군사관학교에서 하는 통합교육에 국군간호사관학교의 임관 동기들이 처음으로 함께하기로 예정되어 있었지만, 코로나19로 인해 통합교육이 완전히 취소되면서 모두 없던 일이 됐다.

타 군 사관학교 생도들을 만나 이야기를 하다 보면, 주로 학교생활에 대해서 많이 이야기한다. 같은 사관학교이지만 정말 많은 차이를 발견한다. 가장 기억에 남는 것은 말(言)의 차이였다. 머리에 왁스를 발라 깔끔하게 위로 올리는 것을 육사와 공사는 '조발(調髮)'이라고 하는 반면, 해사는 '착유(着油)'라는 말을 사용한다는 점이었다. 또한, 이러한 차이에 있어 타 군 사관학교를 부러워하는 경우도 있었다. 육사 친구들은 상대적으로 외출 · 외박을 많이 나가는 공사 · 해사를 부러워했으며, 공사 친구들은 해사는 방 안에 화장실이 있다는 점과 육사는 복지시설이 다양하다는 점을 부러워했다. 진해에 학교가 있는 해사 친구들은 무엇보다 서울에 학교가 있는 육사 친구들을 부러워했다. 이 외에도 선후배와의 관계, 일과 운영 등의 다양한 차이를 느끼면서 서로에 대해서 알아갔다.

3군 사관학교 통합교육의 가장 큰 묘미는 바로 '연애'였다. 다른 사관학교 생도끼리 커플이 많이 탄생했다. 새로운 인연을 만나니 자연스럽게 좋아하는 감정이 싹트며 연인이 되기도 했다. 생도끼리 연애를 하는 것은 서로의 힘든 점에 대해서 바로 공감하고 쉽게 이해할 수 있다는 여러 장점이 있다. 더군다나 같은 사관학교에서 커플을 하다가 헤어지면

학교, 임지에서 평생 어색해하며 만나야 하지만, 타 군 사관생도를 만나면 이런 걱정을 덜 수 있다. 실제로 통합교육 이후에 타 군 사관학교 생도와 연애를 하는 커플이 많이 탄생했으며, 여자가 많은 국군간호사관학교가 통합교육에 참여한 1년 후배들부터는 정말 다수가 커플이 되어 학교에 돌아왔다.

1학년, 우리들의 첫 3군 통합교육

1학년 통합교육에서 가장 좋았던 점은 처음으로 타 군 사관학교 동기를 사귈 수 있다는 것이었다. 버스를 타고 도착했을 때 육군사관학교 동기들이 마중 나와 우리를 방으로 안내했다. 육사 2명, 해사 1명, 공사 1명으로 총 4명이 한 방을 사용했는데, 이 룸메이트와 통합교육 기간 대부분 함께 생활했다. 서로의 정복을 바꿔 입기도 하고, 밤에 몰래 방 안에서 라면을 먹다가 선배에게 걸려 혼나기도 하는 등 동고동락하며 자연스럽게 매우 가까운 사이가 됐다. 이 친구들과는 현재까지도 종종 연락하곤 한다. 그래서 타 군 사관학교에서 어떤 소문이 들려오면, 아마 모두가 이때 사귄 룸메이트에게 연락을 해 그 소문에 대해 물어볼 것임이 분명하다.

3군 사관생도 10명 정도로 구성된 분대원끼리 주말에 한 차례 외출을 나가기도 했다. 외출 시간이 길지 않기 때문에 대부분의 분대가 육군사관학교가 있는 화랑대역에서 멀지 않은 건대입구역 근처에서 놀았

1학년 통합교육 때 룸메이트들과

다. 분대원끼리 다니는 것이 원칙이지만, 인원이 많아 다 같이 할 수 있는 활동이 적고, 모두가 하고 싶은 것을 찾기가 어렵기 때문에 사진관에서 단체 사진을 찍은 뒤 소수 인원끼리 흩어져 다녔다. 통합교육 마지막 날에는 만찬을 즐기고, 레크리에이션 활동 등을 하는 '친선의 밤' 행사를 했다. 룸메이트, 분대, 중대 동기들과의 추억을 남기는 것을 물론, 고등학교 동문과도 만남을 가졌다. 이 중 재수를 해 동기가 된 고등학교 선배도 있었는데, 선배니 반말을 하기도 그렇고, 동기니 존댓말을 쓰기도 어색해 묘한 감정이 흘렀다. 선배가 말을 편하게 하라 했지만, 불편해서 많은 대화를 나누지는 못했다.

통합교육 기간 중 3일은 전국 보병사단으로 흩어져 GOP 경계근무 체험을 했다. 내가 간 곳은 '승리부대'라고 불리는 제15보병사단의 어느 한 소초(小哨)였다. 처음에 소초에 들어섰을 때 드는 생각은 '이런 곳에서 생활을 한다고?'였다. 시설이 매우 열약했기 때문이다. 지금껏 시설이 잘 갖춰진 큰 규모의 부대만 가봤기에 상대적으로 열악한 소초를 보고 놀라움을 금치 못했다. 건물 자체가 조립식 판넬로 만들어진 가건물 형태를 띠었다. 이것뿐이라면 그나마 다행이다. 학교에서는 편하게 이용했던 PX가 사람 한 명만 들어가도 복도가 꽉 찰 정도로 매우 작았다. 또, 물 공급에도 제한이 있어 샤워를 하는 시간도 정해져 있었고, 세탁기 사용 또한 자유롭지 못했다. 춥고 열악한 환경에서 국가 방위를 위해 근무하는 군 장병에 대해 감사함을 절실히 느꼈다.

소초에서는 생도가 아닌 그곳의 병사들과 같이 생활했다. 생도가 병사와 먹고 자는 등 같이 생활할 일이 없기 때문에 그곳에서 병사들과 함께 지내며 어울렸던 일들이 인상적으로 남아 있다. 처음에는 서로를 배려하면서도 불편해하며 함께 어울리는 것이 쉽지 않았다. 청소 시간에는 병사들과 이런 대화를 나눌 정도였으니 말이다.

"생도님은 쉬셔도 됩니다. 저희가 하겠습니다."

"아닙니다. 저도 하겠습니다."

"아닙니다. 진짜 쉬셔도 됩니다."

"진짜 괜찮습니다. 저도 하겠습니다."

"아…… 그럼, 저기만 조금 쓸어주십시오."

"예, 알겠습니다."

하지만 같이 30분씩 산을 타고 초소에 올라가 경계근무를 서다 보니 자연스럽게 친해졌다. 말하지 않으면 정적밖에 없는 정말 지루한 시간이기 때문에 대화가 오갈 수밖에 없었다. 근무를 서지 않을 때는 생활관에서 같이 예능이나 걸그룹 뮤직비디오를 보며 수다를 떨었다. 또, 병사의 도움으로 '사이버지식정보방'을 이용해보기도 하고, 수신용 휴대전화기를 사용해 '부대입니다. 전화 주세요'라는 문자를 보내며 친구와 전화통화도 하는 등 생도 신분이라면 하지 못할 많은 경험을 했다.

2학년, 여행 같았던 해외 합동순항훈련

2학년 해군사관학교 주관 통합교육 때는 1학년 때보다 일주일 정도 긴 22일 동안 해외 합동순항훈련이 진행됐다. 다목적 구축함 1척, 상륙함 2척에 3군 사관생도들이 나뉘어 탑승해, 순항훈련 기간 동안 국내외 9곳의 기항지를 방문했다. 처음 통합교육을 하러 떠날 때는 3주 동안 집에 갈 수 없다는 생각에 거부감도 있었지만, 함정 실습과 함께 국내외를 견학하며 2학년 통합교육은 생도 생활 중 가장 재밌었던 일 중 하나로 꼽을 수 있을 정도이다.

대부분의 사람이 그러하겠지만, 나는 군용 함정을 타는 것이 처음이었다. 그렇기에 처음 경험하는 함정에서의 생활과 일이 불편하면서도 모두 흥미롭고 신기했다. 함정은 우선 웅장함으로 나의 시선을 사로잡았다. 육상과 함정이 연결된 현문사다리를 타고 올라가니 축구장 절반 크기의 넓은 함미(艦尾)가 나를 맞이했다. 두꺼운 철문을 열고 내부로 들어가니 좁고 긴 복도가 있었다. 복도에서 상급자를 마주치면 멈추어 길을 터주는 '길차려' 문화에 대해 해군사관학교 동기에게 이전부터 익히 들어 알고 있었는데, 함정의 좁은 복도를 보고 나서야 비로소 이해가 됐다. 둘이 부딪히지 않고는 절대 지나갈 수 없을 정도로 좁았다. 또, PX는 열리기 몇 분전에 방송이 나왔다. PX가 공간이 좁지는 않았지만, 종류가 다양하지는 않았다. 게다가 현금으로만 계산이 되었는데, 대부분 카드만 있고 현금은 없었기에 현금이 귀해졌다. 때로는 현금을 웃돈을 주고 살 만큼 현금의 가치가 높아지기도 했다.

나는 근무생도 역할을 맡고 있어서 2층 침대 3개로 구성된 6인 1실의 사관 침실을 사용했지만, 다른 동기들이 사용한 상륙군 침실은 영화 〈설국열차〉에서 봤던 '꼬리칸' 그 자체였다. 문을 열면 침대에서 제대로 앉을 수도 없는 3층 침대가 좌우로 줄지어 있었다. 짐을 정리해둘 곳도 없어 바닥 이곳저곳에 너부러져 있었다. 복도가 한 명도 겨우 지나갈 정도의 넓이였는데, 이런 짐까지 피해서 다녀야 했다. 옷도 옷장이 아닌 침대 난간 곳곳에 걸려 있었다. 게다가 수십 명이 한 방을 사용하는 반면, 환기가 제대로 이루어질 수 없어 쾨쾨한 냄새만 자욱했다. 두 침실을 모두 본 사람들은 이구동성으로 영화 〈설국열차〉의 '머리칸'과 '꼬리칸'을 떠올렸다.

일본 사세보와 러시아 블라디보스토크에 정박해서는 함상 리셉션을 진행했다. 함상 리셉션은 대사, 교민, 주재국 주요 인사 등을 함정에 초대해 함 전반을 소개하는 행사로, 나는 일본 사세보에서만 함상 리셉션에 참여했다. 함 전반을 소개하는 것이 목적이지만 실질적으로 갑판에서 손님들과 만찬을 즐기는 행사였다. 외국 손님들과 외국어로 대화하며 문화를 교류하는 동기들도 있는 반면, 외국어 기피증이 있는 나를 비롯한 몇몇 동기생들은 접시를 들고 맛있는 음식만 찾아 돌아다녔다. 그러나 외국인과 교류할 수 있는 흔치 않은 기회를 이렇게 저버릴 수 없었다. 와인 잔을 들고 외국 손님에게 다가가 자연스럽게 말을 걸었다.

"Hello, where are you from?"

일본에서 참여한 함상 리셉션이었고, 외국 손님들은 일본인이 대다수였으며, 정복 명찰도 일본어로 되어 있었는데 국적을 묻는 바보 같은 질문을 한 것이다. 하지만 이를 계기로 말문이 트여 계속 대화를 나눌 수 있었다. 내가 영어를 잘하지 못하고, 서로의 발음을 알아듣지 못할 때도 있어 중간에 웃음이나 정적이 흐르는 경우도 있었지만, 서로의 문화를 교류하는 데는 부족하지 않았다. 또, 군악대의 공연과 그림자 쇼는 이날의 분위기를 더했다.

블라디보스토크에서

때로는 무거운 마음을 지니기도 했다. 평택에서 연평해전 전적비를 찾아 참배하고, 천안함 기념관, 서해수호관을 방문해 서해 수호 임무 중 산화한 용사들의 넋을 기렸다. 백령도 해상에서는 천안함과 제2연평해전 용사들을 기리는 해상 헌화를 실시했으며, 부산에서는 UN 기념공원을 찾아 한국전쟁에서 전사한 유엔군을 추모하며 과거를 되돌아보는 시간을 가졌다. 또, 땅을 직접 밟아보지는 못했지만 선상에서 이어도 해양과학기지와 독도를 바라보며 대한민국 땅을 반드시 수호하겠다는 다짐을 하기도 했다.

7장

자치근무 활동
Private Work

정복 '윙'을 받고 싶어 시작한 기자생도

1학년 때 처음 받은 정복은 화려한 선배들의 정복에 비해 초라했다. 상을 받거나 근무를 서는 등 개인의 노력과 학년에 따라 정복에 달 수 있는 부착물이 달라지는데, 학년이 가장 낮고 무언가 노력하기에 애초에 학교에서 보낸 시간조차 적었던 1학년 때는 정복이 초라할 수밖에 없었다. 정복 어깨에 달린 견장에는 학년을 의미하는 활주로가 한 줄밖에 없었던 데다가, 오른쪽 가슴에 달린 약장은 기본으로 주는 2개밖에 달지 못해 정복이 밋밋해 보였다. 또, 근무를 서면 약장 위아래에 달 수 있는 블록과 흉장은 4학년 때 근무를 할 수 있기에 1학년에게는 해당 사항이 없었다. 그렇기에 정복 어깨에 활주로가 여러 줄 그려져 있고, 빼곡히 채워진 약장을 달고, 흉장과 블록을 부착한 정복을 입은 선배들이 그저 멋있다는 이유로 부럽기도 했다.

그러던 중 임무지원반에 들어가면 블록과 별개로 약장 위에 달 수 있는 '윙'을 받을 수 있다는 것을 알게 되었다. 임무지원반에는 방송반, 앨범편집반, 신문편집국의 3가지가 있는데, 방송반은 식사 시간에 음악을 틀고 방송제를 준비하고, 앨범편집반은 교내 행사 때 촬영을 한다. 그런데 이 분야에는 흥미가 있는 사람이 많아 경쟁률이 높을 것 같기에 신문편집국에 지원했다. 글 쓰는 것을 좋아하는 사람은 많지 않을 것 같았기 때문이다. 그저 정복을 조금이나마 화려하게 장식하는 윙을 받을 수만 있다면 어디든 좋았다. 윙만 준다면 시간을 들여 글 쓰는 것은 문제가 되지 않는다고 생각했다.

1차 심사는 내가 받았던 기초군사훈련을 주제로 한 기사를 작성해서 제출하는 서류 심사였다. 육하원칙에 맞춰 글을 쓰는 것은 처음이라 미숙했지만, 다행히도 예상대로 지원자가 많지 않아 나를 포함한 대부분의 지원자가 1차 심사를 통과할 수 있었다. 2차 심사는 면접이었는데, 다대다 면접으로 진행됐다. 간단한 자기소개만 준비해 갔다. 면접자와 인적사항에 대해 묻는 형식적이고 무난한 질문과 대답을 주고받다가 약간 참신한 질문이 등장했다.

"혹시, 나중에 생도대장님을 인터뷰한다면 무슨 질문을 하고 싶어?"

다른 지원자들은 주로 학교나 생도대장님에 대해 사람들이 궁금해할 만한 것을 생각해 대답했다. 하지만 나는 완전히 색다른 대답을 했다. 아마 이때 했던 대답이 나를 최종 합격까지 이끌지 않았을까 생각한다.

"점심 식사 맛있게 드셨냐고 여쭙고 싶습니다! 이러한 질문으로 분위기를 띄우고 가야 편안한 분위기 속에서 재밌는 인터뷰가 될 것 같습니다."

이렇게 대답한 순간 면접자들의 반응이 좋다는 것을 바로 느낄 수 있었다. 그렇게 나는 신문편집국 기자생도가 됐고, 꿈에 그리던 윙을 정복에 달며 기자생도로서의 역할을 하기 시작했다.

기자생도의 주된 업무는 연 6회 발간되는 『공사신문』에 실을 기사를 작성하는 것이다. 한 호당 20여 개의 기사가 실리는 반면에 기자생도는 두 배 가까이 되는 40여 명이 있어 실질적으로 자주 기사를 써야 하는 것은 아니었다. 나도 처음에는 꼭 써야 하는 경우가 아니라면 굳이 기사를 찾아서 쓰지는 않았다. 그렇게 3학년이 되었고, 하계휴가 때 유럽 여행을 갈 자금을 마련하기 위해 보도거리를 찾아서 기사를 쓰기 시작했다. 기사를 쓰면 소정의 원고료를 주기 때문이다. 신문 한 호에 기사 두세 개를 쓰면 받는 원고료가 꽤나 쏠쏠했다. 그렇게 직접 기사를 기획하고 작성하다 보니 어느 순간 나도 모르게 글 쓰는 일에 흥미가 생기기 시작했다.

공군사관학교의 신문편집국이 일반 대학교 학보사와 크게 다른 점이 한 가지 있다. 바로 비판적인 기사를 쓰기 어렵다는 것이다. 다른 학교

3학년 때의 신문편집국 단체 사진

의 신문을 보면 종종 학생회를 비판하거나, 학교를 비판하는 기사를 볼 때가 있다. 하지만 우리 학교 신문에서는 그런 기사를 찾아보기 힘들다. 생도들이 학교에서의 모든 것에 만족하기 때문에 그런 것은 아니다. 우리도 사람이기 때문에 모든 것에 만족할 수 없으며, 사람에 따라 부당하다고 느끼는 것이 존재할 수 있다. 하지만 그런 생각과 감정을 학교 신문을 통해 맹렬하게 표현하는 기사를 쓰면 상관 모욕 등 여러 문제가 빚어질 수 있기 때문에 검열 과정에서 삭제되기도 한다.

학교 역사에 기여한다는 것은 정말 의미 있는 일이다. 내가 쓴 기사가 훗날 누군가가 과거를 되돌아볼 때 볼 수 있는 매개체가 될 수 있기 때문이다. 나 또한 학교 역사에 관한 기획 기사를 쓸 때, 몇 십 년 전에 선배가 작성한 기사를 참고하기도 했다. 나는 기자생도로서, 또 출신으로서 항상 자부심을 가졌고, 앞으로도 가질 예정이다.

학교 과대표

앞에서 말했다시피 내가 공군사관학교에 입학하게 된 이유 중 하나는 국가의 등에 업혀 나의 관심사인 '컴퓨터'에 대해 더 깊고 오래 공부하고 싶었기 때문이다. 그래서 나는 공군사관학교에 입학하여 이과 계열로 수업을 1년 들은 뒤, 당연히 전공학과로 '컴퓨터과학과'를 선택했다. 이러한 열의로 과대표에도 지원했다. 사실, 아무도 하고 싶어 하지 않았기 때문에 손만 들면 바로 과대표가 되는 상황이기도 했다.

일반 대학교에서 과대표가 하는 역할이 무엇인지 정확히는 모르겠지만, MT 등의 학과 및 학년 행사를 계획하고 동기들의 의견을 학과 학생회에 전달하는 것이 아닐까 싶다. 하지만 공군사관학교에서는 칠판 지우기, 프레젠테이션 띄우기, 강의실 청소 주도하기, 교수님과 연락하기 등이다. 즉 수업하는 데 있어 귀찮은 일을 모두 도맡아 하는 것이다. 또, 학과 선후배와 함께하는 것이라고는 1학기 초에 열리는 학과 신입생 환영회밖에 없기에 이날을 빼면 선후배와 연락할 일도 없다. 정말 재미없고 귀찮은 일뿐이었지만, 그래도 나는 3년 동안 열심히 했다. 과대표를 했다고 해서 학과장님이 기념패를 주거나 학점을 잘 주는 것도 아니다. 가끔 태도 점수 1점을 주기는 하는데, 나는 이러한 태도 점수보다 시험을 한 문제라도 더 맞히는 것이 중요했기에 사실상 무의미했다. 정말 흔히 말하는 '열정페이'였다.

때로는 과대표로서 학과 동기들의 대변인이 되기도 했다. 3학년 때 야간보충 전공 수업이 잡힌 날이 있었다. 그래서 우리는 강의실에서 보충수업을 듣고 생활실로 복귀했다. 그런데 웬일! 당직 선배가 강의실에 갈 때 행선이동 명패를 옮기지 않았다고 벌점을 입력하라는 것이다. 당시에는 저녁점호 이후에 정예관을 이탈하는 경우만 명패를 옮겼는데, 보충수업은 그 이전에 진행됐다. 그래서 나는 당직실로 찾아가 이러저러해서 명패를 옮기지 않았다고 말했다. 그랬더니 단체로 이동하는 것은 예외라고 했다. 한 동기생이 단체로 이동하는 어떤 경우에는 옮기지 않았다고 말해 다시 당직실로 찾아가 말했다. 하지만 우리 의견은 결국 수용되지 못하고 벌점도 그대로 받아야 했다. 그래도 4학년 선배들만 있는, 군기의 상징인 당직실에 여러 번 들어가 선배에게 이의를 제기하는 것은 정말 아무나 할 수 없는 일이었다. 또, 4학년 때는 과대표로서 2~4학년 컴퓨터과학과 생도 전체를 대표하게 된 적도 있었다. 학교에 사이버전 실습교육장이 구축되었는데, 개소식에 생도 대표로 참여했다.

친목을 위한 생도생활발전위원회

공군사관학교에는 학기제로 운영하는 자치근무가 3가지 있다. 동기생을 대표하여 그 기수의 업무를 처리하는 '동기회', 생도 생활 개선을 위해 의견을 개진하는 '생도생활발전위원회', 벌점 및 처벌에 관한 업무를 처리하는 '명예위원회'이다. 3~4학년 때는 설 수 있는 근무가 학기별, 차수별로 다양하기 때문에 이 외에도 많아 특별해 보이지 않을 수 있지만, 학기별 근무밖에 서지 못하는 1~2학년 때는 이러한 근무들이 특별해 보였다. 또, 근무 조직에 소속되어 선배들과 같이 어울리는 것이 부럽기도 했다. 그래서 언젠가 나도 이러한 근무를 한번 서야겠다는 생각이 들었다.

내가 지원한 것은 생도생활발전위원회였다. 이를 선택한 이유는 간단하다. 동기회는 동기생 전체를 대표한다는 것이 좀 부담스러웠고, 명예위원회는 내가 그 역할을 할 만큼 명예롭다고 생각하지 않았기 때문이다. 무엇보다 두 근무는 해야 하는 업무가 많았다.

자치근무는 오직 동기생의 투표로만 선발되는데, 이 말은 인기투표가 될 수도 있다는 뜻이다. 나는 이 점을 활용했다. 공약 발표 때 나는 공약을 말하지 않았다. 동기들에게 호응을 얻기 위해 익룡인 것마냥 소리를 질렀다. 동기들은 모두 웃었고, 나는 쟁쟁한 경쟁자들을 물리치고 2학년 2학기 생도생활발전위원회로 선발됐다.

4학년 때 찍은 2학년 2학기 동 · 생 · 명 벚꽃 사진

자치근무를 서면 크게 달라지는 것이 한 가지 있다. 정예관에서는 중대별로 모여 생활하는데, 중대를 벗어나 자치근무끼리 생활한다는 것이다. 그래서 나의 룸메이트도 같은 중대인 5중대 동기가 아닌, 1중대 동기였다. 그렇게 잘 몰랐던 동기회, 명예위원회, 생도생활발전위원회 동기들과 같은 공간에서 생활하며 자연스럽게 친해지고 매우 가까운 사이가 됐다. '2학년 2학기 동생명'이라는 제목의 단체 채팅방이 아직까지도 활발할 정도로 깊은 인연을 유지하고 있다.

근무 기간 동안 어떤 일을 추진하고 실천해서 보람을 얻었다거나 한 것은 솔직히 없다. 하지만 근무를 서면서 좋았던 것은, 접점이 없었던 새로운 동기들을 만나 친해지고 깊은 관계로 발전했다는 것이다. 새로운 인연을 만난다는 것은 그 무엇보다도 보람찬 일이다.

중대기수생도

전화벨이 울렸다. 휴대전화를 보니 저장되지 않은 번호였다. 누구인지는 모르지만, 일단 받았다.

"필승! 5중대 3학년 김범수 생도입니다."

"그래, 2중대 훈육관인데 내 방으로 올 수 있니?"

"예! 지금 바로 가겠습니다."

"그래."

"예, 필승!"

2중대 훈육관님은 생도 처벌 및 징계 관련 업무를 하는 분이었다. 그래서 내가 무슨 잘못을 했나 걱정하며 훈육관님 방에 도착했다. 그리고 방문을 두드렸다.

"들어가도 좋습니까?"

"들어와."

문을 열고 방 안으로 들어갔다.

"필승!"

"그래, 범수야. 별건 아니고, 이번에 악폐습 설문조사를 했잖아. 그런데 거기에 네 이름이 나와서 불렀어."

생각지도 못했다. 재차 물었다.

"저 말씀이십니까?"

"응, 네가 지금 중대기수생도이기도 하잖아? 그래서 그런 것일 수도 있는데, 단체 채팅방에서 네가 지적을 했다고 나와 있거든. 그래서 일단 진술서를 써올래?"

"예! 알겠습니다."

생활실로 돌아와 내가 중대 1학년 생도와 군기 담당 생도들이 있는 단체 채팅방에 올린 모든 말을 확인했다. 모두 6개의 메시지가 있었다.

'1학년 방에서 시험 주간인데, 소리 지르고 떠들지 마라.'

'샤워실 창문 열었으면 매일 일과 후에는 바로 닫아줘.'

'내가 샤워실 창문 일과 후에 바로 닫으라고 전달한 것 못 봤어?'

'선배들 집합했을 때, 집합한 쪽 블라인드 다 내려.'

'(응소 훈련 중인데) 복도 배회한 1학년 누구야?'

'복도 배회한 1학년 안 나오냐?'

교육을 받는 후배 입장에서는 이 말들에 기분이 상했을 수 있겠지만, 중대기수생도로서 후배를 교육해야 하는 내 입장에서는 최소한의 역할을 한 것이었다.

당시의 상황과 내가 왜 이러한 말을 했는지, 대면이 아니라 굳이 왜 채팅방에서 했는지에 대해 진술서를 작성해 제출했다. 우리 중대에 진술서를 낸 동기가 2명 더 있었다. 우리는 같이 억울해하며, 혹 우리에게 어떤 징계가 떨어질까 노심초사했다. 다행히 이 일에 대해서는 내게 어떠한 징계나 처벌도 내려지지 않았다. 하지만 한동안 선배로서 후배를 교육하는 일에 대해 회의에 빠졌다.

후배를 교육한다는 것은 어떻게 보면 군기를 잡는다는 말과 일부 상통한다. 후배의 과오를 발견했을 때, 혹은 해야 할 일을 하지 않았을 때 그냥 넘기지 않고 이를 지적하는 것이다. 그런데 이런 말을 웃으며 할 수 없기에 어느 정도 무서운 표정과 근엄한 말투로 이야기한다. 이것도 후배가 잘 적응했으면 좋겠다는 마음으로 시간과 노력을 투자해야 할 수 있는 일이다. 후배를 사랑하지 않는데 후배를 교육하는 사람은 절대 없다. 나도 후배를 사랑하는 마음으로 교육에 임했다. 괜히 큰마음까지 먹어가며 후배에게 쓴소리를 하고 싶지는 않았다.

하지만 후배는 그렇게 받아들이지 않았다. 후배를 직접 불러 교육하면 하던 일을 멈추고 와야 하니, 내 입장에서는 후배를 배려하는 마음으로 단체채팅방을 통해 교육했는데 후배의 생각은 달랐던 것 같다. 후배를 교육하는 것은 단순히 화를 내는 것이 아니기 때문에 더더욱 어렵다. 충분히 고민하고, 다시 한 번 생각해보고 행동해야 했다.

중대기수생도였던 68-3차 5중대 단체 사진

훈련중대장생도

예비생도의 기초군사훈련은 그해 4학년으로 진급하는 3학년 생도가 실시하는데, 적지 않은 3학년 생도들이 지도생도 선발에 관심을 갖는다. 예비생도 시절 지도생도의 멋진 모습을 보면서 본인 또한 후배들에게 기억되는 지도생도가 되는 것을 한 번쯤 꿈꾸었기 때문이다. 그런데 나는 한 번도 지도생도가 되고 싶다는 생각을 해본 적이 없었다. 기초군사훈련에 지도생도로서 참여하게 되면, 동계 휴가의 마지막 일주일을 반납하고 학교에 일찍 복귀해야 하기 때문이다. 나는 후배를 교육하는 것보다 휴가를 더 즐기기를 원했다.

제72기 기초군사훈련 지도생도는 생도들의 생활을 지휘 및 운용하는 일을 하며, 1년에 3회 근무를 교대하는 지휘근무를 서지 않는 생도 중에 선발했다. 그런데 지휘근무 생도 인원과 선발하는 지도생도 인원이 둘 다 많아서, 지휘근무를 서지 않는다면 사실상 의지와 상관없이 지도생도로 선발된다. 나는 지휘근무에 지원하지 않았기에 어쩔 수 없이 기초군사훈련 지도생도로서 참여해야 했고, 이왕 하는 김에 열심히 하자는 생각으로 훈련중대장생도에 지원해 맡게 됐다. 사실은 기초군사훈련에 참여하는 것을 감안하더라도 자치근무인 동기회장에 지원했는데, 떨어져서 하고 싶은 것도 못하고 기초군사훈련까지 참여해야 하는 상황이 된 것이다. 그렇게 동계 휴가 일주일을 반납하고, 학교에서 훈련 준비를 한 뒤 예비생도를 맞았다.

"훈련지도생도 입장!"

훈련대대장생도의 구령과 함께 위압감을 주기 위해 전투화로 계단을 세게 밟으며 예비생도가 정렬해 있는 별관 점호장으로 올라갔다. 생활지도생도들은 예비생도들 몰래 옆에서 구두로 바닥을 내리치며 웅장함을 조성하는 데 일조했다. 별관 점호장에 오르자마자 훈련지도생도들은 약속이라도 한 듯 다 같이 고함을 질렀다.

"다 엎드려!!"

우리의 첫인상을 나름 강렬하고 무서운 이미지로 남기면서 훈련중대장생도로서 예비생도와의 만남이 시작됐다. 나의 역할은 군기를 잡는 것은 물론이고, 체력 증진 및 군사훈련을 시키는 것이었다. 하지만 내가 가장 중요하게 여긴 것은 예비생도 앞에서 멋있는 선배로 비춰지는 것이었다. 여기서 '멋있다'는 패기 넘치고, 당당하고, 체력이 좋은 것 등을 의미한다. 그래야 후배들에게 '저런 생도가 되어야지'라는 인식을 심어줄 수 있기 때문이다.

그런 나에게 위기가 찾아왔다. 화생방 가스 체험을 할 때, 가스실에 들어갔는데 방독면을 건드려 가스를 마시게 된 것이다. 숨이 막히고, 눈물과 콧물이 계속 나와 당장 가스실을 뛰쳐나가고 싶었다. 하지만 예비생도 앞에서 고통스러워하는 모습을 보이며 망신당할까 봐 내색 하나 하지 않고 버텼다. 예비생도가 없었다면 절대 발휘될 수 없었던 초인적인 힘이 그 위기를 버티게 했다.

또 하나, 생도에게는 지도생도가 추운 날씨에도 전투복 야상을 입지 않는 것이 '멋지다'는 근본 없는 인식이 있다. 나 역시 그러한 인식을 이어받아 의미 없는 행동임에도 불구하고 영하 10도의 강추위 속에서도 내복만 껴입으며 야상은 절대 입지 않았다. 추위를 버틸 수 없을 때는 교관님이 수업을 하는 동안 뒤에서 몰래 팔굽혀펴기나 PT체조 등을 하며 몸을 따뜻하게 달구기까지 했다.

한번은 생도전대장님이 예비생도들에게 동기를 부여해주기 위해 당일 군사훈련 시간을 축소하고 연병장에서 훈련하는 전투기를 보여준 적이 있었다. 이후 전대장님이 예비생도에게 훈시를 하는데, 다수의 예비생도가 춥다며 보급해준 핫팩을 계속 흔들고 있었다. 날씨가 매우 쌀쌀하기는 했지만, 그래도 이는 분명 상관에 대한 예의 없는 행동이었다. 전대장님의 말씀이 끝난 뒤 예비생도들에게 방금 너희들이 한 행동은 생도를 떠나 인간으로서 예의 없는 행동이라며 크게 나무랐다. 예비생도들도 본인의 행동이 잘못됐음을 충분히 인정하는 눈치였다. 그때 예비생도들이 나를 바라보는 눈빛은 '저런 예의 바른 생도가 되어야지'의 느낌이었다. 내가 기초군사훈련 기간 중 예비생도들에게 좋은 영향을 끼친 가장 잘한 일 중 하나였다.

기초군사훈련의 모토는 '극기'이다. 예비생도의 체력과 정신력을 극기 수준까지 다다르게 하면서 그들의 한계치를 끌어올리는 것이다. 그런데 극기에 다다르다 보면 숨겨진 면모가 드러나는 경우가 있다. 나는 그런 예비생도 2명을 만났고, 그들은 결국 기초군사훈련을 견디지 못하고 퇴소했다.

첫 번째 예비생도는 훈련을 타협하면서 하려는 '타협적'인 유형이었다. 힘든 훈련 동작을 시키면 "한 번만 봐주시면 안 됩니까?", "저 다른 것은 열심히 했는데, 이번 것은 안 하면 안 됩니까?", "저 진짜 열심히 했단 말입니다!" 등의 말로 나와 타협을 보려 했다. 하지만 이러한 태도는 복종이 기본인 군인에게 걸맞지 않기 때문에 나는 한 번도 그 타협을 받아들이지 않았다. 가끔은 훈련하다가 팔굽혀펴기 1천 개 같은 말도 안 되는 것을 일부러 시키기도 했는데, 누구는 "너무 많은 것 같습니다"라고 말하고, 누구는 군말 없이 바로 엎드려 팔굽혀펴기를 실시했다. 물론 엎드린 예비생도는 바로 일으켜 세웠고, 타협하려고 했던 예비생도에게는 동기생을 보고 저 자세를 본받으라고 했다.

두 번째 예비생도는 하기 싫은 감정을 표정과 태도로 표출하는 유형이었다. 특별훈련을 시키면 시작해보기도 전에 한숨을 내쉬고 고개를

72기 기초군사훈련 훈련3중대

푹 숙이는 등 힘든 척을 했다. 때로는 아무것도 하지 않는 경우도 있었다. 그렇다고 예비생도를 내보낼 수도, 억압적으로 시킬 수도 없었으니 내가 할 수 있는 것도 딱히 없었다. 그도 이를 아는 것 같았다. 하려는 의지를 계속 보이지 않았다. 나는 고민하다가 결국 그에게 죄책감이라도 느끼게 해주기로 했다.

"○○○랑 같은 중대 다 엎드려! 얘가 시킨 것 할 때까지 너희 엎드려 있는 거야."

이런 과정을 되풀이하다가 결국 그 예비생도는 퇴소했고, 그가 나간 뒤 나는 잘못한 것 없지만 함께 혼난 그의 동기생들에게 미안하다고 정식으로 사과했다.

이렇게 퇴소한 친구들이 잘못된 것은 아니다. 단순히 사관학교가 본인에게 맞지 않았을 뿐이다. 그들이 퇴소할 때는 지도생도와 예비생도의 관계가 아닌, 사람과 사람의 관계로서 서로 덕담을 나누고 웃으며 인사했다.

5중대장생도

김범수 : 11표 / ○○○ : 11표

69-2차 5중대 중대장생도 선발 선거의 투표 결과였다. 5중대 동기 22명이 참가한 선거였다. 한 번 더 투표를 진행했다.

김범수 : 11표 / ○○○ : 11표

결과는 전과 똑같았다. 결과를 지켜보면서 겉으로는 아무렇지 않은 척해도 긴장이 되었다. 어찌됐든 누가 중대장생도를 할지 결판을 지어야 했다. 재투표까지는 온라인으로 진행했는데, 세 번째 투표는 수기 투표로 진행하기로 했다. 카톡으로 하는 실시간 투표는 말 그대로 실시간으로 결과를 확인할 수 있어 동기들이 일부러 동률을 만들며 장난칠 수 있다고 생각했다. 우연이더라도 두 번의 동률이 나올 정도면 장난으로 일부러 동률을 만드는 수준이었다.

중대임원이 동기들에게 투표용지를 나눠준 뒤, 잠시 후 후보자를 적은 투표용지를 걷었다. 관심 있는 사람만 참석한 가운데 한 동기의 방에서 개표를 진행했다. 우위를 점칠 수 없는 치열한 싸움이었다. 나는 상대방과 한 표 차이로 앞서고 뒤처지기를 반복했다. 거의 개표가 끝날 즈음 서서히 결과의 윤곽이 보였다.

김범수 : 11표 / ○○○ : 8표

투표함 속에 남은 투표용지는 3장이었다. 당선이 눈앞에 보였다. 투표가 확률 게임은 아니지만, 나를 뽑을 확률을 50%라고 계산하면 내가 당선될 확률은 87.5%였다. 하지만 결과는 12.5%였다. 또다시 11대 11로 동률을 이루었다. 한 번 더 재투표를 하고서야 드디어 13대 9로 당선이 됐다. 네 번의 접전 끝에 나는 5중대장생도가 될 수 있었다.

내가 중대장생도에 지원하게 된 이유는 딱 한 가지였다. '오라다이스(5중대+파라다이스)'를 만들고 싶었다. 1학년 때 중대 동기들과 휴게실에 모여서 우스갯소리로 한 얘기가 있는데, 바로 4학년이 되면 중대를 대학교처럼 만들자는 것이었다. 선후배 간의 친밀도가 높고, 1학년도 선배들 눈치를 안 보고 편하게 생활할 수 있는 그런 중대를 만들자고 했다. 하지만 막상 중대장생도가 되어 보니 말처럼 쉽지 않았다. 중대 동기들의 의견과 부딪히기도 했고, 그런 중대 분위기가 군대 조직으로서 그렇게 바람직한 것도 아니었기 때문이다.

중대장생도는 1학년부터의 4학년까지의 모든 중대원을 통솔하고, 때로는 중대원을 대표한다. 나를 포함한 중대본부와 중대장님이 바라는 중대 이상향에 도달하기 위해 후배는 물론이고 동기까지 모두 이끌어야 했다. 게다가 중대원을 대표하여 중대장님을 매일 찾아뵈며, 중대장님에게 도움이 필요한 부분은 요청하고 중대장님의 지시사항을 중대원에게 전달하는 역할을 했다. 외에도 중대 행사를 주최해 중대원의 단합을 도모하고, 코로나19로 인한 중대원의 스트레스를 해소하기 위한 방안을 모색하는 등 중대를 위해 헌신했다.

중대장생도로서 위기에 직면했던 적도 있었다. 어느 날, 비가 와 아침점호를 실내에서 실시했다. 그런데 여러 동기생이 귀찮아서 아침점호에 참석하지 않았다. 실내 점호를 하는 날에 4학년이 점호에 참석하지 않는 것은 가끔 있는 일이기 때문에 그냥 그러려니 했다. 그런데 이것을 우리 중대 훈육관님이 직접 목격한 것이다. 그날 이후 우리는 반성의 의미로 일주일이 넘는 기간 동안 매일 생활점검, 자율토론, 의무학습 등을 했다. 나는 중대 동기생들과 훈육장교님 가운데 서서 계획을 수립하고, 결과를 보고하며 바쁜 나날을 보냈다.

중대장생도는 중대원을 대표하는 일이기 때문에 항상 책임감을 가져야 했고, 그만큼 힘들고 어려운 일도 많았다. 그래도 막중한 임무인 중대

69-2차 5중대장생도, 퍼레이드 중에

장생도라는 근무를 설 수 있었던 것은 나에게 큰 영광이었고, 고생했던 것 이상으로 중대원이 건네는 격려와 찬사가 큰 힘이 되었다. 가슴에 중대장생도가 패용하는 흉장을 달고 있던 매 순간이 보람차고 행복했다.

2대대
작전참모생도

작전참모생도의 역할은 일과를 운영하거나 강의실을 관리하는 등 다양하다. 하지만 실질적으로 가장 중요한 일은 후배 생도들의 군기를 잡는 것이었다. 내가 작전참모생도를 하게 된 이유는, 후배의 잘못을 보고도 그냥 넘어가지 않고 쓴소리를 하겠다고 마음먹은 뒤 행동으로 옮기는 법을 배우고 싶어서였다. 언젠가 임지에 나간다면 잘못한 부하들을 혼내야 할 상황이 생길 수도 있기 때문이다. 그런 상황에서 쓴소리를 하지 못한다면 상황이 더 안 좋게 흐를 수도 있다.

군기를 잡는 중대기수생도를 할 때는 직접 얼굴을 보면서 나무란 적이 없었고, 훈련중대장생도를 할 때는 처음 보는 예비생도에게 군기를 잡는 것이기 때문에 어렵지 않았다. 하지만 처음 보는 사람이 아닌 낯익은 후배의 과오를, 그것도 얼굴을 보며 지적하는 것은 쉽지 않았다. 후배를 지적했을 때 주변이 고요해지면서 다른 생도들이 무슨 일인지 궁금해하며 곁눈질로 쳐다보는 분위기를 감당할 수 없었다.

임기 중에도 코로나19로 인해 후배를 직접 대면으로 교육한 적은 거의 없었다. 사실 후배를 교육해야 하는데 용기가 나지 않아 과오를 보고도 못 본 척 지나간 적이 자주 있다. 그럼에도 용기 내서 제대로 혼낸 적이 딱 두 번 있다.

징계를 받으면 일과 후에 의무학습을 해야 하는데, 징계 처분 중인 생도가 의무학습 중에 졸고 있는 것을 목격했다. 3명이 졸고 있었다. 한 번 이름을 불렀는데도 일어나지 않았다. 피곤해 약간 조는 것은 이해가 가지만, 불러서 깨워도 일어나지 않는다는 것은 마음 편히 자는 것이라는 확신이 들었다. 그래서 그들을 큰소리로 혼내며 30분 동안 옷을 반복하여 갈아입게 하는 환복 훈련을 시켰다. 그런데 그중 한 명이 다음 날 어떤 이유로 학교에서 퇴학을 당했다. 왜인지 모르게 이럴 줄 알았으면 잘해줄 걸 그랬다며 죄책감이 들기도 했지만, 그래도 나는 내 할 일을 한 것이라고 굳게 믿고 있다.

두 번째는 후배들의 방 정돈 상태를 점검하는 생활점검 때였다. 나는 '얼마나 각지게 옷을 접었나' 같은 주관적인 검사보다는 '규정에 있는 대로 물건을 제자리에 정위치시켰는가' 같은 객관적인 것만 검사했다. 객관적인 사항은 대부분 제대로 해놓기에 후배들을 지적할 일이 거의 없었다. 생활점검을 하는 날, 별 다른 이유 없이 평소에 검사하지 않던 한 1학년 생도의 방에 들어갔다. 군장품을 봤는데 순서가 잘못되어 있었다. 같은 방에 사는 2명 모두가 말이다. 이것은 생활규정에도 정확히 명시되어 있는 부분이었다. 아는데 안 한 건지, 몰라서 안 한 건지 확인하기 위해 물었다.

"전투화 뒤에 있는 군장품 3가지 올려놓는 순서 아는 사람?"

"……."

1학년 생도들은 생도 생활을 한 지 거의 1년이 되었기에, 나는 이들이 당연히 아는데 귀찮아서 안 한 것이라 생각하고 한 질문이었다. 그런데 선배가 물어보면 맞든 틀리든 뭐라도 대답할 텐데 아무도 대답하지 않았다.

'혹시 군장품 이름을 모르는 건가?'

제일 위에 있는 탄알집을 집어 들었다.

"이것 이름 아는 사람?"

"……."

"아는 사람 없어?"

"탄악대입니다!"

"탄악대? 아니, 군인이 어떻게 군장품 이름도 몰라!!"

이들은 다른 군장품의 이름도 제대로 알지 못했다. 1학년인 것을 감안하더라도 내게는 좀 충격이었다. 이들을 다른 사소한 것에서 꼬투리를 잡아서라도 경각심을 느끼도록 혼 좀 내야겠다고 생각했다. 총기는 제대로 관건되어 있는지 확인했다. 한 명의 자물쇠 숫자 버튼 몇 개가 '나 좀 눌러주세요' 하듯 반쯤 눌려 있었다. 그 버튼을 다 눌렀더니 자물쇠가 풀렸다. 그 후배가 몹시 당황했다.

"총기는 제2의 생명 아니야?"

그때부터 생활점검 시간이 끝날 때까지 그 후배들을 크게 나무랐다. 졸업을 앞두고 있던 내가 그 후배들에게 '짜증 나고 무서운 선배'로 기억될까 봐 조금 걱정이 되기도 했다. 그다음 생활점검 때 그 후배들에게 곧 있을 동계 휴가를 잘 보내라고 웃으며 인사하려 했지만 이런저런 이유로 인하여 그날의 생활점검이 내가 하는 마지막 생활점검이 되어버렸고, 나는 그들에게 쓴소리하는 선배로 남은 채 졸업을 했다.

8장

하고 싶은 말

Add Words

학업에 대하여

공군사관학교도 여느 일반 대학교처럼 일정 학점 이상을 수료해야 졸업할 수 있는 학위 수여 기관이다. 그렇기에 생도도 졸업하기 위해서는 일반 대학생과 마찬가지로 시험을 보며 과제도 해야 한다. 그러나 학점 평점의 상징성은 다소 다르다. 일반 대학생이 높은 평점을 받으려 노력하는 이유는 취업을 위한 것인 반면, 생도는 평점과 상관없이 졸업과 동시에 임관, 즉 취업이 되기 때문에 높은 평점을 받으려는 이유가 취업을 위한 것은 아니다.

대신에 높은 평점을 받으면 얻을 수 있는 여러 이점이 있다. 부상 및 약장 패용권이 주어지는 학업상을 받을 수 있고, 유럽 · 미주 · 일본 등 해외 공적 견학의 기회가 주어진다. 또, 종합 성적이 좋으면 졸업할 때

국방부 장관 혹은 대통령이 직접 주는 상도 받을 수 있다. 그리고 조종 특기가 아닌 경우 종합 성적순으로 특기 선택권이 주어진다. 아주 높은 성적은 아니지만 4학년 때 지휘근무생도에 지원하려면 일정 수준 이상의 성적을 받아야 하기도 한다.

만약 이런 이점에 관심이 없다면 공부를 열심히 하지 않아도 될까? 그건 또 아니다. 중간고사에서 한 과목이라도 60점 미만의 점수를 받으면 기말고사 시험 2주 전부터 외박이 제한된다. 또, 평점 F를 받은 과목이 하나라도 있으면 다음 방학의 일정 기간을 반납하고 학교에 복귀하여 재수강해야 한다. 게다가 평점 평균이 가장 낮은 몇몇에게는 '학사경고'가 내려지는데, 이것이 누적될 시에는 퇴교심의 대상이 되기도 한다. 이렇듯 생도에게도 최소한의 학업은 요구된다.

1학년 1학기 때는 내 나름대로 공부를 열심히 했다. 좋은 성적을 받아서 무엇인가 이루겠다는 생각보다는, 고등학교 때 책상에 앉아 있던 습관이 남아 있어 남는 시간이 있으면 책상에 앉아 뭐라도 끄적였다. 그렇게 해서 그 학기에 받은 평균 평점은 3.9, 등수로는 약 180명 중 31등이었다. 자랑할 만큼 엄청 잘했다고는 할 수 없지만 나쁘지 않은 성적이었다. 하지만 나는 결과에 대해 만족할 수 없었다. 그때 시험 공부를 하면서 느꼈던 것은 한 가지였다. 고등학생 때의 공부와 별반 다르지 않다는 것. 결과와는 별개로 나는 공부 자체에 큰 회의감이 들었다.

나는 중고등학생 때부터 항상 암기 과목이 내 성적의 발목을 잡았다. 고등학생 때 같은 과학 분야임에도 암기보다 응용이 많은 물리는 3등급, 암기가 대부분인 생명과학은 7등급을 받았다. 또, 수학은 2등급까지 맞아본 적도 있지만 한국사는 7~8등급을 벗어난 적이 없었다. 나는 나 스스로를 질책했다.

'내가 암기 과목을 싫어하기 때문에 노력을 그만큼 덜 해서 낮은 점수를 받은 거야.'

그래서 다음 시험 기간에는 대부분의 시간을 암기 과목을 공부하는 데 투자했다. 하지만 결과는 똑같았다. 낮은 점수를 벗어나지 못했다. 물론 내 공부 방법이 잘못된 것일 수도 있지만, 그렇다 하더라도 노력의 단 1%라도 성적으로 보상받지 못했다는 것에 충격이 컸다. 그럼에도 나를 위로했다.

'대학교에 가면 내가 하고 싶은 공부만 할 수 있을 거야, 암기 과목은 안 해도 될 거야.'

생도 1학년 1학기 성적은 대부분의 과목에서 평점 A 이상을 받았지만, 역시 암기 과목이 발목을 잡아 높은 성적을 받지 못했다. 높은 성적을 받지 못한 것뿐만 아니라 암기 과목을 계속 공부해야 한다는 점에서 크게 절망했다. 더 정확히 말하자면, 암기 과목을 공부하는 것은 좋지만 내가 얼마나 외웠는지 평가되는 것이 싫었다. 학업에 대한 의욕이 사라졌다. 10시간을 공부해서 평점 A를 받는 나보다 1시간만 공부하고 평점

C를 받는 동기생이 더 행복해 보였다. 그리고 결심했다.

'1학년 2학기에는 공부하지 말자! 막 나가보자!'

2학기에는 150여 등을 했고, 다행히 과락이나 학사경고는 피했다. 그동안 시험을 볼 때는 만점을 맞고 싶어 한 문제라도 틀릴까 걱정했다면, 처음으로 과락을 면하고 싶어 한 문제라도 더 맞았으면 좋겠다는 생각을 했다. 그러나 다른 동기들이 다 공부할 때 혼자 공부 안 하고 다른 일을 한다는 것이 생각처럼 쉽지는 않았다. 과락에 대한 걱정도 계속 들었고, 공부를 해야 하는 것이 학생의 본분인데 그렇게 하지 않아 죄책감이 들기도 했다. 그래도 이전까지는 이렇게 공부에서 손을 떼본 적이 없었기에 처음 겪어본 참신한 경험이었다.

2학년 때부터는 성적에 연연하지 않고 마음 편하게 공부를 했다. 흥미로운 과목은 열심히 했고, 좋아하지 않는 과목은 과락을 면할 수 있을 정도로만 공부했다. 예전부터 관심과 흥미가 있던 전공 수업은 암기보다는 이해와 응용의 비중이 더 커 좋은 평점을 받았지만, 암기할 것이 많은 군사학 및 교양 과목은 나름 흥미롭게 수업을 들었음에도 불구하고 공부한 내용을 외우지 못해 좋지 않은 점수를 받았다. 그렇기에 이 평점들을 종합적으로 합치면 나는 우등생도 열등생도 아니었다.

내가 우등생은 아니었더라도, 전공 수업 시간에 배운 내용을 바탕으로 끊임없이 공부하고 연구하며 만들어낸 결과물이 학교 운영에 크게 도움이 된 적도 있다. 그 결과물은 바로 '생도 현황 종합 웹 체계'로, 생도들이 기존에 대면 또는 유선 연락으로 해오던 각종 보고를 교육용 노트북이나 스마트폰으로도 할 수 있도록 만든 체계이다. 주요 기능은 '주요 일과 열외 신청' 기능과 '환자 등록 및 말소' 기능, 그리고 '행선지 관리' 기능 등 3가지이다. 이 중 행선지 관리 기능은 코로나19가 점점 심각해지면서 추후에 개발한 것인데, 생도들이 본인의 행선지를 입력하면 훈육요원은 전 생도의 위치를 한눈에 파악할 수 있다. 이 기능은 2020년 하계 · 동계 휴가 기간에 사용되며 코로나19 방역에 큰 공헌을 했다. 이 체계는 큰 호응을 얻고 『공사신문』, 『국방일보』에도 소개가 됐고, 이를 계기로 『국방일보』에 오피니언을 기고하기도 했다. 또, 공군사관학교 70주년 기념 대통령 축하 서신에도 나의 체계가 언급됐다.

여가 시간 보내기

2학년 때 1학년 후배에게 사역을 넘긴 뒤에는 개인적으로 무언가 할 수 있는 충분한 시간이 생겼다. 정규 수업이 끝나는 오후 5시부터 저녁점호까지 네다섯 시간을 활용할 수 있었다. 갑자기 생긴 여유 시간을 유익하게 보낸다는 것이 생각처럼 쉽지는 않았다. 이성은 운동을 하거나 책을 읽는 등 자기계발을 하라고 지시했지만, 몸은 항상 침대로 향했다. 쉬지도 않고 운동이나 공부를 하는 동기생을 보면 내가 이래도 되나 하고 약간의 죄책감이 들기도 했지만, 한편으로는 지난 1년간 사역을 하느라 제대로 쉬지도 못하고 고생한 것에 대한 어느 정도의 보상이라고 생각했다. 동기들보다 조금 더 쉬면 어떠한가. 이렇게 아무 것도 안 하고 쉬기만 하면서 보내는 시기도 언젠가 지나가리라 믿었다.

하지만 시간이 지나도 침대의 늪에서 빠져나오지 못했다. 수업이 끝나면 밥을 먹고 곧바로 이불 속으로 들어갔다. 한 가지 달라진 것이 있다면, 긍정적이게도 손에 휴대전화가 아닌 책을 들었다는 점이다. 침대에 누워서 휴대전화로 유튜브 보기, 영화 보기, SNS 등을 질릴 때까지 한 덕에 휴대전화를 내려놓고 대신 책을 찾게 된 것이다. 처음에는 재미있고 읽기 쉬운 소설을 읽으며 책과 친해졌고, 점차 역사나 철학 분야 책도 읽으며 부족한 지식과 교양을 쌓았다.

글을 읽기만 하다가 나중에는 직접 글을 쓰기 시작했다. 기자생도로서 신문이 발간될 때마다 기사를 쓰기는 했지만, 자발적으로 글을 쓴 적은 거의 없었다. 주로 주변에 있었던 일이나 내가 지닌 생각 등 수필을 썼다. 처음에는 쓴 글을 바탕화면 한 폴더에 그저 쌓아두었는데, 나중에 이 글들을 여러 수필 공모전에 응모했다. 주제가 다른 공모전은 새로 글을 써서 보내기도 했다. 하지만 아쉽게도 결과는 전부 낙선이었다.

그래도 내가 쓴 글이 빛을 보는 곳이 있었다. 바로 공군사관학교에서 주최하는 문학공모전인 '하늘문화상' 공모전이었다. 공모 분야에는 사진, 수필, 시, 소설 등 4가지가 있었다. 2학년 때 처음으로 응모했는데, 사진과 수필 부문에 지원해 사진에서만 가작으로 입선했다. 아이러니하게 응모하기 위해 열심히 쓴 수필보다 아무 욕심 없이 여행 가서 찍은 사진이 더 좋은 결실을 맺었다. 드디어 3학년 때는 수필 부문에서도 입

상할 수 있었다. 그것도 최우수상으로. 사진도 작년과 똑같이 여행 가서 찍은 사진을 제출해 가작으로 입선했다.

4학년 때는 마지막인 만큼 좀 색다른 도전을 하고 싶었다. 그래서 기존에 공모하던 사진, 수필 부문 외에도 시와 소설 부문까지 도전했다. 고등학교 때 시의 심상, 운율, 구조 등 시에 대해서 배운 것이 많았는데, 막상 시를 쓸 때 이를 적용하려니 글에 내 생각이 제대로 담기지 않았다. 그래서 기숙사에서의 생활에 대한 내용으로 산문시를 썼다. 소설은 엄두조차 나지 않았다. 시는 A4용지 반만 채워도 충분했지만, 소설은 몇 쪽을 나의 상상으로만 가득 채워야 했다. 어떤 참신한 이야기도 생각 나지 않았다. 일단 장르부터 정하기로 했다.

'영화 〈왕의 남자〉나 〈방자전〉처럼 역사를 각색하여 써야겠다.'

이 방향으로 역사책을 찾아 읽다 보니 참신한 아이디어가 떠올랐다. 광해군의 아들인 폐세자 이질이 유배지에서 탈출을 시도했다는 기록을 보고, 이를 배경으로 유배지에서 탈출하는 소설을 썼다. 아쉽게도 그해 도전한 4가지 부문에서 수필과 시만 가작으로 입상하고, 나머지는 모두 낙선했다.

여가 시간 내내 책을 읽거나 글을 쓰는 정적인 활동만 할 수는 없었다. 기초적인 체력을 관리하기 위해서는 운동을 하며 몸을 써야 했다. 운동을 하지 않으면 몸이 근질근질할 정도로 좋아하기에 운동을 열심히 하기도 했다. 처음에는 좋아하는 사람이 많아 같이 할 사람을 모으기 쉬운 풋살을 자주 했다. 잘하는 편은 아니었지만, 같은 팀에게 민폐를 끼치는 수준은 아니기에 동기들이 나를 자주 불러주었다. 그러다가 점차 다른 종목에도 도전하기 시작했다. 배드민턴과 탁구였다.

고학년이 되니 테니스를 치는 동기생이 많아졌다. 정규 수업 때 테니스를 배우며 흥미를 갖게 된 점도 있지만, '일선 부대에 가면 상관과 테니스를 칠 줄 아는 것이 중요하다'라고 귀가 마르고 닳도록 들어왔기에 테니스를 치게 된 것도 있다. 그래서 모두가 졸업하기 전에 테니스를 기본 소양처럼 익히려 했다. 나는 이를 알고도 관심이 없다가 4학년 때 어쩌다가 한번 테니스를 치게 됐는데, 그 이후로 테니스에 흥미를 갖게 됐다. 어떤 날은 서너 시간이나 치기도 했다. 당연히 안 하던 운동을 하니 엄지에 잡히는 물집과 손목 통증은 피할 수 없었다.

또, 웨이트 트레이닝을 소홀히 할 수 없었다. 조종사가 높은 중력가속도를 버티기 위해서는 강한 근력이 필수이기 때문이다. 처음에는 단지 근력을 기르자는 의무감으로 했다면, 나중에는 점차 커지는 내 몸과 높아지는 체성분 검사 결과를 보며 흥미도 생겼다. 주 2회 1시간씩 하던 웨이트 트레이닝을 나중에는 주 3회 2시간씩 했다. 한편, 웨이트 트레이닝에 관심이 많은 동기들은 식단까지 조절해가며 보디프로필 촬영에 도전하기도 했다.

풋살, 탁구, 배드민턴, 테니스, 웨이트 트레이닝 등 무려 5가지 운동을 하다 보니 자연스레 운동량이 체대생에 버금갈 정도로 상당해졌다. 일주일 동안 운동을 하는 시간이 20시간을 훌쩍 넘기도 했다. 저녁을 먹고 나서 웨이트 트레이닝을 한 뒤에 풋살을 하고 탁구를 치는 등 3가지 운동을 2시간씩 하며 하루에 6시간을 운동했다. 이렇다 보니 신체적으로 건강할 수밖에 없었다.

나는 책을 한 권 읽으면 끝나고, 글을 한 편 쓰면 끝나고, 운동 한 경기를 하고 땀을 흘리면 끝나는 단기적인 활동으로 여가 시간을 보냈다. 반면에 여가 시간을 장기적으로 활용하는 동기생도 있었다. 그들은 스페인어나 프랑스어, 일본어 등 외국어를 공부하거나 자격증 시험을 공부했다. 여가 시간을 1년, 나아가 생도 생활 전체로 길게 보면 이런 공부를 하기에 부족하지 않은 시간이었다. 지나고 나니 무언가 결과가 남았을 장기적인 자기계발을 하나라도 해볼 걸 그랬다는 후회가 남기도 했다.

나는 '19호실'이 없었다

고등학교 3년, 공군사관학교 4년. 나는 7년이라는 긴 시간 동안 학교 기숙사 생활을 하며 단체생활을 했다. 고등학생 때는 많게는 8명, 적게는 6명이 좁은 방 하나를 같이 쓰며 시끌벅적하게 살았다. 밥을 먹을 때나, 등교를 할 때나 곁에는 늘 친구들이 있었다. 하루 종일 같이 있어도 자기 전에는 각자 침대에 누워 본인만의 이야기 보따리를 풀었다. 외부 업체에 맡긴 빨래가 도착하면 다 같이 둘러앉아 각자의 빨래를 찾아가고, 친구의 빨래가 먼저 보이면 그것을 친구에게 건네주기도 했다. 이 속옷이 누구의 것인지 알 정도로 우리는 서로의 모든 것을 공유하며 떼려야 뗄 수 없는 사이가 되었다.

공군사관학교에서의 기숙사 생활도 별반 다르지 않았다. 굳이 고등학생 때와 다른 점을 찾자면 같이 생활하는 인원이 2명 내지 4명으로 적어졌다는 것과 빨래는 각자 한다는 것뿐이었다. 나는 고등학생 때부터 기숙사 생활을 했기에 함께 샤워를 하고, 함께 밥을 먹는 이 생활에 적응하는 것이 전혀 어렵지 않았다. 오히려 혼자 샤워를 하고, 혼자 밥을 먹는다면 왕따가 됐냐며 놀리기도 했다. 이렇게 나는 7년 동안 24시간 친구들과 함께 지내며 살았다.

역설적으로는 7년 동안 혼자만의 시간과 공간이 없었다는 뜻이기도 했다. 혼자 어떠한 이유로 심각한 고민이나 슬픔에 잠기다가도 룸메이트가 말을 걸면 아무렇지도 않다는 듯이 대답해야 했고, 피부질환으로 부끄러워 혼자 씻고 싶으면 아무도 없는 새벽에 일어나 씻어야 했다. 고등학생 때 온몸에 붉은 반점이 생기는 '다형 홍반'을 앓았는데 전혀 아프거나 간지럽지도 않아 생활에 지장은 없었다. 하지만 친구들에게 이런 몸을 보여주며 같이 씻을 자신이 없어 일주일을 결석하고 집에서 보낸 적이 있다. 또, 여자친구와 심각한 내용의 전화 통화를 하고 있는데, 이를 알 리 없는 친구가 방문을 벌컥 열고 들어와 수화기 너머 나와 여자친구 사이에서 장난을 쳤고, 나와 여자친구의 분위기는 더 심각해지기도 했다.

공군사관학교의 생활실 문에는 작은 유리 창문이 있다. 그 창문을 통해 방 밖에서도 내가 방 안에서 무엇을 하는지 들여다볼 수 있다. 그러다 보니 가끔 내가 동물원 우리 안에 갇혀 있는 동물 같다는 생각이 들기도 했다. 생활실은 감시의 공간인 동시에 검사의 공간이 되기도 했다. 일주일에 한 번은 내가 방 청소는 잘했는지, 옷은 잘 접었는지, 그리고 유통기한이 지난 음식을 버렸는지까지도 검사를 맡아야 했다. 졸업할 즈음에는 그렇지 않았지만, 1학년 때는 체육 수업을 하고 방에 돌아오면 방 안이 아수라장이 되어 있었다. 선배 생도가 그 시간에 우리 방을 둘러보면서 옷이나 군장품 등의 물건이 정리된 것이 마음에 들지 않아 침대 위에 던져놓은 것이다. 완벽하게 다시 정리해놓으라는 뜻이었다. 또, 선배가 예고도 없이 놀러 오면 하던 일을 멈추고 그를 맞아야 했다. 내가 아닌 룸메이트를 보기 위해 왔더라도 나는 침대에 누워 쉴 수 없었다.

한마디로 7년간 나만의 공간이 없었다. 도리스 레싱의 단편소설 「19호실로 가다」에 나오는 '19호실' 같은 자신만의 공간 말이다. 물론 7년간의 기숙사 생활을 통해 다른 사람의 생활을 이해하며 배려하는 법을 배웠고, 사람들과 함께 사는 것의 재미도 느꼈다. 밤에 불을 끄고 룸메이트와 이야기를 나누다 보면 시간 가는 줄 몰랐고, 혼자 샤워하는 것보다 공용 샤워실에서 노래를 떼창하며 씻는 것이 더 즐거웠다. 힘들 때는 옆에 있는 친구에게 바로 위로받을 수 있었으며, 기쁜 일이 있으면 나보다도 더 기뻐하며 축하해주기도 했다.

그러나 때로는 나도 나만의 공간에서 혼자만의 시간을 보내고 싶었다. 가끔은 고독을 원했다. 고민이 있을 때는 아무도 방해할 수 없는 내 방 안에 조용히 앉아 쉬고 싶었다. 신경 써야 하는 룸메이트가 없는 방 안에서 내 마음대로 자고 싶은 시간에 불을 끄고, 일어나고 싶은 시간에 알람을 맞추고 싶었다. 청소도 누가 시켜서 하는 것이 아니라, 필요에 의해 자발적으로 해보고 싶었다. 내게는 심리적으로 완전히 편안함을 느낄 수 있는 나만의 '19호실'이 없었다.

정부부처 기자단 도전기

나는 신문편집국 기자생도가 되어 글을 쓰고 『공사신문』에 내 글을 싣는 것이 매우 즐거웠다. 『공사신문』의 경우에는 학년이 높아질수록 기사를 잘 쓰지 않으려 하는데, 나는 학년이 올라갈수록 기삿거리를 찾아 열심히 기사를 쓰곤 했다. 4학년 말이 되니 학교를 졸업하면 더 이상 『공사신문』에 글을 쓸 수 없다는 생각에 아쉬움이 커지고 있었다. 물론 비정기적으로 『국방일보』나 『공사신문』에 기고는 가능하겠지만, 매번 기고할 수는 없는 노릇이기에 이것에도 한계가 있었다.

그러던 중 우연히 유튜브에서 '2021 대한민국 정책기자단'을 모집한다는 영상을 봤다. 문화체육관광부가 주관하는 대한민국 정책기자단은 다양한 매체를 통해 국민에게 필요하거나 국민이 알고 싶어 하는 정책과 정보를 홍보하고 소통하는 활동을 한다. 교내 잡지인『하늘』지에 '국군복지 TIP'에 대한 주제로 기고했을 정도로 평소에 군 관련 복지 정책에 관심이 많았기에 정책기자단 활동에 관심이 생겼다. 정책기자단 활동을 하면서 군인이 누릴 수 있는 혜택과 복지를 군 가족에게 알릴 수 있는 통로가 되었으면 했다.

문제는 내가 '군인' 신분이라는 점이었다. 공무원인 군인은 겸업이 되지 않고, 영리를 목적으로 하는 행위도 할 수 없다. 기자단 활동이 규정에 위배되는 것은 아닌지 고민해볼 필요가 있었다.

'전문적인 기자가 아닌 기자단이 직업에 해당할까?'

'기사를 쓰면 소정의 원고료를 받는데 이것이 영리를 위한 목적에 포함될까?'

이는 일단 합격하고 발대식에 참석하기 전에 고민할 일이었다. 그래서 일단 지원부터 했다. 결과는 불합격이었다. 아쉬움이 남았지만 이를 계기로 정부에서 모집하는 다양한 기자단이 있다는 것을 알게 되었고, 다른 기자단에도 도전해보기로 했다.

대학생을 대상으로 기자단을 선발하는 곳이 많아 이제 졸업하는 내가 지원할 수 있는 곳은 많지 않았다. 그중 국가보훈처에서 기자단을 모집한다는 공고가 눈에 들어왔다. 이 기자단은 보훈 정책과 다양한 보훈 행사를 취재해 블로그에 기사를 쓰는 활동을 한다. 대학생부터 일반인까지 모두 활동이 가능했다. 국가보훈은 군인이었던 외삼촌이 돌아가시어 현충원에 안장되는 과정을 옆에서 지켜보면서 자연스레 관심이 생겼었다. 그때 당시 나의 일기인 수양록에는 이렇게 적혀 있다.

누구보다 나라를 사랑했던 외삼촌의 조문실

2019년 3월 17일

36년간 군 생활을 하신 후 고엽제 후유증과 암으로 고생하시던 외삼촌이 돌아가셨다. 외삼촌은 전방에서 간첩을 5명이나 잡은 이력과 고엽제로 인한 피해를 인정받아 '국가유공자'로서 국립현충원에 안치될 수 있었다. 외삼촌은 수의 대신 육군 정복을 입을 정도로 국가와 군에 대한 사랑이 투철하신 분이었다. 나 또한 "배우고 익혀서, 몸과 마음을 조국과 하늘에 바친다."라는 교훈처럼 임관 후 국가에 헌신하다 보면 외삼촌의 묘역 옆 빈자리가 나의 묘역이 될 수 있을 것 같다는 생각이 들었다. 외삼촌은 내가 앞으로 걷게 될 길일 것임이 분명하다.

이런 나의 관심을 지원서에 담아 국가보훈처 기자단에 지원했고, 1차 서류 심사에 합격했다는 문자를 받았다. 2차 심사는 온라인 면접이었는데, 내가 교내에 있었기에 휴대전화 카메라 사용을 허가받기 위해 중대장님을 찾아갔다. 그리고 중대장님에게 이 상황을 말씀드렸다. 그런데 중대장님의 대답은 다소 충격적이었다. 직업 군인이 원고료를 받는 기자단 활동이 가능한지 확인해보겠다는 것이었다. 나는 국가보훈처는 정부 부처이면서 처장은 군인 출신이 재임할 정도로 군과의 연관성도 있어 당연히 기자단 활동이 가능할 것이라 생각했다.

며칠 뒤 중대장님에게 연락이 왔다. 기자단 활동이 힘들 것 같다는 대답이었다. 내가 임관하면 조종 피교육 장교가 되는데, 이 활동이 직무와의 연관성이 적기 때문이었다. 또, 행사를 취재하고 기사를 쓰면 적지 않은 시간이 소비되기에, 조종 훈련을 받는 데 지장이 갈 수 있다는 것을 나도 어느 정도 인지하고 있었다. 그래서 그 이유에 대해 충분히 이해할 수 있었다. 하지만 아쉬운 것은 어쩔 수 없었다. 완전히 불가능하다고는 하지 않았으니 임관 후에 겸업 허가서를 신청하여 승인이 될 수도 있는 것이 아닌가. 그래서 나는 2차 면접을 보기로 결정했다.

국가보훈처 관계자에게 내가 나중에 합격해도 기자단 활동을 못할 수 있다고 말했다. 나를 선발할 때 이러한 위험을 감수할 수 있는지 고려해달라는 목적이었다. 아무 말 안 하고 면접에 응할 수 있었지만, 내가 합격했다가 활동을 하지 못한다면 나로 인해 선발되지 못한 지원자에게 미안한 일이었다. 개인적으로 면접을 잘 봤다고 생각했다. 하지만 합격자 명단에 내 이름은 없었다. 나는 결과를 겸허히 받아들였다.

지금 기자단 활동을 하지 못한다는 아쉬움보다는 생도 때 다양한 기자단 활동이 있다는 것을 알았다면 지원해봤을 텐데 하는 아쉬움이 남았다. 여러 곳을 취재도 다니며 견문을 넓히고, 다른 대학생 기자단과 교류하며 인간관계를 넓힐 수 있었을 텐데 말이다.

나는 앞으로 다가올 조종이라는 나의 일에만 전념하기로 했다.

아직 조종사가 아니라고요!

'명절 잔소리 메뉴판'이라는 것을 들어본 적이 있을 것이다. 명절에 친지를 방문하면 듣는 웃어른의 잔소리에 스트레스를 받기 때문에, 잔소리를 하려면 그에 응당한 비용을 지불하라는 의미로 만든 '잔소리-가격' 메뉴판이다. 유형에 따른 잔소리로는 수험생에게 '수능 성적은 잘 받았니?', 갓 성인이 된 남성에게는 '군대는 언제 가니?', 졸업을 앞두고 있는 학생에게는 '취업 준비는 잘 돼가니?', 취업한 사람에게는 '연봉은 얼마 정도 받니?', 20대 후반에 접어든 사람에게는 '결혼은 언제 하니?', 결혼한 신혼부부에게는 '애는 언제 낳을 예정이니?' 등이 있다.

그렇다면 공군사관생도가 자주 들을 만한 잔소리에는 무엇이 있을까? 아마도 '이제 졸업하면 조종사가 되는 거니?'라는 질문이 아닐까 한다. 대다수의 사람들에게 공군사관학교는 조종사가 되는 곳이라는 인식이 자리 잡고 있기 때문인 듯하다. 드라마나 영화 등에서 공군사관학교가 비춰질 때 대부분 주인공이 조종사가 되고 싶으면 공군사관학교에 갔고, 공군사관학교를 졸업한 주인공은 모두 조종사가 되었다. 공군사관학교를 졸업한 뒤에 조종사가 되지 않은 일반 장교가 비춰진 적은 없는 듯하다. 따라서 사람들이 이런 질문을 하는 것은 자연스러운 일일지도 모르겠다. 그러나 공군사관학교는 조종사뿐 아니라 다양한 분야에서 본인만의 특기를 갖고 대한민국 하늘을 드높일 정예 공군 장교를 양성하기도 한다. 공군사관학교를 졸업했다고 해서 모두가 조종사가 되는 것은 아니라는 뜻이다.

본격적인 조종 교육은 졸업 전후부터 약 20개월간 실시한다. 생도 때는 공중 근무환경 적응을 위한 네 차례 정도의 관숙비행과 가속도 내성 강화훈련 정도만 실시할 뿐 실질적인 조종 교육을 받지는 않는다. 조종 교육을 받더라도 모두가 조종사의 상징인 '빨간 마후라'를 목에 두르며 조종사가 되는 것도 아니다. 조종 교육을 받는 중간에 개인의 비행 실력이 부족해 평가에 떨어져 일명 '그라운딩(Grounding)'되거나 훈련 과정이 정신적 · 신체적으로 힘들어 직접 두 손을 들고 포기하기도 한다. 또, 생도 때부터 신체적 결함이 있어 조종 교육에 입과하지 못하고 바로 비조종 특기를 부여받기도 한다. 그렇기에 아직 졸업하지 않은 공군사관생도에게 "이제 조종사가 되는 거니?"라고 묻는 것은 걸음마도 떼지 않은 아이에게 언제 뛰냐고 묻는 것과 같다고 할 수 있다. 가끔 이 질문 외에도 "비행기 운전 해봤니?"라는 질문을 받기도 했는데, 나는 "졸업 후에 교육 받습니다" 또는 "작은 비행기를 타보기만 했습니다"라고 답할 수밖에 없었다.

질문하는 사람은 단순히 궁금해서, 혹은 조종사가 됐으면 하는 바람에서 물은 건데, 상대방이 잔소리처럼 듣는다면 질문한 사람의 입장에서 다소 억울할 수도 있을 것 같다. 하지만 순수한 의도였더라도 잔소리처럼 들리는 이유는 듣는 이에게 부담감을 주기 때문이다. 조종 교육에 입과하여 시간이 지남에 따라 자연스럽게 조종사가 된다면 상관없겠지만, 자신이 그라운딩되어 조종사의 길로 가지 못하게 될 수 있으니 이 질문이 부담으로 작용하는 것이다. 게다가 질문에 내포되어 있는 '네가 조종사가 되어주었으면 좋겠다'는 질문자의 기대는 이런 부담감을 더욱 가중시킨다.

4학년 때 조종 특기를 포기한 동기생이 있었다. 그는 하늘에 올라가면 심한 멀미를 하고 머리가 하얘지는 고소공포증이 있음에도 이런 부담 때문에 참고 견디다 내린 결정이었다. 그 동기생이 나에게 한 말이 아직도 기억에 남는다.

"할머니랑 친척분들은 내가 조종사가 되는 것으로 알고 계시는데, 조종 못 하게 됐다고 어떻게 말하지?"

공군사관학교 생도들이 조종에 대해 얼마나 많은 부담을 지니고 있는지 보여주는 짧고 굵은 한 문장이었다. 본인 스스로도 '내가 중간에 그라운딩 안 되고 조종을 잘할 수 있을까' 걱정하며 불확실한 미래에 대한 스트레스를 받는데, 이렇게 주위에서 주는 부담이 그 생도에게 좋게 들릴 리가 없다.

나 또한 학교에 입학하고 나서부터 졸업하는 순간까지도 친척과 친구들로부터 이제 조종사가 되는 거냐는 질문을 정말 많이 받았다. 그럴 때마다 나는 "졸업 후에 조종 교육 시작해서 아직은 잘 몰라요"라며 그 자리를 회피했다. 자리를 피하더라도 이런 질문에 내포된 기대에서 오는 부담감은 갈수록 쌓여갔다. 이런 부담은 나의 생각을 '조종사가 되고 싶다'는 희망사항에서 '조종사가 되어야만 한다'는 의무사항으로 바꾸어가고 있었다.

우스갯소리로 생도가 조종사가 되는 과정을 '긁지 않은 복권'이라고 말하기도 한다. 그 복권은 조종사가 되면 당첨, 조종사가 되지 못하면 꽝이 된다. 물론 복권처럼 운에 의해 조종사가 되는 것은 아니지만 말이다. 그러므로 아직 조종 교육에 입과하지 않은 생도는 긁지 않은 복권이기 때문에 '이제 조종사가 되는 것이니'라는 질문에 "나중에 결정돼요"와 같은 대답으로 상황을 피할 수 있다. 긁지 않은 복권의 특혜이다. 하지만 복권을 긁었는데 '꽝'이라면 어떻게 대답할 수 있을까? 조종 교육을 받다가 중간에 그라운딩됐다면 주위 사람들에게 이 결과에 대해 어떻게 설명할 수 있을까? 어쩌면 이런 부담감이 힘든 조종 교육과정을 더 악착같이 버틸 수 있게 해주는 원동력이 되어주는 걸까? 이 글을 쓰는 시점에 나는 아직 조종 교육에 입과하지 않았기 때문에 어떻다 말할 수 없다.

나는 조종사가 되고 싶었고, 이제는 조종사가 되어야만 한다.

대망의 공군사관학교 졸업 및 임관식

코로나19로 인해 1년 선배들은 부모님을 학교에 초대하지 못하고, 재학생의 축하만 받으며 졸업 및 임관식(이하 졸업식)을 마쳐야만 했다. 나는 부모님에게 직접 꽃다발도 받지 못한 1년 선배들을 보며 매일같이 기도했다.

'제발 코로나19가 잠잠해져서 제 졸업식에는 부모님이 올 수 있게 해주세요.'

내 인생에서 딱 한 번밖에 없을 졸업식이자 임관식인데, 이 기쁨을 부모님과 함께 누릴 수 없다면 그보다 허탈한 일이 없을 것 같았다. 나는 졸업식만큼은 부모님과 함께하고 싶었다. 아직 1년이라는 시간이 있기에 완전히 불가능한 일은 아닐 것이라고 믿었다. 다행히도 코로나19 확

산이 차츰 잠잠해지더니 2020년 여름에는 하루 확진자가 10명을 맴돌았다. 이 정도면 졸업식에 부모님을 초대할 수 있지 않을까 하는 희망이 생겼다. 하지만 이 희망은 그렇게 오래가지 못했다. 3차 대유행이 시작하면서 하루 확진자 수는 수백 명을 그냥 넘었다. 유행이 멈추지 않고 계속되자 더 이상 실낱같은 기대조차 할 수 없었다. 그리고 나는 졸업식에 부모님이 함께하지 못한다는 것을 조금씩 받아들여야만 했다.

4학년 동계 휴가가 끝나고 학교에 복귀하니 졸업할 날이 얼마 남지 않았다는 사실이 갑자기 확 와닿았다. 1년 선배가 졸업하고 학교를 떠난 지 그렇게 오래된 것 같지 않은데, 벌써 내가 학교를 떠나야 할 차례가 된 것이다. 신입생의 입학식이 끝나고, 별관으로 이사한 뒤에야 제69기 졸업식 훈련이 시작됐다.

나의 졸업식은 선배들의 졸업식과 조금 달랐다. 행사가 간소화되면서, 그만큼 행사 길이도 짧아졌다. 거의 매년 실시하던, 주요 내빈과 차례대로 악수하며 축하와 격려를 받는 악수 행진이 식순에서 빠졌으며, 총기 대신 졸업장 및 임관사령장을 들고 하는 분열도 실시하지 않았다. 다른 사람이 달아주던 소위 계급장도 임관자가 직접 어깨에 손을 올리며 했다. 행사 시간이 짧아지는 만큼 서 있는 시간이 짧아져 몸이 덜 고생하기는 했지만, 내가 주인공인 졸업식이 짧아지는 것이 마냥 좋지만은 않았다. 그래도 졸업생은 재학생과 달리 행사 중에 하는 것이 사진

촬영 대형 형성을 제외하고는 차렷, 열중쉬어, 뒤로 돌아 등의 기본 제식밖에 없었기에 훈련은 매우 편하게 할 수 있었다.

대망의 졸업식 당일이 되었다. 행사 준비를 위해 이른 시간에 점심을 먹고, 행사 시작 시간이 다가오자 행사 복장인 장교 정복으로 갈아입었다. 행사에 참석하지 못하는 부모님을 대신해 공군사관학교 학부모 모임에서 코르사주를 제공해주어 장미 두 송이를 왼쪽 가슴에 달았다. 그리고 셀카 한 장을 찍어 부모님께 보냈다.

"저 졸업식 하러 가요. 온라인 중계하는 것 보시면 돼요."

연병장에 진입하기에 앞서 입장 대기선에 정렬했다. 전날까지만 해도 졸업할 생각에 설레었는데 당일만큼은 그렇지 않았다. 1학년 때부터 졸업하는 순간만을 기다렸음에도 막상 졸업하려니 온갖 생각과 감정이 교차했다.

생각에 잠기던 사이 우리 졸업생 부대가 연병장으로 진입하고 있었다. 부모님이 앉아 계셨어야 할 멀리 보이는 객석은 텅 비어 있었다. 따스한 햇살만이 우리를 맞이해주었다. 실전에 강하다던 동기들은 하는 둥 마는 둥 하던 연습 때와는 달리 졸업식 당일만큼은 절도 있는 제식 동작을 보여주었다. 그렇게 국방부 장관님이 사열대로 입장함과 동시에 공군사관학교 제69기 졸업 및 임관식이 시작했다. 여러 식순을 거쳐, 양쪽 어깨에 있는 계급장 가리개를 제거하고 임관 선서를 했다.

"나는 대한민국의 장교로서 국가와 국민을 위하여 충성을 다하고 헌법과 법규를 준수하며 부여된 직책과 임무를 성실히 수행할 것을 엄숙히 선서합니다. 2021년 3월 19일. 공군 소위 김범수!"

누구는 이것이 형식적인 선서라고 생각할 수도 있지만, 나는 임관 선서를 하며 공군 장교로서 책임과 무게를 느꼈다.

행사의 막바지에는 자리에 참석하지 못한 부모님의 축하 영상이 있었다. 영상이 있다는 것은 알았지만, 당일에야 처음 볼 수 있었다. 연습과 검열 때는 한 번도 영상이 상영되지 않고, "8분간 대기하겠습니다"라는 사회자의 멘트와 함께 빈 전광판 화면만 바라봐야 했다. 1중대의 영상부터 차례대로 상영되기 때문에 5중대인 나는 좀 기다려야 했다. 모두가 영상을 잘 보기 위해 까치발을 들거나 고개를 돌렸다. 그래도 움직이지 않고 대형은 유지해야 했기에, 각자 본인의 자리에서 가장 잘 보이는 자세를 찾아야 했다. 드디어 부모님 영상이 나왔다. 화면이 두 분의 얼굴로 가득 찼다. 배경은 거실 벽에 출력해 붙여놓은 졸업 축하 문구 같았는데, 부모님에게 가려 한 글자도 제대로 보이지 않았다. 그건 중요하지 않았다. 부모님과 화면으로나마 졸업식을 함께할 수 있다는 것으로도 행복했으니까.

"졸업 축하한다. 사랑해~!"

"사랑해, 범수야!"

아버지, 어머니의 목소리가 들려왔고, 부모님이 보고 싶었다.

영상이 끝나고 나니 재학생들의 분열이 있었다. 후배들의 "필승!"이라는 경례에 크게 환호했다. 에어쇼를 본 뒤에는 내빈과의 기념사진 촬영이 있었고, 이후 국방부 장관님을 향한 졸업식의 꽃, 졸업생의 '독수리 구호'를 보여드렸다. 원래는 졸업 및 임관식 행사가 완전히 끝나고 독수리 구호를 했는데, 전년에 이어 식순에 독수리 구호가 포함됐다. 마지막 구호에 정모를 하늘로 던지며 모든 행사가 끝이 났다.

졸업식 당일, 졸업증서와
임관사령장을 받고서

하지만 공식적인 행사가 끝난 것일 뿐, 졸업생과 재학생은 아직 끝나지 않았다. 국방부 장관님과 내빈이 퇴장한 뒤에 졸업생끼리 식순의 일환이 아닌, 진정한 의미로 독수리 구호를 다시 했다. 우리는 다시 정모를 한 손 위에 들고 "우! 우! 우!" 소리를 내며 뭉쳤다. 졸업동기회장의 선창으로 독수리 구호를 시작했다.

"독수리 구호 준비!"

"까~시!"

졸업생들이 외쳤다. 재학생들의 "에이~" 하는 야유가 들려왔다. 목소리를 더 크게 하라는 뜻이었다. '까시'를 두 번이나 더 외친 뒤에야 재학생들의 엄청난 함성 소리가 들리며 독수리 구호를 본격적으로 할 수 있었다. 그리고 이를 마지막으로 우리 69기가 다 같이 모여서 하는 마지막 행사가 끝이 났다.

까시! 까시! 까시!
독~수리! 독~수리! 쓸어! 쓸어! 쓸어 쓸어 싹!
쓸어! 뭉쳐 뭉쳐 뭉쳐! 싸워 싸워 싸워! 이겨 이겨 이겨!
독~수리! 독~수리! 쓸어! 쓸어! 쓸어 쓸어 싹!
쓸어! 수리수리 마하수리 야
(둘! 셋! 넷!)
무적공사 필승공사 헤이헤이 헤이야~!

69기 졸업생들이 독수리 구호를 외치고 있다.

9장

조종사가 되기까지
Becoming a Pilot

생도 때의 비행훈련

공군사관학교를 졸업한다고 하여 바로 '공군 조종사'가 되는 것은 아니다. 공군 장교로서 '조종' 특기를 부여받아 약 20개월에 거친 비행훈련 교육과정을 수료해야 한다. 이 기간에 거쳐 10번이 넘는 학술평가 및 비행기량 평가가 이뤄지는데, 이를 모두 통과하여야만 하며 단 한 번이라도 통과하지 못할 경우 공군 조종사로의 다음 발걸음을 내디딜 수 없게 된다(자세한 내용은 공군에 직접 문의하거나 월간 『공군』 22년 12월호, 23년 1월호, 『공사신문』 제366호에서 확인할 수 있다).

4학년 2학기까지의 정규교육을 마치고 졸업하기 전 생도 신분으로 비행훈련에 입문하는 일부 인원을 제외하고는, 생도 시절 내내 항공기를 조종하는 실질적인 비행훈련은 받지 않는다. 그래도 비행과 매우 밀접

한 교육이 있다. 바로 군용 항공기에 실제로 탑승해 기초적인 항공기 조종을 경험하는 '관숙비행'과 전투 기동 시 발생하는 중력가속도를 지상 가상장비에서 체험하는 '중력가속도 내성 강화훈련'이다.

또한, '관숙비행'과 '중력가속도 내성 강화훈련'은 생도 생활 중에 조종복을 입을 수 있는 유일한 날이기도 했다. 조종복을 입으면 그 자체만으로 조종사가 된 것 같은 설렘을 느꼈으며, 사진으로 기념하기도 했다. 또한, 조종복을 입은 후배를 중대장, 훈육관님으로 착각해 선배가 후배에게 경례를 하는 경우도 있었다.

관숙비행

관숙비행은 공군사관학교 예하 비행교육대대에서 실시하는데, 활주로나 주기장, 이·착륙하는 항공기를 볼 수 있는 흔치 않은 기회이기도 하다. 이곳에서 생도들의 관숙비행 및 '입문-기본-고등' 세 단계로 이루어지는 실제 비행훈련 입문과정이 이루어진다. 관숙비행을 실시하는 횟수와 시기는 상황에 따라 변동되기는 하지만, 주로 1, 3, 4학년 때 각각 1, 1, 2차례 받으며 나 또한 그러했다.

1학년 때 실시한 첫 관숙비행은 최대 4명이 탑승할 수 있는 'T-103' 훈련기로 진행됐다. 베트남 출신 외국인 수탁생도 2학년 선배와 동승하는 비행일정이 나왔는데, 비행일정이 나오면 담당 교관님께 비행 브리핑을 받아야 한다. 다행히도 선배가 나를 데리고 교관님을 찾아뵈며 별

다른 준비 없이 브리핑을 받을 수 있었다. 항공기에 탑승해서는 조종석을 기준으로 선배가 우측, 내가 뒤쪽 좌석에 앉았다. 선배는 조종간이 있는 좌석에 앉아 간단한 조종을 해볼 수 있었지만, 뒷좌석에 앉은 나는 창밖을 구경할 수밖에 없었다. 그래도 공군사관생도가 아니면 탈 일이 거의 없는 4인승 항공기이자 훈련기를 탔다는 생각에 만족스러웠다.

1학년 때는 학교생활에 적응하느라 바쁘다는 핑계로 아무런 준비 없이 관숙비행을 했다면, 3학년 때는 달랐다. '아는 만큼 보인다'라고 하여 사전에 조종원리, 선회조작 등 기본적인 비행지식을 연구하고 비행시뮬레이터도 탑승하며 관숙비행을 준비했다. 그리고 관숙비행 당일 비행이 함께 나온 교수님께 브리핑을 받았는데, 1학년 때의 브리핑과 사뭇 다른 분위기였다. 1학년 때는 비행 이야기보다는 사담을 주로 나눴다면, 3학년 때는 교수님께서 비행이론을 설명해주시고 나에게 기본적인 비행원리에 대해 질문도 하시는 등 비행 이야기에 집중했다. 1학년 때 탑승한 'T-103' 항공기가 1년 뒤인 2018년에 퇴역했기 때문에, 이때는 새로 도입된 'KT-100' 항공기를 처음 타보는 날이기도 했다. 이 항공기는 2인승으로, 교관님이 좌측석에 내가 우측석에 앉았고, 1학년 때와 달리 우측석에 있는 조종간으로 직접 간단한 조종도 해볼 수 있었다.

4학년 관숙비행은 2회 실시하는데 첫 번째는 우측석, 두 번째는 좌측석에 탑승한다. 좌측석에 탄다는 것은 주(Main) 조종사가 되어 항공기 시동을 직접 걸어야 한다는 것을 의미했다. 좌측석에 시동 스위치가 있기 때문이다. 그렇기에 좌측석에 탑승하기 전에 시동절차를 스스로 공부하고 외워야 했고, 시뮬레이터에서 모의시동 평가를 보고 합격해야만 좌측석에 탈 수 있는 자격도 주어졌다. 이를 위해서 먼저 책상에서 시동절차를 외운 뒤, 공강 시간을 활용해 시뮬레이터에 탑승하여 연습하고, 마지막으로 교관님 앞에서 평가를 봐야 했다.

이렇게 많이 연습하고 평가에 붙어도, 실제 항공기에서 시동을 거는 것은 그리 순탄하지 않았다. 캐노피(Canopy, 조종석 덮개)가 닫힌 조종석, 시끄러운 항공기의 엔진 소리 등의 낯선 환경은 나를 긴장하게 했고, 나의 머리를 새하얗게 만들었기 때문이다. 시동 거는 것 외에도 유도로에서 직접 항공기를 Taxi(지상이동)하거나 상공에서 공중 조작을 하는 등의 다양한 경험을 할 수 있었다.

중력가속도 내성 강화훈련

흔히, 'G-Test'라고 불리는 '중력가속도 내성 강화훈련'은 3학년 동계학기에 실시된다. 가속도는 전투기를 타고 급속도로 상승 또는 선회할 때 이동방향의 반대방향으로 나타나는데, 가속도를 받을 때 적절한 조치를 취하지 않으면 뇌에 산소 공급이 원활히 되지 못하면서 Grey-Out(시야 흐려짐), Black-Out(시야 상실), G-LOC(G-force induced Loss Of Consciousness, 중력에 의한 의식상실)을 경험하게 된다. 따라서 기동 중 최대 8G(중력가속도의 8배) 이상 가속도를 경험하는 전투기 조종사들은,

가속도에 의한 의식상실을 방지하고자 신체에 압력을 가해주는 'G-Suit'를 착용하고 'AGSM'(Anti-G Straining Maneuver)을 수행한다. AGSM은 성문을 닫는 'L-1' 호흡법을 통해 폐와 심장의 압력을 높이고, 복부와 하체에 힘을 줌으로써 뇌와 안구에 혈액을 통해 산소를 공급하는 기법이다.

입문 교육과정이 끝나면 '중력가속도 내성' 평가를 받는데, 생도들은 이 평가와 똑같은 프로그램으로 진행된다. 먼저 1초당 0.1G씩 올라가는 완가속 훈련을 통해 AGSM을 연습한 뒤, 1초당 1.0G씩 올라가 5G에서 30초를 버티는 급가속 훈련을 받는다. 실제 평가에서는 급가속 훈련에서 합격/불합격을 결정하지만, 생도 때 실시하는 급가속 훈련은 그저 연습일 뿐, 그 결과에 의미는 없다. 따라서 본인이 얼마나 강한 G내성을 갖고 있는지 확인하는 시간으로 생각하면 된다.

'G내성'은 AGSM에 도움이 되는 무산소 운동과 호흡법 연습을 하면서 기를 수 있다. 그러나 신체적인 특성과 타고난 체질의 영향이 매우 크다. 객관적으로 입증되진 않았지만, 대개 키가 크고 목이 길며 체중이 적으면 불리하고, 키가 작고 목이 짧으며 체중이 있으면 유리하다고 한다. 후자의 신체가 혈액이 하부에 정체되는 것을 억제하고 뇌에 혈액을 공급하는 데 더 유리하기 때문이다. 그러나 보디빌더처럼 몸이 튼튼한 동기가 평가에서 떨어지고, 키 크고 마른 사람이 평가에서 붙는 등 예외가 워낙 많기 때문에 자신의 'G내성'은 훈련을 통해 직접 확인해야 한다.

가속도 훈련은 항공우주의학훈련센터에서 진행됐다. ‘곤돌라’라고 불리는 훈련장비는 회전운동에서 발생하는 관성을 이용하는데, 구형과 신형 장비 중 주로 사용되는 구형 장비에 탑승했다. 나는 앞에서 언급한 유리한 체형과는 거리가 멀었기 때문에, 걱정 가득한 채로 숨을 죽이며 먼저 하는 동기생들을 지켜봤다. 우람한 체형의 첫 번째 동기생은 쉽사리 통과했고, 나와 비슷한 체형의 두 번째 동기생은 완가속에서 G-LOC에 빠지기는 했지만, 급가속 평가에서는 합격했다. 그리고 내 차례가 되었다.

긴장을 풀기 위해 심호흡을 두세 차례 하고, 곤돌라 장비로 향했다. 담당 교관이 곤돌라가 있는 공간의 철문을 열자, 숨이 막히는 탁한 공기가 들이쳤고 쇠 냄새가 진동했다. 직전에 탑승한 동기생이 진이 빠진 모습으로 장비에서 내리는 것을 지켜본 뒤에 그 장비에 올라탔다. G-LOC에 빠졌을 때 발생할 수 있는 신경 발작을 대비하여 안전벨트를 꽉 조이고, 하체에 힘을 잘 실을 수 있도록 좌석의 높이와 발 받침대의 거리를 조절했다. 그리고 문이 닫히고, 방송이 나왔다.

“소속, 성명 말씀해주시기 바랍니다.”

“5중대 3학년 김범수입니다.”

“아이들링(Idling, 장비와 사람을 워밍업 하는 것으로, 1.2G 가속도로 회전한다) 시작하겠습니다.”

곤돌라의 엔진이 돌아가는 소리가 들리며, 서서히 그 안에 있는 나 또한 돌아가고 있다는 게 느껴졌다. 처음에 놀이터의 뺑뺑이를 타는 것처럼 살짝 어지러웠지만, 1.2G 가속도로 안정되자 금방 괜찮아졌다.

"실전이라 생각하시고 AGSM 실시해주시기 바랍니다."

나는 연습한 대로 성문을 닫은 뒤 3초 후 숨을 내쉬고 마시는 호흡을 서너 번 실시했다.

"준비되시면 가운데 레버의 트리거를 한 번 잡았다 떼어주십시오."

나는 레버를 오른손에 쥐고 검지로 트리거를 당겼다 놓았다.

"됐습니다. 마음의 준비 되시면 레버를 앞으로 밀어주시고, 전방의 불빛을 주시하시다가 Grey-Out이 오면 AGSM 수행해주시기 바랍니다."

나는 지체하지 않고 레버를 밀었다. 0.1G씩 증가하는 완가속 훈련이기에 처음부터 큰 변화가 느껴지지는 않았다. 크게 숨을 들이마시며 긴장감을 달랬다. 2G에 도달했다는 방송이 들렸고, 3G까지는 AGSM 없이 버텨보겠다는 의지를 다졌다. 3G는 편하게 넘겨야 괜찮은 G내성을 지닌 것이 아닐까 하는 개인적인 견해이자 바람이 있어서였다. 하지만 2G를 넘기고 얼마 지나지 않아, 온몸이 눌리는 듯한 답답한 느낌이 크게 들어 AGSM을 수행하기 시작했다. 그렇게 3G, 4G, 5G가 지났다. 보통 바깥 시야부터 좁혀지는 Grey-Out부터 순서대로 온다는데, 나는 시야가 좁아진다는

완가속 훈련을 실시하는 모습 (5.8G)

느낌보다는 세상이 흔들리며 너무 어지러워지기 시작했다. 그리고 더 이상은 버티기 어려울 것 같아, 민 상태로 잡고 있던 레버를 당겼다. 그리고 아이들링 상태로 돌아갔다. 레버를 당긴 시점의 가속도는 5.8G로, 평균에는 조금 못 미치지만 나쁘지 않은 수치였다.

이어지는 급가속 훈련을 위해 아이들링 상태로 대기하며 호흡을 골랐다. AGSM을 수행하느라 체력적으로도 지치고, 머리는 멀미를 하는 것처럼 어지러웠다. 과연 이 컨디션으로 합격할 수 있을지 걱정이 됐지만, 못 하겠다고 내릴 수도 없는 노릇이었다. 트리거를 잡았다 놓자, 준비가 되면 레버를 다시 밀라는 멘트가 나왔다. 급가속인 만큼 혈액을 미리 끌어 올리기 위해 AGSM을 수행한 상태에서 레버를 밀었다. 그러나 5G에 On Top이 된 지 10초 정도밖에 견디지 못하고 G-LOC에 빠졌다. 내가 G-LOC에 빠졌다는 것도 인지하지 못했고, 정신을 되찾아 눈을 떠보니 훈련이 중지되어 있었을 뿐이었다. 깊은 잠을 잔 것처럼 온몸에 힘이 없었다. 1회 탑승이 끝난 뒤에 희망자에 한해서 재탑승을 했고, 나는 재도전을 했지만 2회차 역시 약 10초밖에 견디지 못하고 G-LOC에 빠졌다.

약 8달 뒤인 4학년 2학기에 불합격자와 미실시자에 한해 중력가속도 훈련을 재실시했다. 나는 그 기간 동안 웨이트 트레이닝을 하고 5kg 이상 찌우며, G내성을 기르고자 노력했다. 노력의 결실이 맺어지리라 기대하며 곤돌라에 탑승했다. 그러나 결과는 더 비참했다.

“5초 만에 G-LOC에 빠졌습니다.”

나는 가속도 훈련에 대한 자신감을 잃었고, 비행훈련 입과 후 실시하는 실제 평가에서 합격할 수 있을까 하는 불안함을 품은 채 지내야만 했다.

비행입과 준비

비행입과 차반 선택

비행훈련 입과가 예정된 졸업을 앞두고 있는 생도들은, 세 개의 차반으로 나뉘어 ROTC, 학사장교 등 공사가 아닌 다른 출신의 동기들과 함께 비행교육을 받는다. 보통 각 차반의 출신 인원의 비율을 고려하여 첫 번째 차반은 '학군 차반'(학군 7, 공사 3), 두 번째 차반은 '공사 차반'(공사 10), 세 번째 차반은 '학사 차반'(학사 8, 공사 2)이라고 부른다. 공사 출신의 입과 순서를 기준으로 부르기도 하는데, 이때는 학군 차반을 1차반, 공사 차반을 2차반, 학사 차반을 3차반이라고 부른다. 이러한 명칭은 생도를 기준으로 한 단순한 차반 구분일 뿐, 사실 공식적인 명칭은 아니다. 공식적으로는 고등교육과정까지의 모든 비행훈련을 마치는 연도의 수료 순서에 따라 명칭을 붙인다. 예를 들어, '23-1차'는 2023년에 첫 번째로 비행훈련을 수료하게 될 차반이다.

공사 1차반은 졸업 직전 생도 신분으로 입문과정에 입과해 해당 교육을 마치고, 임관 후에 자가용 항공기 조종 자격증이 있는 학군 출신 동기들을 기본 교육과정에서 만난다. 공사 2차반은 졸업 후에 입문과정에 입과하며, 공사 3차반은 2차반이 교육을 마칠 때까지 기다리다가, 6월에 학사장교가 임관하면 같이 입문과정에 입과한다. 예전에는 공사 출신이 다치는 경우를 제외하고 학사 차반에 입과하지 않았지만, 나의 기수부터는 비행훈련 입과 인원이 늘어나면서 학사 차반에도 소수 배정되었다.

누가 몇 차반에 입과할 것인가는 생도 자치적으로 결정하는데, 주로 각 차반의 희망자를 받고 희망자가 배정된 인원보다 많으면 무작위로 자르고, 반대로 부족하면 무작위로 데려오는 방식으로 운영된다. 나의 연도에 이 과정에서 가장 이슈가 되는 사안은 '누가 1차반에 갈 것인가'였다. 1차반에 배정된 인원에 비해서 지원자가 비교적 적었기 때문이다.

1차반의 지원자가 적은 가장 큰 이유는, 1차반 생도들은 임관 전 마지막 방학인 4학년 동계 휴가를 나가지 못하고 비행교육대대로 이동해 입문 교육과정에 입과해야 하기 때문이다. 다소 지루해졌을 법하고 통제적인 생도대를 일찍 떠나 장교에 준하는 자율적인 생활을 할 수 있다는 이점도 있었지만, '동계 휴가 박탈'이라는 단점에 비해 이점은 터무니없이 소박했다.

나는 동계 휴가를 너무나도 나가고 싶었기 때문에, 1차반만 아니면 어느 차반을 가든 크게 개의치 않았다. 코로나로 인해 1년 내내 외박이 거의 제한되면서, 부대 밖 사회에서 생활하는 것에 큰 갈증을 느꼈고, 확실히 보장된 동계 휴가가 그 갈증을 해소할 수 있는 유일한 오아시스처럼 느껴졌다.

1차반 입과 인원은 중대별로 균일하게 배분됐는데, 우리 중대의 경우 그 인원만큼 지원자가 있어 나름 운 좋게도 1차반에 가는 것은 피할 수 있었다. 하지만 다른 중대의 경우 지원자가 적어, 어쩔 수 없이 제비뽑기를 하여 일정 인원만큼 1차반에 가야 하는 동기생도 생겼다. 그러나 1차반에 가는 것이 너무 부담스러울 경우, 제비뽑기에서 제외된 동기에게 고급스러운 선물을 선사하거나, 정성껏 고급 식사를 대접하면서 명단을 교체하는 일도 종종 있었다.

다음으로 큰 이슈는 비행입과 인원이 많아지며 새롭게 생긴 '3차반에 누가 갈 것인가'였다. 3차반은 임관 후 공군교육사령부에서 임시 보직을 맡으며, 3월부터 6월까지 약 3개월간 대기한다. 비행대기 장교를 위해 만든 임시 보직이기 때문에, 실질적인 업무를 한다기보단 힘들지 않은 보조 업무를 한다. 그렇기에 비행훈련에 입과하기 전에 조금 쉬어가는 차반이라고 할 수 있다. 나도 이러한 이유로 3차반에 갈까 망설이기도 했지만, 함께할 수 있는 사관학교 동기들이 제일 많은 2차반에 가기로 결심했다. 우리 중대를 포함해 대부분의 중대가 배정 인원만큼 3차반 지원자가 있었기에, 나는 별다른 문제 없이 2차반에 자원해 갈 수 있었다.

그러나 나는 3차반에 입과하게 되었다. 그것도 정말 우스꽝스럽게. 비행훈련에 입과하기 위해서는, 1주일 동안 '비행환경 적응훈련'을 받고 항공생리의학 학술평가에 통과해야 하는데, 그 학술평가에 불합격하여 입과 자격을 획득하지 못했다. 2차반 비행입과 예정일까지 계획된 훈련이 없었기에 어쩔 수 없이 3차반으로 밀려나게 됐다.

비행환경 적응훈련

'항공생리(항생)' 훈련이라고 불리는 비행환경 적응훈련은 실제 비행 중 야간, 저압 등 다양한 환경에서 나타날 수 있는 현상을 지상에서 체험하는 훈련이다. 흔히 비행착각으로 알고 있는 'SD(공간적 방향상실, Spatial Disorientation)' 현상이나 저산소 환경에 의한 판단력 및 의식 저하 등의 현상을 지상 장비를 통해 체험할 수 있다. 이런 현상을 미리 경험해봄으로써, 실제 상황이 발생했을 때 그 상황을 신속히 인지하고 적절한 조치를 취할 수 있는 능력을 배양하는 것이 목적이다.

수업과 실습이 단순히 반복되는, 신체적으로나 정신적으로나 부담이 없는 훈련이지만 나는 다른 동기들과 달리 내내 긴장해야만 했다. 바로 '저압실 비행훈련' 때문이었다. 이 훈련은 전용 챔버에 탑승해 저압 환경을 조성하여 가상으로 고고도까지 상승하고 저산소증을 체험한 뒤 다시 지상으로 강하하는 훈련이다. 크게 어려울 것 없어 보이지만, 나의 문제는 고도 상승 및 하강에 따른 '중이통'에 있었다. 중이통은 급격한 고도 변화가 있을 때 중이의 내외부의 큰 압력차가 발생해 생기는 현상으로, 여객기를 타고 이착륙을 할 때 귀가 먹먹해지거나 아파오는 바로 그 현상이다.

중이통은 누구에게나 흔히 있는 일이고, 중이통이 있다고 해서 그렇게 걱정할 필요는 없다. 코와 입을 막은 상태에서 강하게 숨을 내쉬는 '발살바 호흡법(Valsalva Maneuver)'을 통해 귀와 외부의 압력을 맞춰주면 되기 때문이다. 그러나 나의 오른쪽 귀는 발살바 호흡법이 통하지 않았다. 엄지와 검지로 코를 잡고 숨을 들이쉰 뒤 세게 내쉬면 왼쪽 귀만 바람 뚫리는 소리가 나고, 오른쪽 귀는 미동도 하지 않았던 것이다. 그 압력이 안구에 전달돼 눈물만 나올 뿐이었다. 그래도 먼저 적응훈련을 한 동기들이 자신도 아팠는데 견딜 만했다는 격려 아닌 격려를 해주어 희망을 갖고 저압실 챔버에 탑승했다.

챔버에 탑승한 후, 직전 나눠준 헬멧과 산소마스크를 산소 공급 장치에 연결했다. 20여 명의 한 조가 다 탑승한 뒤 챔버의 문이 닫혔다. 최고고도인 35,000피트(약 11㎞)에 도달하기 전, 중이 및 부비강, 산소 장비의 상태를 점검하기 위해 5,000피트까지만 상승하고 강하했다. 다행히 강하할 때 귀가 아파오거나 하는 불편함은 없었지만 긴장은 늦출 수 없었다. 그리고 감압증 예방을 위해 100% 고순도 산소로 30분 동안 질소 제거 호흡을 실시한 후, 분당 5,000피트의 속도로 최고고도까지 상승했다. 그리고 2배의 속도로 25,000피트까지 강하한 뒤 산소마스크를 벗고 저산소 환경에서 발생하는 저산소증 현상을 경험했다. 이후 다시 18,000피트까지 강하하여 야간 시각 훈련을 진행했다.

이제 시작이었다. 분당 5,000피트의 속도로 0피트까지 강하하기 시작했다. 고도계의 1,000피트 바늘이 급속도로 회전하기 시작했고, 주름 하나 없이 팽팽했던 벽에 달린 풍선이 점점 쭈글쭈글해져갔다. 고도에 따른 기압 변화가 점점 커지는 10,000피트 아래로 강하하니 오른쪽 귀가 점점 아파오기 시작했다. 그래도 이 정도 고통이면 참을 수 있을 것 같았다. 처음에는 발살바 호흡을 하지 않고, 침을 삼키거나 턱관절을 움직이는 등 귀의 기압을 맞추기 위한 작은 노력을 했다.

그러다가 점점 참을 수 없어져서 발살바 호흡을 시도했다. 하지만 역시 오른쪽 눈에서 눈물만 흐를 뿐, 호흡법은 먹히지 않았다. 발살바 호흡을 하느라 피가 쏠려 빨개졌던 얼굴은 호흡법을 더 이상 시도하지 않자 금방 고통과 공포로 하얗게 질렸다. 중이통이 불편하면 손을 들라는 교관의 말에 나는 바로 손을 들었고 혈관확장제(?)를 투여받았지만 달라지는 건 없었다. 당장 저압실을 뛰쳐나가고 싶었지만, 문을 열면 순간적인 기압차가 더 커지니 그럴 수도 없는 노릇. 나는 참을 수 없는 고통 속에서 죽어가야 했다.

훈련이 끝나자마자 나는 군의관님께 진료를 받았다. '귀에 피가 고였다. 발살바 호흡이 되지 않는 것이냐. 혹시 비염이 있냐. 어찌 됐든 군의관이 도와줄 수 있는 것은 없다'라는 결론이었다. 절망스러웠지만 귀도이 기압 변화에 적응을 하여 다음번에는 괜찮지 않을까 하는 희망을 애써 가졌다. 다음 날에도 급강하 저압실 훈련(챔버의 공간을 분리해 한쪽은 고고도, 반대쪽은 저고도로 설정한 뒤, 가운데 문을 개방함으로써 급격한 고도강하를 체험하는 훈련)이 있었는데, 결과는 똑같았다. 오른쪽 귀의 고통이 너무 심해 얼굴이 창백해졌고, 내가, 옆에 있는 동기가, 교관이 할 수 있는 일은 아무것도 없었다.

생각해보면 나의 오른쪽 귀가 상대적으로 이상하다는 것을 예전부터 느꼈던 것 같다. 고등학생 때 가족과 동남아 여행을 가서 스쿠버다이빙을 했었는데, 나는 오른쪽 귀가 아파 혼자 해면으로 먼저 올라갔고, 비행기 탈 때에도 오른쪽 귀가 아파 혼자 고생했다. 가끔 일상생활에서도 오른쪽 귀에서 공기가 울리는 듯한 느낌이 들기도 했다. '중력가속도 내성도 약하고, 귀도 좋지 않은데 내가 과연 조종사가 되기 위한 훈련을 온전히 받을 수 있을까. 조종사가 되기 어렵겠지…….' 하는 생각이 들었다. 귀가 아파 조종을 그만뒀다는 선배의 소식을 여러 차례 들었기에 조종사가 되고 싶다는 나의 꿈은 무너져 내렸다.

전날 뵀던 군의관님을 다시 찾아갔다. 군의관님은 나의 귀를 보시고는 조심스럽게 말씀하셨다.

"아무래도 귀의 압력을 조절하는 '이관(Eustachian Tube)'에 장애가 있는 것 같아. 입문과정은 임무고도가 낮고 수직기동도 없어서 괜찮을 것 같은데, 기본과정에 들어가면 여압장비가 없는 항공기에서 고고도에서 저고도로 급속도로 내려가기 때문에 매우 힘들 것 같아. 그래서 선배들도 많이 나갔고."

절망적이었다. 비행을 시작하기도 전에 비행이 힘들 것 같다니…….

"어떻게 방법이 없습니까?"

"흠……. '이관풍선확장술'이라고 있기는 하거든? 미국에서 많이 하는 시술인데, 아직 국내에는 도입된 지가 별로 안 되어서 비보험인 데다가 진행하는 병원도 거의 없는 수술이야. B대학병원에 K교수라고, 국내에서 이 수술로 유명하신 교수님이 계시는데, 그분께 찾아가보는 것이 좋을 것 같아. 내가 진료의뢰서는 작성해줄게."

생활실로 돌아와 다음 날 있는 이론평가 공부도 제쳐두고 수술에 대해 밤새 찾아봤다. 70~80% 확률로 성공하는 반영구적 수술. 재수술 가능. 비용은 100~150만 원. 실손의료비 보험 적용 가능. 이 수술의 성공 확률이 10%이든, 비용이 1,000만 원이든 내가 물러설 길은 없었다. 나는 그 수술을 받기로 결심했다. 절망적인 상황과 걱정 때문인지 나는 다음 날 치러진 수료 이론평가까지 떨어졌다. 부끄러운 일이기는 하지만 위기는 기회라고 했던가. 나에게는 되레 잘된 일이었다. 비행입과가 2차반에서 3차반으로 밀리게 되면서 '비행대기 기간'이라는 수술을 위한 충분한 시간적 여유를 확보했기 때문이다.

동계 휴가 및 비행대기 기간에 병원을 3~4번 오가며 수술을 받았다. 떨리는 마음으로 발살바 호흡을 해보니 정상적인 왼쪽 귀만큼은 아니어도, 오른쪽 귀에서도 바람 소리가 나며 기압이 조절됐다. 몇 년 전까지만 해도 이 수술이 상용되지 않아 귀가 아프면 단지 그 이유만으로 조종을 포기해야 했는데 정말 다행이었다. 그러나 완전히 안심할 수는 없었다. 컨디션에 따라 발살바 호흡이 안 되기도 했고, 열렸던 이관이 다시 좁아진 건지 시간이 지날수록 호흡을 더 세게 해야 발살바 호흡에 성공할 수 있었다.

수술 후 2달 정도 지나 비행훈련에 입과하기 전, 다시 저압실 훈련을 받았다. 그 훈련은 수술의 효과를 확인하는 시험대가 되었다. 두 번의 고도 강하 훈련에서, 처음에는 발살바 호흡에 성공했지만 두 번째는 실패하여 어느 정도 통증을 견뎌야 했다. 한 번 성공했다는 점에서 긍정적이기는 하나, 나의 오른쪽 귀는 완전히 해결하지 못한 채로 남았다.

'과연 앞으로 겪게 될 비행에서 고도 강하를 잘 견딜 수 있을까.' 그런 걱정은 계속 지녀야 했다.

비행대기 장교

임관 후, 나를 비롯한 비행 3차반 동기들은 진주에 있는 공군교육사령부에서 3개월 동안 비행입과 대기를 했다. 그곳 예하의 여러 부대로 흩어져 '비행대기 장교'라는 거의 '직책을 위한 직책'을 맡게 되었다. 게다가 기간이 3개월밖에 되지 않기 때문에, 어떠한 행정 업무를 인계받아 근무하기에는 효율적인 면에서 애매했다. 일을 가르치는 데 드는 노력이 일을 배워 부서에 줄 수 있는 도움보다 더 클 것이 분명해 보였다.

얼마 전 임관해 행정 업무를 해보지 않은 신임 장교가, 부서에 적응하면서 일을 배우고 숙달해 도움을 주기에 3달은 턱없이 부족했다. 게다가 부서원의 입장에서도 3달이 지나면 다시 업무를 돌려받아야 하기 때문에 업무 루틴에 번거로움만 줄 뿐이었다. 결론적으로, 내가 인계받아 도맡아 한 업무는 없었다. 인쇄, 회의 준비, 단순 업무 등 여러 가지 잡무를 하며 선배들을 돕기만 했다.

한편 생도가 아닌 병, 부사관, 장교, 군무원 등 다양한 신분의 부서원과 한 공간 안에서 같이 근무하는 것은 처음이었다. 생도 때는 같은 생도들끼리만 같이 이야기하며 어울렸고, 장교인 훈육요원, 교수 외에 다른 신분의 사람과는 대화를 섞을 일이 거의 없었기 때문이다. 누군가 나를 '김 소위님'이라고 부르고, 기수가 10년은 차이 나는 장교에게 '중대장님', '교수님'이 아닌 '선배'라고 칭하는 일은 무척 어색한 경험이었다.

생도가 아닌 장교로서 부대에서 생활하는 것도 이전과는 차원이 달랐다. 생도 때보다 완전히 자유로워졌다. 아침 6시 반에 단잠을 깨우는 기상나팔이 울리지 않았기에 천천히 일어날 수 있었고, 귀찮으면 아침밥도 거를 수 있었다. 출퇴근도 개인 차량을 이용할 수 있었고, 퇴근해서는 외출을 나가든, 방에서 게임을 하든 술을 마시든 자유였다. 외출 후에는 따로 정해진 복귀 시간 없이 다음 날 출근만 제시간에 하면 됐다. 하지만 더해진 자유만큼 업무나 일과 운영에 차질을 빚지 않도록 자기 자신을 책임져야 했다.

입문 교육과정

입문과정은 공군사관학교 예하 제212비행교육대대에서 'KT-100' 항공기에 탑승해 15소티(Sortie)를 비행하며 약 14주간 진행된다. 'KT-100'은 한국항공우주산업(KAI)이 자체 양산한 항공기인 'KC-100'을 훈련용으로 개조한 것으로, 315마력의 4인승 단발 프롭 항공기이다.

첫 만남

"현재 시각 14시 46분. 조종복으로 환복해서 여기 학생 강당에 56분까지 다시 집합! 뛰어!"

학생 강당에 집합해 비행 피복류와 사무용품 등의 보급품을 지급받자마자, 교관님의 명찰 속 이름도 보기도 전에 내려진 지시였다. 숙소까지는 도보로 10분이 소요되고, 계단도 올라야 하는 매우 가파른 언덕길이었으며, 나의 방은 숙소에서 제일 높은 3층이었다. 10분 안에 돌아오는 것은 사실상 불가능함을, 그리고 집합 시간을 준수하지 못했으니 혼나리라는 것을 알면서도 열심히 뛰었다.

비행의 특수성으로 인해 비행훈련에 입과할 때부터 조종사는 원피스로 된 조종복과, 전투화랑 매우 유사하지만 지퍼가 있어 신고 벗기 편한 조종화를 신는데, 조종복은 생도 때 입어봤지만 조종화는 처음이었다. 완전히 새것이었기에 8쌍 정도 되는 구멍에 신발 끈도 넣어 묶어야 했는데, 일반 신발과 다르게 생겨서 끈을 어떻게 넣어야 할지 가늠할 수도 없었다. 시간은 계속 흘러가고 있었다. 학생 강당으로 열심히 뛰어가는 동기들이 전투화를 신은 것을 보고 다시 전투화로 갈아 신고 학생 강당으로 뛰었다. 도착하니 초록색의 조종복은 땀으로 물들어 진한 카키색이 되었고, 제자리에 서려 두 발을 모으기도 전에 그대로 엎드렸다. 조종복에 명찰이나 태극기 등의 패치를 붙이지 않았다든가, 태극기를 거꾸로 부착했다든가, 대성박력으로 대답하지 않았다든가, 생각지도 못한 것에서 오점을 보인 우리들로 인해 분위기는 무척 험악해졌다. 1학년 생도 때로 돌아간 기분이었다. 느슨해진 몸과 정신이 바로잡히는 하루였다.

신상명세서와 담당 교관

입문 · 기본 · 고등 각 훈련에 입과할 때마다 '신상명세서'를 제출한다.

신상명세서에 기본적인 신상정보 외에도 취미, 특기, 기호 식품, 자기소개 등을 작성하는데, 비행 교관·교수가 비행을 함께 하기 전까지 학생 조종사의 대략적인 개별 특성을 파악하는 데 유일무이한 방법이다. 또한, 신상명세서를 바탕으로 차반을 총괄적으로 관리하는 과정장 교관이 학생과 교수의 신체적 특성, 성격의 조화, 이전 담당 학생의 추천 등을 고려해 교관 · 교수들에게 담당 학생을 배정한다.

학생 조종사는 어떤 비행 교관이 자신의 담당 교관이 되느냐를 정말 중요하게 생각한다. 항공기에 아직 익숙하지 않거나 비행 습관이 형성되지 않았을 때는 담당 교관의 영향을 많이 받기 때문이다. 많은 소티의 비행에, 특히 입문과정일 때는 거의 대부분 담당 교관님과 함께 탑승한다. 그러나 무엇보다 학생 조종사에게 중요한 것은 담당 교관과 함께하는 조종석의 분위기이다. 교관님마다 스파르타식 교육, 아테네식 교육 등 추구하는 지도 철학이 다르고, 성격 또한 상냥한 교관부터 냉소적인 교관까지 다양해 비행 중 형성되는 '조종석 분위기'는 천차만별이다. 학생 조종사가 똑같은 수준의 비행을 한다 하더라도 어느 교관님과 비행하느냐에 따라, 비행 후 누구는 웃음을 짓고 누구는 눈가가 촉촉해진 채로 돌아온다.

그래서 학생들은 담당 교관을 배정받기 전, 조금이라도 눈에 띄기 위해 신상명세서에 무리수를 두기도 했는데, 술을 엄청 잘 마신다고 하거나, 신기한 특기가 있다거나 다양했다. 물론 이러한 도전들이 좋게 작용하는 경우는 드물었다. 담당 교관과 의무적으로 탑승하는 최소 소티가 지나고 나서는 다른 교관 · 교수님과도 무작위로 비행을 탑승한다. 어떤 교관님과 탑승하는지 나와 있는 비행 스케줄이 나오면 우리는 그것을 확인하기 위해 곧장 뛰어갔고, 각자의 조종석 분위기를 상상하며 항상 환호 또는 절규의 소리를 질렀다.

운이 좋게도 나는 담당 학생에게 남다른 관심과 애정을 갖고, 학생이 기량을 발휘할 수 있도록 지도하시는 담당 교관 · 교수님을 만나 각 과정을 무사히 수료할 수 있었다. 때로는 담당 교관님이 집으로 초대해주어, 같이 저녁 식사를 하고 술잔을 기울이며 각별한 시간을 보내기도 했다.

평가비행 불합격

입문과정의 6번째 소티와 마지막 15번째 소티는 평가비행으로, 각각 '이니셜(Initial)', '파이널(Final)' 평가로 일컫는다. 반드시 합격해야 하며, 불합격할 경우 보강훈련 비행 탑승 후 재평가의 기회가 주어진다. 재평가에서도 떨어지게 되면 조종사의 길로는 나아갈 수 없게 되는, 일명 '그라운딩(Grounding)'된다.

한 번에 운영할 수 있는 항공기 개수 및 소티 수에 제한이 있기에 모든 학생 조종사가 동시에 평가비행에 탑승할 수 없다. 그래서 개인마다 평가를 보는 시기가 다른데, 전반적으로 늦게 보는 것보다는 일찍 보는 것을 선호한다. 그라운딩의 불안감으로부터 빨리 헤어 나오고 싶기 때문이다. 나의 경우, 이니셜 평가는 일찍 볼 수 있었지만 파이널 평가는 거의 마지막에, 그것도 금요일에 보게 됐다.

목요일 또는 금요일 평가에서 불합격할 경우, 보강훈련 비행도 탑승해야 하다 보니 평가를 자연스레 차주에 보게 되는데, 주말에 겪는 불안감과 스트레스는 이루 다 말로 할 수 없다. 파이널 평가비행 스케줄을 본 순간 덜컥 겁이 났다. 엄청 무섭기로, 평가에 누구보다 냉철하기로 소문난 교수님과 비행이 계획됐기 때문이다. 일찍이 이 교수님과 평가비행을 탑승했던 동기들은 평가에 떨어진 사람이 아무도 없으니 걱정하지 말고 편하게 타고 오면 된다고 나를 격려해주었다. 또 비행 후 처음에는 평가 결과지에 '불합격'이라고 써놓고 디브리핑을 하면서 수정테이프로 '불'이라는 한 글자를 지워 '합격'을 만드는 쇼맨십도 보여준다고 했다. 나는 불안과 동기들의 응원을 한 몸에 지닌 채 파이널 평가를 보게 됐다.

파이널 비행에서는 이착륙 및 공중 조작 능력을 중점적으로 평가한다. 임무는 이륙 후 먼저 '활주로 접지 후 재이륙' 훈련을 3회 실시하고, 공역으로 진입해 공중 조작을 한 뒤 본래 기지로 돌아가 착륙하는 순서로 진행된다. 이 과정에서 총 4차례의 착륙접근 중 2번 이상 성공하는 것이 이착륙 평가의 최소 합격 기준이다. 적어도 처음에 실시하는 3번의 접근 중에서 1번 이상을 성공적으로 마쳐야, 그 뒤에 행해질 공중 조작부터 착륙까지의 임무가 평가 항목으로서 의미가 있다는 뜻이다.

그런데 나는 처음의 3번 접근 중 3번 모두 활주로에 항공기 바퀴를 접지시키지 못하고, 복행을 하게 됐다. 실패한 것이다. 남은 임무를 정말 완벽하게 해낸다 하더라도, 이착륙 평가 기준을 넘을 수 없으니 불합격을 받을 수밖에 없게 된다. 그러니 누가 나에게 '불합격'이라고 일러주지 않아도 불합격이라는 것을 인지한 상태로 공역에 진입하며 나머지 임무를 마쳤다. 그래도 교수님과 디브리핑을 하며, 혹시 모를 합격의 기대를 해보았지만 교수님의 손에는 수정테이프가 들려 있지 않았고, '불합격'이라는 글자는 그대로 '불합격'으로 잉크가 영영 굳었다. 다행인 것은 왜 이렇게 못하냐며 화만 내시리라는 걱정과 달리 교수님께서 디브리핑을

입문과정 수료식에서 담당 교관 및 편조 동기와 함께 찍은 사진

친절하고 꼼꼼하게 해주셨고, 다음 훈련에서 부족한 부분을 보완하여 재평가에서는 무사히 합격을 받을 수 있었다.

재평가에서 통과하지 못해 그라운딩되는 동기들도 생겼다. 하루아침에 계속 같이 생활하던 동기의 책상이 흔적도 없이 치워졌다. 그들은 조종복이 아닌 일반 전투복을 입고 있었고, 어디서 무엇을 하고 있는지 알기 어려울 정도로 차반과 분리되어 있다가 며칠 뒤 새로운 특기를 부여받아 다른 곳으로 전속을 떠났다. 입문과정에서도, 기본과정에서도, 고등과정에서도 적지 않은 동기들이 그라운딩되어 곁을 떠났다.

중력가속도 평가

입문과정을 수료하고, 그다음 과정인 기본과정에 입과하기 위해서는 관문을 하나 넘어야 했다. 바로 중력가속도의 5배를 30초 동안 버텨야 하는 '중력가속도' 테스트다. 생도 때 실시한 것은 결과가 상관없는 단순 훈련이지만, 이때 실시하는 중력가속도 테스트는 합격 또는 불합격으로 나뉘는 평가다. 생도 때만 해도 5번이 넘는 도전을 했지만 한 번도 통과한 적이 없었기에 걱정은 극에 달했다.

결과는 역시였다. G-LOC에 빠지고, 또 G-LOC에 빠졌다. 같이 탈락의 고배를 마시며 서로를 응원해주었던 동기생들도 어느새 합격해 한두 명씩 재평가자 그룹을 떠났다. 훈련장으로 재평가자를 수송하던 차량도 인원이 줄어 미니버스에서 자가용으로 바뀌었다. 중력 테스트까지 모든 과정을 마친 동기들은 회식도 하고 단체 운동도 하며 여유로운 시간을 즐겼는데, 나는 그렇지 못했다.

중력가속도 훈련이 계획되어 있으면, 조금이라도 더 복압을 잘 유지하기 위해 매번 밥과 물을 토하기 직전까지 먹었다. 그렇게 터질 듯한 복부에 벨트까지 강하게 조여, 통과하고자 애썼다. 그럼에도 불구하고 계속 G-LOC에 빠졌다. 중력 테스트를 불합격하여 그라운딩되는 학생은 1%라는데, 그 이야기가 나의 것처럼 느껴지기 시작했다.

공식적으로는 평가의 기회가 10번밖에 없다. 그러나 관례적으로 학생이 포기만 하지 않는다면 기회를 계속 준다고 하기에, 나는 포기만 하지 않겠노라고, 공포심을 갖지 않겠노라고 다짐했다. 중력 테스트를 통과하지 못한 이들 중 대부분은 10번 안에 통과를 못 한 게 아니라, 계속된 G-LOC로 인해 공포가 생겨 훈련을 시작하는 레버를 당기지 못해 포기한다고 했다. 나는 곤돌라와 친해지는 것이 정답이라고 생각했다. 정말 밥 먹듯이 곤돌라의 레버를 당겼다. 결과는 그대로였다. 파블로프의 개가 종소리를 들으면 침을 흘리듯, 나는 레버를 당기면 계속 죽었다. 무서워지기 시작할 즈음에는 자신감을 얻고자 테스트보다 약한 수준인 4G를 당겼다. 비참하게도 때로는 4G로도 죽었다.

주말을 앞둔 어느 금요일 오후, 마지막 도전이 실패로 끝난다면 주말 내내 자신감이 하락할 것 같아, 성공할 자신이 있는 4G로 연습하며 한 주를 마무리했다. 그리고 비장한 마음으로 월요일을 맞이했다. 호흡법을 연습하며 워밍업을 하고자 4G로 연습을 했다. 그런데 몇 초 버티지 못하고 G-LOC에 빠졌다. 더 물러나고 싶지 않았다.

"바로 5G 하겠습니다."

곤돌라에서 나와서 휴식도 취하지 않고, 바로 평가를 했다. 그때 기적 같은 일이 일어났다. 숨 가쁘게 호흡을 하면서 내가 5G를 버티고 있다는 것이 느껴졌다. 그전까지는 시야가 좁아지는 것을 극복하지 못하고 계속 G-LOC에 빠졌는데, 이번에는 놀랍게도 시야가 좁아지는 것조차 없이 중력가속도를 견딜 수 있었다. 파이널 재평가에 합격한 것보다 훨씬 더 큰 기쁨을 느꼈다. 곤돌라에서 나오기 전, 환호성을 질렀다. 생도 때를 포함해 거의 15번 만에 5G 테스트를 통과한 것이었다. 내가 서 있던 곳이 알고 보니 벼랑 끝이었다. 관례적으로 기회를 계속 준다는 그런 일은 없었다. 한 동기는 10번이나 도전했지만 결국 통과하지 못했고, 더 기회를 부여받지 못해 그라운딩되었다.

기본과정 대대발표

기본과정에 입과하기 전, 기도를 하며 숨죽이게 기다리는 것이 있다. 바로, 향후 배속되어 기본교육을 받을 대대이다. 입문과정에서는 한 차반이 한 개의 대대에서 다 같이 훈련을 받는다면, 기본과정에서는 제3훈련비행단 예하의 4개 대대로 나뉘어서 훈련을 받는다.

같은 비행단 내에 있는 대대임에도 어떤 영문에서인지 각 대대의 문화 및 분위기가 다소 다르다. 심지어 학생들에게 가장 중요한 요소인 수료율에서도 두드러지는 차이가 난다. 아이러니하게도 학생들을 제일 많이 통제하며 강압적인 분위기를 형성하고 있는 대대가 수료율이 제일 낮았다. 그렇기에 우리들은 대부분 그 대대만 피하자며 기도했다. 통상 수료 성적을 바탕으로 배속 대대를 정해왔기 때문에, 1등부터 차례대로 'ㄹ' 자를 그려가며 본인의 대대를 예측하기도 했다. 공식적인 '배속 대대' 문서를 확인하기 전, 몇 동기생은 기본과정에 있는 선차반 동기생 혹은 선배에게 문자를 받기도 했다.

"너 우리 대대래."

누구는 "으악!" 비명을 질렀고, 누구는 "휴……." 안도의 한숨을 내쉬었다. 그리고 며칠 지나지 않아 기본과정 교관님이 직접 우리가 있는 청주까지 올라와 배속 대대를 발표했다. 나는 운 좋게도 제일 가고 싶었던 대대로 가게 되었다. 우리 대대는 학생 강당 한 모서리에 모여 부둥켜안으며, 함께 기본과정 훈련을 받게 된 동기들의 얼굴을 보았다.

"얘들아, 우리 열심히 해서 꼭 전원 수료하자."

기본 교육과정

기본과정은 경상남도 사천에 위치한 제3훈련비행단 예하 4개의 비행교육대대에서 이뤄진다. 한국 최초의 순수한 독자 기술로 개발한 군용항공기인 950마력의 단발 터보 프롭 복좌 항공기 'KT-1'에 탑승해 훈련한다. 훈련은 61회의 소티로 약 34주에 걸쳐 진행되며, 공중 조작 과목만 실시하던 입문과정과 달리, 계기비행, 편대비행, 야간비행 과목도 훈련한다. 또한 교관의 동승 없이 학생이 단독으로 탑승하는 솔로(Solo)비행도 실시한다.

대망(大亡)의 첫 비행

'첫 단추를 잘 채워야 한다'라는 말이 있다. 시작을 잘해야 끝을 잘 마무리할 수 있다는 의미로, 시작의 중요성을 강조하는 격언이다. 마찬가지로 첫 비행 또한 비행 습관의 기틀이 되기 때문에 '첫 비행' 단추를 올바르게 채우는 것이 중요하다. 기본비행 교육과정에서의 첫 비행을 성공적으로 마치기 위해, 입문비행 교육과정에서 그러했듯 지상에서 끊임없는 학술연구와 머리비행(Chair Flying)을 했다. 하지만 새로운 항공기와 새로운 비행장에서 오는 긴장감, 그리고 부담감 때문이었을까. 나는 첫 비행에서 큰 실수를 하고 말았다. 바로 조종사 산소마스크로 산소를 공급하는 Oxygen Regulator(산소 조절기)의 Diluter Lever(산소 희석 장치)를 'Normal Oxygen'이 아닌 '100% Oxygen'에 둔 것이었다.

'100% Oxygen'에 위치시키면 조종사에게 공급하는 산소량이 많아지는데, 무분별하게 사용할 경우 그만큼 기체에 저장된 산소의 소모율이 크게 증가한다. 산소가 부족해 원활하게 공급되지 않을 경우 저산소증에 빠져 의식상실까지 이어질 수 있기 때문에, 산소 공급 계통 관리는 조종사에게 중대한 사안이기도 하다. 그런 만큼 비행 중 산소 장치를 점검하는 절차가 몇 차례 있는데, 나는 그 절차를 올바르게 수행하지 않아 산소를 거의 소모하고 말았다. 급기야는 항공기 내부 경보 패널에 '산소 부족' 주의등까지 점등됐고, 더 이상 정상적인 임무가 불가능하다고 판단되어 임무를 포기하고 RTB(Return to Base)했다.

스스로 초래한 결과이기는 하지만, 지상에서 연구한 것을 적용하고 많은 것을 경험해야 하는 첫 비행에서 임무를 온전히 마치지 못한 것은 나에게 낙담을 안겨주었다. 'Well Begun'의 중요성을 잘 알고 있었기에 더더욱 그러했다. 단추는 잘못 채웠으면 풀고 다시 채우면 된다지만, 비행훈련은 횟수가 제한되어 있기에 허비한 비행을 다시 할 수도 없는 노릇이었다.

하지만 꿈꾸는 빨간 마후라를 목에 두르기 위해선 이 작은 시련을 딛고 일어서야만 했다. 그 방법은, 첫 비행을 기재 취급의 중요성을 일깨워준 대가로 생각하여 잘못 채운 첫 단추를 자르는 것이었다. 아직 채우지 않은 60여 소티의 비행 단추들을 잘 채우기 위해서였다. 그 대신 '노력'이라는 실로 그 단추들을 더 단단하게 채워야 했다. 첫 단추가 없어 옷깃이 흐트러지는 일이 없도록.

머릿속이 하얘지다

18번째 비행이었다. 단독비행능력평가, 일명 솔로비행평가까지 정말 몇 소티도 남지 않은 시기였다. 비행 절차 수행을 완벽하게 하는 것은 물론이고, 이착륙 능력에서도 부드러운 접지를 보여줘야 하는, 완벽을 요하는 시기다. 그래야 단독비행능력평가에 합격해 교관 조종사의 동승 없이 학생 단독으로 비행을 다녀올 수 있다. 그런 시기에 어쩐 일인가. 공중에서 비행훈련을 마치고 돌아와, 격납고 앞에서 항공기 시동을 꺼야 하는데 시동을 끄는 절차가 갑자기 기억나지 않는 것이었다. 벙찌던 것도 잠시, 좌측 허벅지 위에 매달아놓은 '니보드 체크리스트(Kneeboard

Checklist)'를 뒤적이며 '엔진 종료(Engine Shutdown)' 수행 절차를 찾았다.

평소에는 절차를 정확하게 암기해서 수행했기에, 거의 참고하지도 않던 니보드에서 갑자기 그 절차를 찾기란 쉽지 않았다. 조종 헬멧 스피커로는 후방석에 탑승한 담당 교관의 한숨 소리와 고함보다 더 싸늘한 정적만이 느껴졌다. 여러 페이지를 넘기는 손은 떨렸고, 온몸에는 식은땀이 흘렀다. 시동을 다섯 번을 껐을 법한 시간 만에 겨우 시동을 껐다.

"당장 장구반 뛰어가서 장구 푼 뒤 차반실에서 책상 다 뒤로 밀고 전부 집합해!"

항공기에서 내리자마자 담당 교관님의 불호령이 떨어졌다. 나는 헬멧백을 손에 든 채, 착용한 하네스로 인해 사타구니가 쓸릴 정도로 전속력으로 달려가 장구반을 반납한 뒤 동기들이 있는 차반실로 들어갔다.

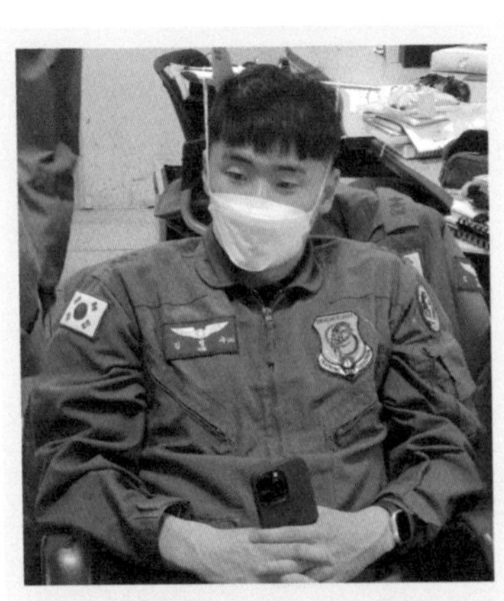
차반실에서 동기들과 비행 이야기를
나누는 모습

"얘들아, 미안해. 내가 시동을 못 꺼서 교관님이 책상 밀고 집합하래."

평온했던 차반실이 나에 대한 원성과 애써 위로하는 소리, 책상이 끌리는 소리로 혼란스러워졌다. 차반실 앞에 오와 열을 맞춰 정렬했다. 교관님이 문을 박차고 들어왔다.

"간격 벌려!"

"엎드려. 내려가."

엎드린 상태로 교관님의 훈화가 이어졌다. 차라리 방금 탑승한 비행에 대해서 언급하며 '나'만 비난했으면 좋았을 법한데, 나에 대한 언급은 전혀 없고 차반 동기들 전부의 해이해진 정신상태를 지적하셨다. 그래서 더 비참했다. 훈화가 끝난 뒤, 비행 디브리핑을 하기 위해 교관실로 내려갔다. 담당 교관님이자 차반 과정장님이 딱 한마디로 나의 가슴에 비수를 꽂았다.

"너, 내가 만만하냐?"

솔로비행

비행훈련을 수료하는 과정을 흔히 '운7 기3'이라고 부른다. 학생 조종사에게 운7 기3은 '행운 7할, 재주 3할'보다는 '행운 7할, 기상(氣象) 3할'이라는 의미로 더 와닿는다. 나는 피나는 노력과 더불어 운 그리고 좋은 날씨와 함께 단독비행능력평가를 합격했다.

평가 과목 중 항공기 기수로 지평선을 기준으로 하여 180도를 선회하며 완만하게 '8' 자를 그리는 'Lazy 8'이라는 공중 조작 과목이 있다. 창문 밖으로 외부 특정 지형지물을 참조하면서, 정면 지점과 180도 지점을 기억해 조작한다. 나는 180도 지점을 어떤 산으로 설정했는데, 항공기가 회전하면서 기억도 같이 회전했는지, 145도도 지나지 않은 지점의 산을 180도 지점으로 설정한 산인 줄 착각하고 조작을 끝내버렸다. 말도 안 되는 실수였고, 합격 기준에 절대 미칠 수 없는 조작이었다. 다행히 공역에서의 시간 여유가 있어서 기회를 더 받았고, 엇비슷하게라도 과목을 수행할 수 있었다.

가장 중요한 이착륙 평가에서는 기상이라는 운이 크게 작용했다. 약한 바람이라도 불면 항공기를 안정시키지 못해 착륙하는 데 어려움이 있었는데, 평소에는 항상 강한 바람이 불더니 그날만큼은 활주로 주변 기류가 평온했다. 좋은 기상도 운이므로, 운7 기3은 결국 '운10'이다. 그리고 나는 평가 날의 주인공이었다.

첫 단독비행은 정말 환상적이었다. 비상 상황 발생 시 후방석에서 대처를 도와줄 교관님이 없으니, 혹시 모를 일에 대한 두려움이 존재할 법도 한데, 설렘이 두려움을 앞섰다. 까다로운 질문으로 매번 나를 당혹스럽게 하던 브리핑도 이날만큼은 순조로웠다. 그러나 마음이 너무 들떠버리면 실수를 할 수 있기에 적당한 긴장감을 유지하며 이륙까지의 절차를 이어나갔다. 브레이크를 꽉 밟던 양발을 떼고 이륙하는 순간이었다. 항공기의 모든 랜딩기어가 땅에서 떨어지는 것이 느껴졌다. 안전고도 및 속도가 되어 기어를 올렸다. 이로써 이륙 후의 안정적인 단계에 이르렀고, 몸에 남아 있던 긴장이 풀렸다. 그리고 기쁜 마음에 소리를 질렀다.

"아!! 기분 좋다!!"

항공기 녹음장치에 나의 말이 실시간으로 저장되고 있겠지만, 누가 들어보겠어 하는 마음이었다. 어쩌면 나의 소리는 들리지 않아도, 뒤에서 다른 항공기로 편대를 이루며 나를 뒤쫓고 있는 교관님이 활짝 벌리고 있는 나의 입 모양은 보았을지도 모르겠다. 이때가 아니면 못 한다는 생각으로 휘파람도 불어보고, 노래도 불러봤다. 어쩌면 이런 행동이 내면에 숨어 있는 두려움을 잊게 해준 것일지도 모르겠다. 공역에서 무사히 임무를 마치고, 기지로 돌아왔다.

남은 것은 착륙뿐이었다. 활주로 통제탑에서는 교관님들은 물론이고 대대장님까지 학생들이 착륙하는 모습을 지켜본다. 단독비행에서 착륙은 안전과 직결되는 요소이면서 가장 어려운 조작이기 때문에, 모두에게 가장 큰 걱정거리이자 관심사다. 모두가 지켜보고 있는 만큼 누구는 완벽한 접지를 보여주기 위해 평소보다 욕심을 부려 실제로 완벽한 접지를 보여주기도 하고, 누구는 욕심을 부리다가 과도하게 당김을 한 탓에 접지 직전에 붕 뜨다가 바퀴 세 개가 땅에 쿵 떨어지는 투박한 착륙을 하기도 한다.

나의 목표는 부드럽게 접지하든, 투박하게 접지하든, 무사히 활주로에 내리는 것이었다. 만일 항공기를 잘 컨트롤하지 못해 접지 단계에 이를 수 없으면 복행하여 재접근을 해야 하는데, 안전하게 내릴 수 없으면 당연히 복행해야겠지만 복행이 흔한 일은 아니며 놀림거리가 될 수 있

기본과정 동기 및 과정장님과 사천 에어쇼에서

기에 이것만큼은 피하고 싶었다. 그러나 본의 아니게 활주로 접근 단계에서 선회강하 시 강하율이 깊어져 최종 구간에서 평소보다 고도가 낮아지긴 했지만, 다행히 잘 수정해나가며 나쁘지 않은 착륙을 할 수 있었다.

인생에서 이렇게 짜릿했던 1시간은 없었다. 비행훈련을 받으면서 힘든 순간들이 생길 때, 나는 이날의 솔로비행을 생각하며 마음을 다잡았다.

고등과정으로의 갈림길

고등비행 교육과정은 전투임무기 과정과 향후 수송기, 헬기 등의 기종을 받는 공중기동기 과정, 두 가지가 약 8 대 2의 비율로 나뉜다. 기본과정을 수료하면 대대별로 할당된 티오에 따라, 개인 의사, 8G 중력가속도 평가, 교관 회의 등을 반영하여 분류된다. 기본과정이 마무리될 무렵, 차반 동기들끼리 각자의 의견을 공유하며 본인이 어떤 과정으로 갈 것인지 고심한다.

인원 제한으로 지원한다고 하여 반드시 갈 수 있는 것은 아니지만 어느 정도 기본과정의 끝이 보일 때쯤 어디를 지원하는 것이 좋을지 수도 없이 고민했다. 초판 저자 소개에 '전투기 조종사'를 꿈꾼다고 서술해놓았듯이, 전투기 조종사가 되어 화려한 비행술과 단단한 무장으로 최전선에서 대한민국 영공을 수호하는 것이 꿈이었다. 그러나 공중기동기 조종사에 비해 상대적으로 더 많은 신체적 역량과 뛰어난 비행능력을 요구하는 '전투기 조종사'라는 목표가 나에게 과분하게 느껴졌다.

중력가속도 평가를 할 때, 생도 때, 기본훈련에 입과하기 전, 남들보다 많이 고생했을 정도로 중력가속도 내성이 부족했다. 그리고 비행환경 적응훈련에서 저압실 비행훈련을 할 때나 실제 비행 중 고고도에서 저고도로 급격히 강하할 때, 어떤 방법을 시도해도 귀와 외부의 기압차가 맞춰지지 않아 중이통에 시달렸다. 이때 처음으로 인두와 중이를 연결해 압력을 바깥귀와 같게 조절하는 유스타키오관이 평범하지 않다는 사실을 알게 되기도 했다. 햇빛이 내리쬐는 날 운동을 하면 어지러움을 느낀 일이나, 스쿠버다이빙을 하다가 귀가 아파서 포기했던 일 등이 단순한 우연으로 생겨난 것이 아니었음을 깨달았다.

비행기량 측면에서도 천부적인 재능이 있는 '비행 감돌이'였으면 좋았을 터. '멀티태스킹을 많이 하는 게임을 잘하면 외부와 계기를 거의 동시에 봐야 하는 비행도 잘한다'라는 말이 있기에, 그런 게임을 잘해서 기대는 했지만, 전혀 연관성이 없었다. 비행이 수준급인 동기들은 부족한 나에게 알려줄 때, "대충 이렇게 하면, 될 것 같은 느낌이 딱 온다"며 느낌대로 하면 된다고 했지만, 나는 지상에서 더 쪼갤 수 없을 때까지 구체적으로 비행 상황을 연구하지 않는 한, 실제 비행에서 조금의 퍼포먼스도 보여줄 수 없었다.

부끄럽지만, 비행을 잘하지 못해 생긴 에피소드가 정말 많다. 앞에서 언급했던 것처럼 항공기 시동을 끄지 못했던 적이 있었고, '계기비행' 과목을 처음 탑승했을 때 실력이 너무 저급한 나머지 교수님이 나의 손목을 잡고 교관 중 최선임인 비행대장실로 끌고 가 비행대장님에게 "얘 너무 심각하다. U등급을 줘야 한다"라고 말한 적도 있었다. U등급은 Unsatisfied, 즉 불만족이라는 뜻으로 U등급 부여 시 학생 조종사는 평가에서 떨어진 것과 똑같이 재평가를 봐야 한다(다만, 최초로 실시하는 요목에 대해서는 U등급을 부여할 수 없다).

또 동기들이 어떤 교관님은 조종간을 하나도 안 잡으시고 온전히 학생이 할 수 있게 해주신다고 했지만, 나랑 탔을 때는 그 교관님이 자신이 해야겠다며 언제나 "Control I got"을 외치셨다. 학생 조종사에게 한 번도 비행연구 숙제를 내주신 적 없던 교관님이었지만, 나와 편대비행을 탑승하고 나서 거리 및 각도별로 장기(長機)가 어떻게 보이는지 그려 오라고 하셨다. 그리고 장기와 편대 간격을 맞춘 뒤 항공기 트림(항공기 평형상태를 맞추는 2차 조종면으로, 항공기를 조작할 때 조종사가 가해야 하는 힘을 줄여준다)을 설정하면 간격 유지하기가 쉽다고 수없이 조언하셨지만, 나는 간격이 유지될 만큼 트림을 미세하게 조절하지 못해 교관님이 정 안 되면 그냥 힘들어도 참고 버티라고 하셨다. 그 조언에 따라 나는 조절이 안 되는 만큼 버텼고, 그 탓에 편대비행을 다녀오고 나면 팔에 근육통이 생기곤 했다. 단독비행을 다녀온 학생들에게는 디브리핑을 따로 안 하신다는 교수님은, 단독비행을 세 번이나 다녀온 나에게 점심 먹고 교수실로 디브리핑하러 오라고 하셨다.

최소 10년 이상, 어쩌면 평생 해야 할지 모르는 직업이기에 더 잘할 수 있는 길로 나아가고 싶었다. 그래서 수평선을 가로지르는 과격한 공중 조작 및 편대비행능력보다는 안정성과 정확성이 중요한 계기비행능력과 비교적 기본적인 신체적 역량을 요구하는 공중기동기 고등과정에 지원해야겠다고 결심했다. 물론 단순히 지원한다고 해서 무조건 공중기동기 과정에 입과할 수 있는 것은 아니다. 정해진 티오보다 지원자가 더 많으면 추가 선발이 필요하고, 전투임무기 고등과정 중력가속도 평가를 통과하지 못하는 동기생이 생기면 해당 동기생이 최우선으로 공중기동기 고등과정에 입과한다.

나의 경우에는, 수료 예정 인원 19명 중 공중기동기 티오가 두 자리

나왔고, 지원자 수는 고작 4명이었다. 선호도에 비해 적은 인원이었다. 사실 희망하는 사람은 더 많았지만 몇몇 이들이 공중기동기 고등과정에 더 적합해 보이는 동기들을 위해 양보한 결과였다. 교관 회의 결과, 지원자 중 성적이 높은 2명이 공중기동기 고등과정에 입과하기로 결정되었고, 나는 4명 중 2등이어서 입과 대상자가 되었다. 게다가 나는 전투기 과정의 관문인 중력가속도의 8배를 버티는 평가에 수차례 시도했지만 합격하지 못했기에 다른 선택지는 고려할 수 없게 됐다.

공중기동기 고등과정

공중기동기 고등과정은 제3훈련비행단 예하 1개의 비행교육대대에서 실시하며, 이 대대는 기본과정과 공중기동기 고등과정을 같이 운영한다. 기본과정 때와 동일한 'KT-1'에 탑승해 23주간 33회 소티를 훈련한다. 전투임무기 고등과정은 광주광역시에 위치한 제1전투비행단 예하 2개의 대대에서 실시하며, 최초의 국내 개발 초음속 고등훈련기인 'T-50'을 운용한다. 전투임무기 과정은 30주간 51회 소티에 걸쳐 진행된다.

Unsatisfied

공중기동기 고등과정은 한 개의 대대에서 기본과정과 동시에 운영되기 때문에 비행계획이 그렇게 자주 나오지 않는다. 원래 학술연구와 비행준비를 병행해야 하는 시기가 가장 바쁘고 힘들다. 하지만 첫 비행을 시작하기도 전에 어떤 문제로 비행을 중지하는 기간이 있었기에 이 기간에 학술적인 연구에만 집중해 어느 정도 끝마쳐놓을 수 있었다. 비행이 재개되어서도 항공기는 기본과정 때 탑승했던 것이므로 익숙했고, 온전히 비행만 준비하면 됐기에 비교적 부담은 적었다. 긴장은 자연스레 이완됐고, 나는 나태해졌다. 어떤 한 비행을 하기 전까지는.

어떤 교수님과 처음으로 군산기지에 접근하는 비행이 계획됐다. 군산기지는 다른 기지와 다르게 미군이 영어로 관제를 한다. 보통 다른 기지로 접근하는 계획이 나오면 조작을 어떻게 더 유연하게 할지 고민하고 절차를 연습하며 머리비행을 한다. 하지만 그날은 그런 식으로 준비하지 않았다. 미군의 영어에 대한 두려움 때문에 관제 레코드만 들으며, 조작보다는 듣고 말하는 것만 연습했다. 조작은 지금까지의 내공을 바탕으로면 알아서 되지 않을까 하는 자만심이었다.

문제는 역시 조작 측면에서 발생했다. 접근기지에서 지켜야 하는 'Climbout Instruction'이 있는데, 이 절차를 하나도 준수하지 못했다. 고도를 1,000피트 미만으로 유지해야 하는데 1,300피트까지 올라갔고, 3마일에서 선회를 해야 하는데 4마일이 되어서야 선회를 시작했다. 어떤 지점과 15마일의 거리를 유지해야 하는데, 착각해서 16마일을 유지했다. 온화하시던 교수님도 고함을 지르셨다.

"야! 김범수! 정신 차려!"

그 상태로 평정심을 잃어 수족은 굳었고, 판단력은 흐려졌다. 남은 비행 절차도 역시나 잘 해내지 못했다. 항공기 주기장에서 돌아오면서 교수님과 아무 대화도 하지 않고 정적만 흘려보냈다. 디브리핑은 조금 이따가 부르겠다고 하셔서 차반실에서 기다렸다. 얼마 지나지 않아 교수님이 문을 열고 들어왔다. 화나서 얼굴은 붉게 달아오르셨지만, 애써 화를 참으며 말하셨다.

"주말 동안 레코드 처음부터 끝까지 하나도 빠짐없이 분석해 와. U등급 주려다가 기회 한 번 더 주는 거니까 똑바로 해라."

평소 같았으면 주말에 있던 모든 약속을 취소하고 출근해 레코드 분석을 했겠지만, 오랜만에 만나는 가족과의 만남이, 그것도 여행이 계획되어 있었기에 그럴 수 없었다. 그렇다고 U등급을 안 받고 얻은 기회인데 레코드 분석을 소홀히 할 수는 없는 노릇이었다. 일요일 늦은 저녁에 대대로 출근해 소형 스탠드를 켜고 몰래 밤을 새워가며 숙제를 했다.

나태함으로 비롯된 이번 비행은 잘하고 못하는 범주를 떠나 해야 하는 일을 하고 하지 않은 것의 문제였고, 이것은 어쩌면 삶과 죽음의 경계를 무수히 오간 것이었는지도 모른다.

비행연구에 푹 빠지다

모기지에서 이륙해 타기지로 접근하기 위해서는, 타기지로 가는 항로상의 한 픽스를 경유해 항로를 타고 비행해야 한다. 항로상의 픽스로 가기 위해 'Fix-to-Fix' 항법을 사용하는데, 이 항법은 항공기 조종사가 항행 중 현재 지점에서 원하는 특정 지점으로 이동할 때 예상 방향을 구하기 위해 사용하는 방법이다. 하지만 이 항법은 경험에 의한 주먹구구식 방법에 기반을 두고 있기 때문에 대략적인 값만 알 수 있을 뿐 정확한 값을 알 수는 없다. 게다가 원하는 지점에 가까워지면 이 방법마저 적용하기 까다로워져서 예상 방향을 계산하기가 더욱 어려워진다.

항로에 인접해 있는 모기지에서 이륙하면 매번 이렇게 까다로운 상황을 조우했다. 일정 지점을 경유해서 항로에 진입해야 하는데, 정확한 방향을 알 수가 없으니 항로에 훨씬 빨리 진입하게 되거나 지점을 지나쳐서 진입하게 됐다. 지상에서 예상 위치를 계산해, 이륙 초기에는 대략적인 방향을 설정할 수 있어도, 바람이 많이 불거나 관제사가 갑자기 다른 방향을 지시하는 등 예상 밖 상황이 생기면 쉽게 오리무중에 빠진다.

이를 해결할 수 있는 방법은 없을까 계속 고민하다가, 자기 전에 우연히 유튜브에서 고등학생 수학 모의고사 해설 강의를 보게 됐다. '삼각함수의 극한'에 대한 문제였는데, '삼각함수의 극한'은 대략적으로 사잇각이 θ인 부채꼴에 대하여 호의 길이가 sinθ, tanθ와 값이 같다는 뜻이다. 문뜩 이 이론을 활용하면 나의 문제를 해결할 수 있을 것 같다는 생각이 들었다. 다음 날, 출근하자마자 여러 종이에 삼각형을 무수히 그려나가며 수학적인 연구를 시작했다. 밤낮 가릴 것 없이 며칠을 반복했다.

"범수야, 너 어제 아침에도 종이에 삼각형 그리고 있더니, 아직도 그리고 있네. 뭐 하는 거야?"

"거의 다 되어가. 완성되면 알려줄게."

그렇게 「삼각함수의 극한을 활용한 Fix-to-Fix 항법 보완」이라는 제목의 A4용지 10매 분량의 논문을 완성했다. 차반실에서 동기들에게 먼저 발표했는데, 모두에게 해결책이 될 수 있었던 탓에 동기들로부터 뜨거운 반응을 얻었다. 동기들과 협력하여 시뮬레이터와 실제 검증 비행을 해보며 신뢰성을 높이고 피드백을 반영해 보완해나갔다. 학생 조종사 시절 내내 선배가 남기고 간 자료들만 활용해 비행연구를 했었는데, 처음으로 새롭게 한 연구에 대해 자문을 구하고자 담당 교수님을 찾아뵙기까지 했다. 교수님은 학생이 이 정도로 깊이 연구했다는 점 자체와 연구의 활용 가치가 있다는 점을 높이 사주셨다.

어쩌면 사소한 일에 과한 시간을 투자하며 연구한 것일지도 모르지만, 아무도 해결하지 못한 난제에 도전해 어느 정도 해결책을 발견했다는 점에서 큰 보람을 느꼈다. 무엇보다도 후배들이 나의 연구를 비행에 적용하여 비행을 더 손쉽고 간편하게 할 수 있었다는 이야기를 들을 때마다 더할 나위 없이 뿌듯했다. 해당 연구를 학술지에 투고해 게재도 했다.

기종 배정

공중기동기 고등훈련과정에서 가장 중요한 것은 무엇보다 수료를 하는 것이고, 그다음은 어느 지역의, 어떤 기종을 배정받느냐는 것이다.

공중기동기 고등훈련을 수료하면, 수료 후에도 CRT나 LIFT 과정을 거치는 전투기 고등훈련과 달리, 바로 해당 기종을 운용하는 대대에 배속되어 기종전환 및 작전가능 훈련을 받는다. 공중기동기 조종사가 배속되는 지역은 성남, 김해, 청주로, 성남과 김해는 고정익 조종사, 청주는 회전익 조종사가 가게 된다. 수료 성적에 따라 4 대 3 대 3 비율로 3그룹으로 나뉘어 각 그룹의 1등부터 선호하는 기종을 지원한다. 회전익 조종사의 수요가 적어 대개 선택권이 없는 각 그룹의 최하위권이 헬기 조종사가 된다. 나의 차반의 경우 입과 인원 11명 중 1명이 그라운딩되어 10명이 수료했는데, 회전익 티오가 두 자리 나와서 7등과 10등이 청주에 갔다.

성적은 학술평가 점수, 비행 성적, 체력검정, 인성평가 등 고등과정 중에 행해지는 대부분을 바탕으로 산출된다. 그중 비행 성적이 차지하는 비율이 가장 크기 때문에, 비행 성적을 바탕으로 등수를 산출해도 나중에 최종 등수와 비교해서 큰 차이가 없다. 이 말인즉슨, 나의 비행 성적을 대강 알면 수료 등수도 대강 알 수 있다는 뜻이다. 물론 나와 동기들의 비행 성적을 정확하게 확인하여 비교할 수는 없다. 그러나 교관·교수님으로부터 누가 비행을 잘하고 못하는지 비행 품평이 들려오기에 자신의 전반적인 위치는 파악할 수 있다.

나의 목표는 최선을 다해서 꼴등만 면하는 것이었다. 기본과정의 수료 성적이 낮은 편이기도 했고, 기본과정에서 수료 자체에만 목표를 뒀던 나와 달리 다른 동기들은 각 대대에서 1등을 앞다투며 우수하게 수료했기 때문이다. 최선을 다해도 꼴등을 면하기는 어려울 것 같았고, 그 위까지 올라가는 것은 더더욱 불가능해 보였다.

그러나 144 경기 중 100 경기를 치른 프로야구의 순위처럼, 나름 자리 잡아가던 우리들의 순위에도 교란이 일어나기 시작했다. 평가비행에 불합격해 재평가를 치른 동기들이 생겨난 것이다. 고등과정 중 4번 실시하는 평가비행의 점수는 일반비행보다 적게는 3배, 많게는 10배의 가중치가 있어 전체 성적에서 큰 비중을 차지한다. 재평가를 볼 경우, 취득 점수의 80%밖에 획득하지 못하기에 성적에 큰 타격을 입는다. 또, 평가관마다 부여하는 점수의 기준과 범위가 다르기 때문에 다른 동기와 실력이 비슷해도 어떤 평가관이 평가를 보는가에 따라 받는 점수가 달라진다.

높은 비중을 차지하는 평가에서 합격 기준과 부여하는 점수에 까다로운 평가관과의 비행계획이 나왔다. 꼴등에 도장을 찍는구나 싶었다. 그런데 갑자기 평가관이 다른 분으로 바뀌었다. 기존에 계획되었던 평가관의 기본과정 담당 학생이 평가에서 떨어져 그 학생과 보강훈련 비행을 하게 된 것이었다. 바뀐 평가관은 이전 분과는 반대로 합격 기준과 부여 점수에 제일 너그러우신 분이었다. 덕분에 평가에서 합격 및 높은 점수를 받을 수 있었다. 게다가 해당 평가관님과 평가를 본 학생이 어쩌다 나 한 명이 되면서 해당 평가 점수에서 적지 않은 차이로 1등도 했다.

최종 평가에서도 나름 후하신 평가관님을 만나 사소한 차이지만 1등을 하게 됐다. 평가가 아닌 일반 훈련비행 점수만 보면 최하위였지만,

평가에서 불합격한 동기들이 등장하고, 나는 고득점을 하면서 단숨에 등수를 뒤집는 교란종이 되었다. 비행뿐 아니라 다른 모든 점수를 합산해 최종적으로 중위권에 들게 되었고, 기종 및 대대 배정 티오도 좋게 나오면서 꿈꿔왔던 대대에 자원해 갈 수 있게 되었다.

비행교육과정 수료식

사람들은 새로운 일을 시작할 때 으레 둘 중 한 가지에 속한다. '너무 못하면 어떡하지' 걱정을 하거나, '알고 보니 나에게 천부적인 재능이 있는 거 아닐까' 기대한다. 나는 처음 비행을 할 때 후자에 가까웠다. 얼핏 보기에 비행과 조금 연관성이 있을 것 같은 게임도 나름 잘하고, 운동신경도 좋으니 말이다. 애초에 비행을 잘하지 못하면 조종사가 될 수 없으니 걱정하는 편보다는 기대하는 편이 더 합리적인 선택 같기도 했다. 그러나 내가 직면한 현실은 기대와는 정반대였다.

'기대와 가치 이론'에 따르면, 성공에 대한 기대와 성취의 가치가 더 큰 동기를 불러일으킨다는데, 나의 동기는 성공에 대한 기대가 줄어듦에 따라 덩달아 줄어들었다. 동기가 '0'에 수렴하는 날이면 조종사의 꿈을 포기하고 싶다는 생각을 하곤 했다. 고대 그리스 철학에서 인간 행위의 목적은 '최고선(最高善, Arete)'을 찾는 것이라 한다. 나에게 최고선이란 나의 잠재력을 최대한 발현할 수 있는 일을 하며 나의 쓰임이 최대한이 되는 것이었다.

'과연 '조종사'가 나의 최고선일까?'

단순히 취미가 아니라 직업으로 삼는 일은 '내가 잘하는 일'이었으면 했다. 근데 조종이 내가 잘하는 일이 아니라는 생각이 드니, 동기가 소멸했다. 조종이 아닌 다른 일반 특기를 받으면 이후에 어떻게 살아갈지 조사도 하고 계획도 했다. 그 계획 속의 나를 생각하니, 새로운 일을 비행보다 훨씬 잘할 수 있을 것 같은 기대도 생겼다. 그럼에도 불구하고 내가 비행을 관두지 않은 것은 동기들의 만류와 격려가 있었기 때문이다. 네가 잘하는 일이 아니라고 단정 짓기에는 너무 이르다고. 지금까지의 수많은 평가에서 떨어지지 않은 것은 너에게 그만한 능력이 있는 것이라고.

비행 차반 동기들은 내가 처음 겪어보는 특성을 가진 집단이었다. '선의의 경쟁'이라는 휘황찬란한 단어에 숨어 아닌 척하지만 서로를 이겨야 할 경쟁자로 여기며 개인의 이익을 우선으로 챙기던 학교 교실과는 달랐다. 우리는 '선의의 경쟁자'가 아닌 '진정한 협력자'였다. 우리의 절대적인 공동 목표는 '수료'다. 차반별로 정해진 수료 인원이 없기 때문에 다 같이 잘하면 전원이 수료하고, 모두가 못하면 아무도 수료할 수 없는 시스템이다. 그렇기에 우리는 경쟁하지 않고 '수료'라는 목표를 향해 협력하며 전진했다.

사실 나는 이런 특성 덕분에 생존할 수 있었던 수혜자에 가깝다. 동기들은 나에게 자신이 피땀 흘려 얻은 비행 노하우를 아낌없이 알려주었다. 노력의 산물인 본인의 비행연구 노트를 참고하라며 보여주는 일도 다반사였다. 비행을 마치고 돌아오면 팔방위에 앉은 동기들이 비행에 대한 나의 고민을 들어주며 해결책을 제시해주었다. 나는 동기들의 도움과 기대에 힘입어 무사히 모든 과정을 수료할 수 있었다.

고등비행교육과정 수료식은 군 생활 중 내가 '주인공'으로서 단상에 설 수 있는 사실상 마지막 행사다. 내가 군에서 큰 인사가 되지 않는 한 나를 위해 열어주는 행사는 더 이상 없지 않을까 싶다. 공군사관학교 졸업식 때는 코로나로 인해 가족을 초대할 수 없어 아쉬움이 남았는데, 이날 행사는 가족을 초청할 수 있어 그때의 아쉬움을 달랠 수 있었다. 게다가 가족에게 수료식장까지 군용 수송기에 태워드릴 수 있는 보람 있는 날이기도 하다.

고등과정 수료식, 공군참모차장에게
빨간 마후라를 수여받고 있다.
(사진 제공_공군 제1전투비행단)

비행 수료식은 전투임무기 고등과정이 진행됐던 광주 비행단에서 개최됐다. 수료 조종사들은 사전에 집결해 소양교육 및 수료식 예행연습을 하다가, 수료식 당일 오전, 활주로 주기장에서 수송기를 타고 온 가족을 맞이했다. 나를 보고 활짝 웃는 가족들

고등과정 수료식에서 가족 및 동기와 찍은 사진

과 품에 안긴 큰 꽃다발. 오랜만에 재회하는 가족처럼 가족들 품에 안겼다. 이어서 수료자 가족 및 공군참모차장이 참석한 가운데 '23-1차 고등비행 교육과정 수료식'이 거행됐다. 그토록 애절하게 원했던, 조종사의 상징인 '빨간 마후라'를 목에 수여받았다. 마지막으로 군가 「빨간 마후라」를 제창했다.

빨간 마후라는 하늘의 사나이
하늘의 사나이는 빨간 마후라
빨간 마후라를 목에 두르고

구름 따라 흐른다 나도 흐른다
아가씨야 내 마음 믿지 말아라
번개처럼 지나갈 청춘이란다

목을 두르고 있는 이 '빨간 마후라'가 나에게 주는 막중한 책임이 무엇인지, 앞으로 '공군 조종사'로서 조국에 이바지하기 위해 어떠한 삶을 살아야 하는가에 대해 숙고한다.

마치며

많은 이들에게 공군사관학교에 입학한 것을 후회하지 않느냐는 질문을 받았다. 학교 밖 친구들뿐 아니라 같은 학교 선후배, 동기에게까지도 말이다. 아마도 그들이 생각하기에 내가 '군인'이라는 직업과 어울리지 않는 것처럼 보였던 것 같다. 혹은 내가 학교생활이 힘들다고 진담 반 농담 반으로 여러 번 말했기에 자연스레 그런 생각을 갖게 되었을 수도 있다. 하지만 나는 한 번도 공군사관학교 생도가 된 것을 후회한 적이 없다. 선배에게 혼이 날 때도, 화장실 청소를 하다가 오물이 얼굴에 튈 때도, 훈련으로 온몸이 부서질 것 같은 순간에도 말이다. 나는 다시 고등학교 3학년으로 돌아가도 공군사관학교에 입학할 것이다.

나는 공군사관학교에 대한 자부심도 강하다. 언제부터 이런 자부심이 생겼는지는 나도 알 수 없다. 누가 나에게 공군사관학교가 어느 대학교 수준이냐고 물으면, 나는 항상 서울대학교 수준이라고 말한다. 서울대학교를 합격하고 연세대학교, 고려대학교에 입학한 사람은 없어도, 서울대학교를 포기하고 공군사관학교에 입학한 사람은 있기 때문이다. 또, 푸른 제복을 입고 학교 밖을 나서면 나를 뚫어지게 쳐다보다가 어디 학교 옷이냐고 물어보는 사람이 있는데, 이때 "공군사관학교 제복입니다!"라고 대답하는 것만큼 행복한 순간이 또 어디 있겠는가.

책을 쓰면서 많은 걱정을 했다. 생도 생활의 힘들었던 부분까지 너무 솔직하게 적어놓은 탓에, 공군사관학교를 준비하던 수험생 독자의 발걸음을 다른 학교로 돌리게 하는 것은 아닌가 하고 말이다. 하지만 서술한 내용과 상관없이, 상상한 것 이상으로 생도 생활이 힘들다는 것은 부정할 수 없는 사실이다. 그러나 한 가지 기억할 것은, 같은 기수로 뭉친 동기들과 함께한다면 이 모든 힘든 순간을 극복할 수 있다는 것이다. 생도 생활이 힘들지만 그만큼 배우고 얻는 것이 많고, 이런 과정을 통해 점점 신체적 · 정신적으로 성숙해가는 나 자신을 발견할 수 있다. 일반 대학교를 다녀본 적은 없지만, 대학생도 대학생 나름대로 힘든 점과 고민거리가 있을 것이다. 공군사관학교 생도로서 살아가는 것만 힘든 것은 아니다. 그러니까 공군사관학교로의 입학을 망설이지 말라.

생도 시절 신문편집국 활동을 하며 신문 편집을 도와주던 주무관님을 알게 됐다. 나중에 알고 보니 그분은 2010년 F-5E 전투기 추락 사고로 순직한 고(故) 어민혁 소령의 부인이셨다. 그리고 2022년 4월 1일 몹시 비통하게도, 같이 생도 생활을 하며 동고동락했던 사랑하는 나의 두 동기생, 故 정종혁 대위, 故 차재영 대위가 비행훈련 중에 순직하며 이들을 떠나보냈다. 비로소 군인에게 죽음은 멀리 있는 것이 아니라는 것을 절실하게 깨달았다. 더 이상 죽음을 두려워하지 않기로 했다. 죽음을 두려워해 영공 수호에 헌신하지 않는다면, 그것은 그들의 고귀한 희생을 헛되이 하는 일이기 때문이다. 조국을 위해서라면 눈앞의 죽음도 겸허히 받아들이겠다. 이후로 나는 매일같이 일기를 쓰고 있다. 지금 쓰고 있는 나의 이 일기가 유서가 될 수도 있다는 생각으로.

끝으로 감사를 전하고 싶다. 자주 만나지 못해도 나를 기억해주고 응원해주었던 친구들, 생도 시절을 함께했던 선후배, 69기 난새 동기들, 내가 올바른 길로 갈 수 있도록 인도해주신 초·중·고교 은사님, 생도대 훈육요원 및 교수님께 감사드린다. 그리고 공군 정예장교로 성장하는 데 초석을 놓아준 공군항공과학고 교무과, 제55교육비행전대 212비행교육대대, 제3훈련비행단 213비행교육대대 가족들에게도 감사드린다.

이 책이 세상에 나올 수 있도록 도와준 북스토리 관계자 분들께도 감사드린다. 마지막으로 항상 저를 믿고 물심양면으로 지원해주신 어머니, 아버지 그리고 따라쟁이 동생을 항상 잘 챙겨준 형. 사랑합니다.

2022년 5월 김범수

공군사관학교 4년의 기록, 그리고 그 후
하늘은 나를 향해 열려 있어

1판 1쇄 2025년 4월 20일

지 은 이 김범수

발 행 인 주정관
발 행 처 북스토리㈜
주 소 서울특별시 영등포구 양산로91
리드원센터 1303호
대표전화 02-332-5281
팩시밀리 02-332-5283
출판등록 1999년 8월 18일(제22-1610호)
홈페이지 www.ebookstory.co.kr
이 메 일 bookstory@naver.com

ISBN 979-11-5564-383-9 03810

이 도서는 초판 『**하늘은 나를 향해 열려 있어**』(2022)를 다듬고,
졸업 후 내용을 추가한 개정증보판입니다.